致敬译界巨匠许渊冲先生

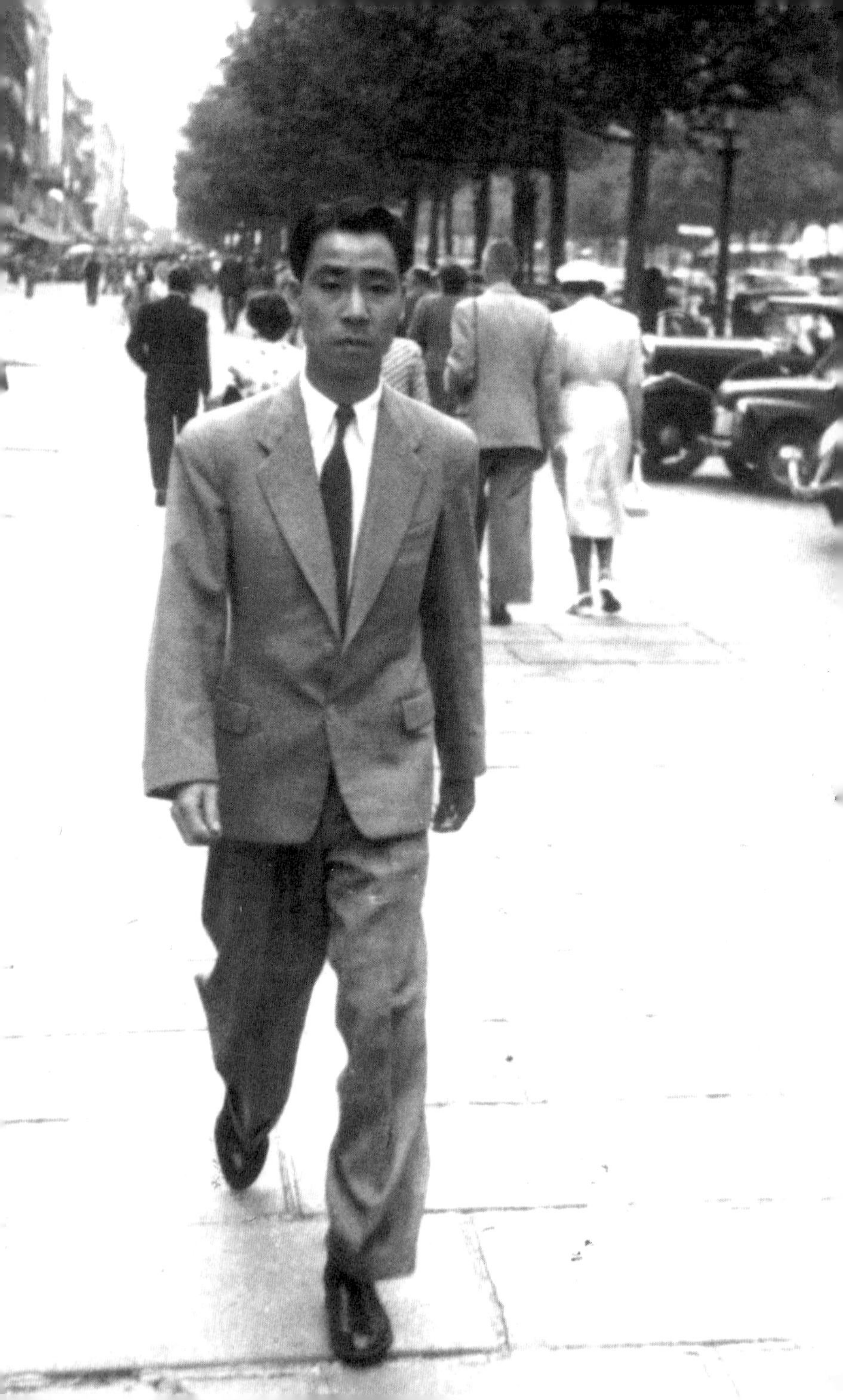

许渊冲译
诗经·雅

BOOK OF POETRY
Book of Odes and Epics

译

中国出版集团
中译出版社

目录 Contents

小雅 Book of Odes

鹿鸣之什

002	鹿　鸣	To Guests
004	四　牡	Loyalty and Filial Piety
008	皇皇者华	The Envoy
010	常　棣	Brotherhood
014	伐　木	Friendship and Kinship
020	天　保	The Royalty
024	采　薇	A Homesick Warrior
030	出　车	General Nan Zhong and His Wife
036	杕　杜	A Soldier's Wife
038	鱼　丽	Fish and Wine

南有嘉鱼之什

042	南有嘉鱼	Southern Fish Fine

044	南山有台 Longevity
048	蓼　萧 Southernwood
050	湛　露 The Heavy Dew
052	彤　弓 The Red Bow
054	菁菁者莪 Our Lord Visiting the School
056	六　月 General Ji Fu
062	采　芑 General Fang
068	车　攻 Great Hunting
072	吉　日 Royal Hunting

鸿雁之什

078	鸿　雁 The Toilers
080	庭　燎 Early Audience
082	沔　水 Water Flows
084	鹤　鸣 The Crane Cries

086	祈　父	
	To the Minister of War	
088	白　驹	
	The White Pony	
092	黄　鸟	
	Yellow Birds	
094	我行其野	
	A Rejected Husband	
096	斯　干	
	Installation	
102	无　羊	
	The Herdsmen's Song	

节南山之什

108	节南山	
	To Grand Master Yin	
116	正　月	
	Lamentation	
126	十月之交	
	President Huang Fu	
134	雨无正	
	Untimely Rain	
140	小　旻	
	Counselors	
144	小　宛	
	Reflections	
148	小　弁	
	The Banished Prince	

156	巧 言	Disorder and Slander
162	何人斯	Friend or Foe?
166	巷 伯	A Eunuch's Complaint

谷风之什

172	谷 风	Weal and Woe
174	蓼 莪	The Parents' Death
178	大 东	East and West
184	四 月	Banishment to the South
188	北 山	Injustice
192	无将大车	Don't Trouble
194	小 明	A Nostalgic Official
200	鼓 钟	Bells and Drums
202	楚 茨	Winter Sacrifice
210	信南山	Spring Sacrifice at the Foot of the Southern Mountain

甫田之什

216	甫　田	Harvest
220	大　田	Farm Work
224	瞻彼洛矣	Grand Review
226	裳裳者华	A Noble Lord
230	桑　扈	The Royal Toast
232	鸳　鸯	The Love-birds
234	頍　弁	The Royal Banquet
238	车　辖	On the Way to the Bride's House
242	青　蝇	Blue Flies
244	宾之初筵	Revelry

鱼藻之什

252	鱼　藻	The Fish among the Weed
254	采　菽	Royal Favours

258	角 弓	
	Admonition	
262	菀 柳	
	The Unjust Lord	
264	都人士	
	Men of the Old Capital	
268	采 绿	
	My Lord Not Back	
270	黍 苗	
	On Homeward Way after Construction	
274	隰 桑	
	The Mulberry Tree	
276	白 华	
	The Degraded Queen	
280	绵 蛮	
	Hard Journey	
282	瓠 叶	
	Frugal Hospitality	
284	渐渐之石	
	Eastern Expedition	
286	苕之华	
	Famine	
288	何草不黄	
	Nowhere but Yellow Grass	

大雅 Book of Epics

文王之什

292	文　王	Heavens Decree
298	大　明	Three Kings of Zhou
304	绵	The Migration in 1325 B. C.
312	棫　朴	King Wen and Talents
314	旱　麓	Sacrifice and Blessing
318	思　齐	King Wen's Reign
320	皇　矣	The Rise of Zhou
330	灵　台	The Wondrous Park
334	下　武	King Wu
336	文王有声	Kings Wen and Wu

生民之什

342	生　民	Hou Ji, the Lord of Corn

350	行苇	Banquet
354	既醉	Sacrificial Ode
358	凫鹥	The Ancestor's Spirit
362	假乐	King Cheng
364	公刘	Duke Liu
372	泂酌	Take Water from Far Away
374	卷阿	King Cheng's Progress
380	民劳	The People Are Hard Pressed
384	板	Censure

荡之什

394	荡	Warnings
400	抑	Admonition by Duke Wu of Wei
412	桑柔	Misery and Disorder
424	云汉	Great Drought

432	崧 高	
	Count of Shen	
440	烝 民	
	Premier Shan Fu	
446	韩 奕	
	The Marquis of Han	
454	江 汉	
	Duke Mu of Shao	
460	常 武	
	Expedition against Xu	
466	瞻 卬	
	Complaint against King You	
472	召 旻	
	King You's Times	

小雅・大雅

Book of Odes and Epics

鹿鸣之什①

鹿 鸣

呦呦鹿鸣，	小鹿呦呦地鸣叫，
食野之苹②。	在野地啃食艾蒿。
我有嘉宾，	我有满座的嘉宾，
鼓瑟③吹笙。	弹奏琴瑟吹响笙箫。
吹笙鼓簧，	吹响笙箫弹奏琴瑟呀，
承筐是将④。	献上礼品满竹筐。
人之好我，	人们喜欢爱戴我呀，
示我周行⑤。	给我前路指迷津。
呦呦鹿鸣，	小鹿呦呦地鸣叫，
食野之蒿。	在野地啃食青蒿。
我有嘉宾，	我有满座的嘉宾，
德音孔昭。	品德优秀声望很高。
视⑥民不恌⑦，	教育民众莫轻薄，
君子是则是效。	君子学习又仿效。

① 什（shí）：十。
② 苹：藾蒿。
③ 瑟：一种弦乐器，像琴，二十五弦。
④ 将：进献。
⑤ 周行（háng）：正道。
⑥ 视：示。
⑦ 恌（tiāo）：轻佻，好巧。

First Decade of Odes

To Guests[1]

How gaily call the deer
While grazing in the shade!
I have welcome guests here.
Let lute and pipe be played.
Let offerings appear
And lute and strings vibrate.
If you love me, friends dear,
Help me to rule the state.

How gaily call the deer
While eating southernwood!
I have welcome guests here
Who give advices good.
My people are benign;
My lords will learn from you.

---

[1] This was a festal ode sung at entertainments to the king's guests from the feudal States. It referred to the time of King Wen (1184—1134 B. C.).

我有旨酒，	我有佳肴和美酒呀，
嘉宾式燕①以敖②。	嘉宾共饮同逍遥。

呦呦鹿鸣，	小鹿呦呦地鸣叫，
食野之芩，	在野地啃食野蒿。
我有嘉宾，	我有满座的嘉宾，
鼓瑟鼓琴。	弹奏琴瑟。
鼓瑟鼓琴，	弹奏琴瑟呀，
和乐且湛③。	宾主和乐兴致高。
我有旨酒，	我有佳肴和美酒，
以宴乐嘉宾之心。	希望嘉宾乐逍遥。

四 牡

四牡骈骈④，	四匹马儿跑不停，
周道倭迟。	大陆弯曲又远长。
岂不怀归？	我怎能不想回故乡？
王事靡盬⑤，	公家的差事办不完，
我心伤悲。	我的心里多悲伤。
四牡骈骈，	四匹马儿跑不停，
啴啴⑥骆⑦马。	黑鬃白马气喘急。

① 燕：通"宴"。
② 敖：遨游。
③ 湛（dān）：过度逸乐。
④ 骈骈（fēi fēi）：马行不停的样子。
⑤ 盬（gǔ）：止息。
⑥ 啴啴（tān）：喘气的样子。
⑦ 骆：白身黑鬣的马。

I have delicious wine;
You may enjoy my brew.

How gaily call the deer
Eating grass in the shade!
I have welcome guests here.
Let lute and flute be played.
Play luate and zither fine;
We may enjoy our best.
I have delicious wine
To delight the heart of my guest.

Loyalty and Filial Piety[①]

Four horses forward go
Along a winding way.
How can my homesickness not grow?
But the king's affairs bear no delay.
My heart is full of woe.
Four horses forward go;
They pant and snort and neigh.

---

① This was a festal ode complimentary to an officer on his return from an expedition, celebrating the union in him of loyal duty and filial feeling.

岂不怀归?　　　　　　　我怎能不想回故乡?
王事靡盬,　　　　　　　公家的事情没个完,
不遑启处①。　　　　　　别想安居休息会儿。

翩翩者鵻②,　　　　　　 鹁鸪鸟儿翩翩飞,
载飞载下,　　　　　　　时而高来时而低,
集于苞栩。　　　　　　　落在丛生的栎树上。
王事靡盬,　　　　　　　公家的事情没个完,
不遑将③父。　　　　　　不能赡养老父亲。

翩翩者鵻,　　　　　　　鹁鸪鸟儿翩翩飞,
载飞载止,　　　　　　　时而飞来时而止,
集于苞杞。　　　　　　　落在丛生杞树枝。
王事靡盬,　　　　　　　公家的事情没个完,
不遑将母。　　　　　　　不能赡养老母亲。
驾彼四骆,　　　　　　　驾着四匹黑鬃马,
载骤骎骎④。　　　　　　马儿飞跑奔前方。
岂不怀归?　　　　　　　我怎能不想回故乡?
是用作歌,　　　　　　　于是作了这首歌
将母来谂⑤。　　　　　　将母深深来怀念。

① 启处:安居休息。
② 鵻(zhuī):鹁鸪。
③ 将:养。
④ 骎骎(qīn):马飞跑。
⑤ 谂(shěn):思念。

How can my homesickness not grow?
But the king's affairs bear no delay.
I can't rest flor drive slow.

Doves fly from far and near
Up and down on their way.
They may rest on oaks with their peer,
But the king's affairs bear no delay,
And I can't serve my father dear.

Doves fly from far and near
High and low on their way.
They may perch on trees with their peer.
But the king's affairs bear no delay,
And I can't serve my mother dear.
I drive black-maned white steed
And hurry on my way.
Don't I wish to go home with speed?
I can't but sing this lay
Though I have my mother to feed.

皇皇^①者华

皇皇者华，	花儿色明颜色艳，
于彼原隰^②。	开在高低的山坡上。
駪駪^③征夫，	众多使臣奔波忙，
每怀靡及。	纵有私事也顾不上。
我马维驹^④，	我的马儿六尺高，
六辔如濡^⑤。	六条缰绳光润鲜亮。
载驰载驱，	一路驾着车马跑，
周^⑥爰^⑦咨诹^⑧。	到处寻访求良策。
我马维骐^⑨，	我的马儿黑又青，
六辔如丝。	六条缰绳如丝光洁。
载驰载驱，	一路驾着车马跑，
周爰咨谋。	到处寻访求良谋。
我马维骆，	我的白马黑鬃毛，
六辔沃若。	六条缰绳湿润光滑。

① 皇皇：煌煌，花色明亮。
② 隰：低湿的地方。
③ 駪駪（shēn shēn）：众多的样子。
④ 驹：本作骄，马高六尺为骄。
⑤ 濡：润泽貌。
⑥ 周：普遍。
⑦ 爰：语助。
⑧ 诹：咨事。
⑨ 骐：青黑色的马，其纹路如棋盘。

The Envoy[1]

The flowers look so bright
On lowland and on height.
The envoy takes good care
To visit people here and there.

"My ponies have brown manes
And smooth are the six reins.
I ride them here and there,
Making inquiries everywhere."

"My horses have white manes;
Silken are the six reins.
I ride them here and there,
Seeking counsel everywhere."

"My horses have black manes;
Glossy are the six reins.

[1] This was an ode appropriate to the despatch of an envoy, complimentary to him and suggesting instructions as to the discharge of his duties.

载驰载驱，
周爰咨度。

一路驾着车马跑，
到处寻访做调查。

我马维骃①，
六辔既均②。
载驰载驱，
周爰咨询。

我的马儿黑白配，
六条缰绳长短如一。
一路驾着车马跑，
到处寻访细咨询。

常　棣③

常棣之华，
鄂不④韡韡⑤。
凡今之人，
莫如兄弟。

常棣开出的花儿，
花蒂异常美丽。
当今世上之人，
哪能比得上兄弟。

死丧之威⑥，
兄弟孔怀⑦。
原隰裒⑧矣，
兄弟求⑨矣。

死亡灾丧的威胁，
兄弟最放在心上。
作战丧命于原野，
唯有兄弟来相寻。

---

① 骃（yīn）：浅黑杂白马。
② 均：长短如一。
③ 常棣：木名。果实像李子而较小。
④ 鄂不：花蒂。
⑤ 韡韡（wěi wěi）：光辉。
⑥ 威：通"畏"。
⑦ 孔怀：很关心。
⑧ 裒（póu）：聚。
⑨ 求：相求。

I ride them here and there,
Seeking advice everywhere."

"My horses have grey manes;
Shiny are the six reins.
I ride them here and there,
Visiting people everywhere."

Brotherhood[1]

The blooms of cherry tree,
How gorgeous they appear!
Great as the world may be,
As brother none's so dear.

A dead man will be brought
To brother's mind with woe.
A lost man will be sought
By brothers high and low.

---

[1] This ode came into use at entertainments given at the court to the princes of the same surname as the Royal House.

脊令① 在原，　　　　　　　若是不幸遇危难，
兄弟急难。　　　　　　　也是兄弟来相救。
每② 有良朋，　　　　　　那些交好的朋友，
况③ 也永叹。　　　　　　往往口中空叹惜。

兄弟阋④ 于墙，　　　　　兄弟在家里相争，
外御其务⑤。　　　　　　却能同心抵御外辱。
每有良朋，　　　　　　　那些交好的朋友，
烝⑥ 也无戎⑦。　　　　　久久也不能相助。

丧乱既平，　　　　　　　丧事过去战乱息，
既安且宁。　　　　　　　生活渐渐安且宁。
虽有兄弟，　　　　　　　这时虽有亲兄弟，
不如友生⑧。　　　　　　却又不如友相亲。

傧尔笾⑨ 豆，　　　　　　摆上竹碗和木碗，
饮酒之⑩ 饫⑪。　　　　　痛快畅饮醉一晚。

① 脊令：水鸟名。
② 每：时常。
③ 况：即"贶"，赐给。
④ 阋（xì）：相争。
⑤ 务：通"侮"，欺负。
⑥ 烝：久。
⑦ 戎：助。
⑧ 友生：朋友。
⑨ 笾（biān）：豆，祭祀或宴享时用来盛食物的器具。笾用竹制，豆用木制。
⑩ 之：是。
⑪ 饫（yù）：满足。

When a man is in need;
Like wagtails flying high
To help him brothers speed,
While good friends only sigh.

Brothers quarrel within;
They fight the foe outside.
Good friends are not akin;
They only stand aside.

When war comes to an end,
Peace and rest reappear.
Some may think a good friend
Better than brothers dear.

But you may drink your fill
With dishes in array

兄弟既具①,　　　　　　兄弟既来齐相聚,
和乐且孺②。　　　　　　相亲相爱乐融融。

妻子好合,　　　　　　　与妻儿相处融洽,
如鼓瑟琴。　　　　　　　像琴瑟一样协调。
兄弟既翕③,　　　　　　与兄弟相处融洽,
和乐且湛④。　　　　　　那欢乐更加美好。

"宜⑤尔室家　　　　　　让你的家庭安康,
乐尔妻帑⑥。"　　　　　让你的妻儿幸福。
是究是图,　　　　　　　仔细体会这句话,
亶⑦其然乎!　　　　　　说得一点都不假。

伐 木

伐木丁丁⑧,　　　　　　伐木铮铮响,
鸟鸣嘤嘤⑨。　　　　　　鸟儿嘤嘤叫。
出自幽谷,　　　　　　　飞自幽谷中,
迁于乔木。　　　　　　　栖于乔木上。
嘤其鸣矣,　　　　　　　嘤嘤是鸟鸣,
求其友声。　　　　　　　求其友伴声。

① 具:同"俱",聚集。
② 孺:中心相爱。
③ 翕(xī):聚合。
④ 湛(dān):久乐或甚乐。
⑤ 宜:安。
⑥ 帑(nú):子孙。
⑦ 亶(dǎn):信。
⑧ 丁丁(zhēng zhēng):刀斧砍树的声音。
⑨ 嘤嘤:鸟鸣声。

And feel happier still
To drink with brothers gay.

Your union with your wife
Is like music of lutes
And with brothers your life
Has longer, deeper roots.

Delight your family
Your wife and children dear.
If farther you can see,
Happiness will be near.

Friendship and Kinship[1]

The blows on brushwood go
While the songs of the bird
From the deep vale below
To lofty trees are heard.
Long, long the bird will sing
And for an echo wait;

---

[1] This was a festal ode sung at the entertainment of friends, intended to celebrate the duty and value of friendship.

相^①彼鸟矣，　　　　　你看鸟儿鸣嘤嘤，
犹求友声。　　　　　是要来把朋友找。
矧^②伊人矣，　　　　　何况我们人与人，
不求友生？　　　　　为何不把朋友交？
神之听之，　　　　　天神若知人友爱，
终^③和且平。　　　　　既保平安又美好。

伐木许许^④，　　　　　伐木呼呼响，
酾^⑤酒有藇^⑥。　　　　　筛酒甘且醇。
既有肥羜^⑦，　　　　　家有小肥羊，
以速^⑧诸父。　　　　　请叔伯来尝。
宁^⑨适不来，　　　　　为何还不来，
微^⑩我弗顾。　　　　　可别不赏光。
於^⑪粲洒扫，　　　　　屋室扫完多清亮，
陈馈^⑫八簋^⑬。　　　　　丰盛食品摆桌上。
既有肥牡^⑭，　　　　　烹煮一只肥公羊，
以速诸舅^⑮。　　　　　等待长亲来品尝。

① 相：视。
② 矧（shěn）：况。
③ 终：既。
④ 许许：剥木皮的声音。
⑤ 酾（shī）：用筐漉酒去掉酒糟。
⑥ 藇（xù）：甘美。
⑦ 羜（zhù）：五月小羊。
⑧ 速：召。
⑨ 宁：犹"何"。
⑩ 微：无，勿。
⑪ 於：发声词，犹"爰"。
⑫ 馈：进食品给人。
⑬ 簋：盛食品的器具，圆筒形。
⑭ 牡：指羜之雄性的。
⑮ 诸舅：对异姓长辈的尊称。

Even though on the wing,
It tries to seek a mate.
We're more than what it is.
Can we not seek a friend?
If gods listen to this,
There is peace in the end.

Heigh-ho, they fell the wood;
I have strained off my wine.
My fatted lamb is good;
I'll ask kinsmen to dine.
Send them my best regards
Lest they resist my wishes.
Sprinkle and sweep the yards
And arrange eight round dishes.
Since I have fatted meat,
I'll invite kinsmen dear.

宁适不来, 为何现在还不来,
微我有咎①。 莫非我已有过错?

伐木于阪②, 树倒在山坡,
酾酒有衍③。 酒水已满溢。
笾豆有践④, 果品陈列上,
兄弟无远。 兄弟别客气。
民之失德, 人与人失和,
干糇⑤以愆⑥。 常因饮食缘。
有酒湑⑦我⑧, 有酒把酒筛来喝,
无酒酤⑨我。 没酒就把酒来买。
坎坎⑩鼓我, 我们咚咚打起鼓,
蹲蹲⑪舞我。 一起偏偏来起舞。
迨我暇矣, 正好今天有时间,
饮此湑矣。 来把美酒喝个足。

① 咎:过错。
② 阪:山坡。
③ 衍:水溢的样子。
④ 践:陈列的样子。
⑤ 糇(hóu):干粮。
⑥ 愆:过失。
⑦ 湑(xǔ):澄滤。
⑧ 我:语尾助词。
⑨ 酤(gū):买酒。
⑩ 坎坎:击鼓声。
⑪ 蹲蹲(cún cún):起舞的样子。

Why won't they come to eat?
Can't they find pleasure here?

On brushwood go the blows;
I have strained off my wine.
The dishes stand in rows;
All brethren come to dine.
Men may quarrel o'er food,
O'er late or early brew.
Drink good wine if you could,
Or o'ernight brew will do.
Let us beat drums with pleasure
And dance to music fine.
Whenever we have leisure,
Let's drink delicious wine.

天 保

天保定尔,　　　　　　　上天保佑你安定,
亦孔之固。　　　　　　　皇权巩固永不倒。
俾尔单厚①,　　　　　　 使你国家强且盛,
何福不除②。　　　　　　哪种福气不恩赐。
俾尔多益,　　　　　　　使你福气日益多,
以莫不庶。　　　　　　　物资也会样样齐。

天保定尔,　　　　　　　上天保佑你安定,
俾尔戬穀③。　　　　　　给你福气和厚禄。
罄④无不宜,　　　　　　 所有事情都适宜,
受天百禄。　　　　　　　接受上天百种禄。
降尔遐⑤福,　　　　　　 上天赐你鸿福运,
维日不足。　　　　　　　日日享用也不尽。

天保定尔,　　　　　　　上天保佑你安定,
以莫不兴。　　　　　　　没有什么不兴盛。
如山如阜,　　　　　　　像是平地隆土丘,
如冈如陵。　　　　　　　又像高山的脊背。
如川之方至,　　　　　　就像大河齐汇聚,
以莫不增。　　　　　　　没有可能不增长。

① 单厚：大。
② 除：施予。
③ 戬穀：福禄。
④ 罄：尽。
⑤ 遐：远。

The Royalty[①]

May Heaven bless our king
With great security,
Give him favor and bring
Him great felicity
That he may do more good
And people have more food.

May Heaven bless our king
With perfect happiness,
Make him do everything
Right and with great success
That he may have his will
And we enjoy our fill.

May Heaven bless our king
With great prosperity
Like hills and plains in spring
Grown to immensity
Or the o'erbrimming river
Flowing forever and ever.

[①] This was an ode responsive to any of the five preceding. The guests feasted by the king celebrated his praises and desired for him the blessing of Heaven and his ancestors, whose souls were supposed to appear in the witch.

吉蠲①为饎②，	案台洁净酒食香，
是用孝享③。	祭祀祖先齐献上。
禴祠烝尝④，	春夏秋冬都如此，
于公先王。	献给先公与先王。
君曰卜尔，	先人承诺赐予你，
万寿无疆。	福寿无疆万古长。
神之吊⑤矣，	上天神灵多善良，
诒尔多福。	赐你世间许多福。
民之质⑥矣，	民众生活之所求，
日用饮食。	日常用度及饮食。
群黎百姓，	天下贵族和百姓，
遍为⑦尔德。	受你教化感恩德。
如月之恒，	你如上弦月渐明，
如日之升。	你如太阳初上升。
如南山之寿，	寿命就像终南山，
不骞⑧不崩。	不会亏减永不崩。
如松柏之茂，	福气就像茂松柏，
无不尔或⑨承。	子孙后代永传承。

① 蠲（juān）：涓，清洁。
② 饎（xī）：通"糦"，酒食。
③ 享：献。
④ 禴（yuè）：夏祭。祠，春祭。烝，冬祭。尝，秋祭。
⑤ 吊：至。
⑥ 质：质朴；诚信。
⑦ 为：通"谓"，认为。
⑧ 骞（qiān）：亏。
⑨ 或：语气助词，无实义。

Offer your wine and rice
From summer, fall to spring
As filial sacrifice
To your ancestral king
Whose soul in the witch appears:
"May you live long, long years!"

The spirit comes and confers
Many blessings on you
And on simple laborers
But daily food and brew.
The common people raise
Their voice to sing your praise:

"Like the moon in the sky
Or sunrise o'er the plain,
Like southern mountains high
Which never fall or wane
Or like luxuriant pines,
May such be your succeeding lines!"

采 薇①

采薇采薇，	采呀采呀大巢菜，
薇亦作②止③。	巢菜芽儿新又绿。
曰归曰归，	说回家呀说回家，
岁亦莫④止。	转眼又到一年末。
靡⑤室靡家，	无室无家谁之过，
玁狁⑥之故。	都怪作战与猃狁。
不遑⑦启居⑧，	没有闲暇坐下来，
玁狁之故。	还是作战与猃狁。
采薇采薇，	采呀采呀大巢菜，
薇亦柔⑨止。	巢菜芽儿肥又嫩。
曰归曰归，	说回家呀说回家，
心亦忧止。	我的心里多忧愁。
忧心烈烈⑩，	忧心如焚烈烈烧，
载饥载渴。	出征路上饥又渴。
我戍⑪未定，	驻扎的地方没有定，
靡使归聘⑫。	谁能替我传家信。

① 薇：豆科植物，野生，可食。
② 作：生出。
③ 止：语尾助词。
④ 莫：通"暮"，岁暮，一年将尽的时候。
⑤ 靡：无。
⑥ 玁狁（xiǎn yǔn）：一作"猃狁"，种族名。
⑦ 遑：暇。
⑧ 启居：启是小跪；居是安坐。
⑨ 柔：未老而肥嫩。
⑩ 烈烈：本是火势猛盛的样子，形容忧心如焚。
⑪ 戍：驻守。
⑫ 聘：问讯。

A Homesick Warrior[1]

We gather fern
Which springs up here.
Why not return
Now ends the year?
We left dear ones
To fight the Huns.
We wake all night:
The Huns cause fright.

We gather fern
So tender here,
Why not return?
My heart feels drear.
Hard pressed by thirst
And hunger worst,
My heart is burning
For home I'm yearning.
Far from home, how
To send word now?

[1] This and the next two epic odes formed a triad, having reference to the same expedition undertaken in the time of King Wen when he was only Duke of Zhou discharging his duty as chief of the region of the west, to the last king of Shang.

采薇采薇，　　　　　　　采呀采呀大巢菜，
薇亦刚①止。　　　　　　巢菜芽儿老且硬。
曰归曰归，　　　　　　　说回家呀说回家，
岁亦阳②止。　　　　　　转眼又到十月间。
王事靡盬，　　　　　　　王室的事情办不完，
不遑启处③。　　　　　　哪有片刻能安身。
忧心孔疚④，　　　　　　忧愁的心情很痛苦，
我行不来⑤。　　　　　　如今有谁来安慰。

彼尔⑥维何?　　　　　　什么花儿最繁盛?
维常⑦之华。　　　　　　是那艳丽的常棣。
彼路⑧斯何?　　　　　　什么那样高又壮?
君子之车。　　　　　　　君子的兵将与车马。
戎车既驾，　　　　　　　战车已经开上路，
四牡⑨业业⑩。　　　　　四匹公马高且壮。
岂敢定居，　　　　　　　哪里敢于定下来，
一月三捷⑪。　　　　　　一个月内三转移。

① 刚：将老而粗硬。
② 阳：十月。
③ 启处：犹"启居"。
④ 疚：病痛。孔疚，等于说很痛苦。
⑤ 来：慰勉。不来，无人慰问。
⑥ 尔：原作"薾"，花开繁盛。
⑦ 常：常棣的简称。
⑧ 路：即"辂"，指车的高大。
⑨ 牡：指驾车的雄马。
⑩ 业业：高大貌。
⑪ 捷：抄行小路。

We gather fern
Which grows tough here.
Why not return?
The tenth month's near.
The war not won,
We cannot rest.
Consoled by none,
We feel distressed.

How gorgeous are
The cherry flowers!
How great the car
Of lord of ours!
It's driven by
Four horses nice.
We can't but hie
In one month thrice.

驾彼四牡，	驾起了四匹公马，
四牡骙骙①。	那公马强壮有力。
君子②所依，	将帅们坐在上面，
小人所腓③。	士兵们以它为遮蔽。
四牡翼翼④，	四匹公马并排走，
象弭⑤鱼服⑥。	象牙弓饵鱼皮鞘。
岂不日戒，	天天警备无松懈，
玁狁孔棘⑦。	猃狁实在太猖狂。
昔我往矣，	想我当年离家时，
杨柳依依⑧。	杨柳柔弱随风起。
今我来思，	看我如今回家日，
雨雪霏霏⑨。	大雪纷纷苦飘零。
行道迟迟，	一路走得慢腾腾，
载渴载饥。	还要忍受饥与渴。
我⑩心伤悲，	我的心里多悲伤，
莫知我哀！	没人知道我哀愁！

① 骙骙（kuí）：强壮的样子。
② 君子：指将帅。
③ 腓（féi）：隐蔽。
④ 翼翼：闲习的样子。
⑤ 弭（mǐ）：弓两端受弦的地方。
⑥ 服：盛箭的器具。
⑦ 棘：急。
⑧ 依依：杨柳柔弱随风摆动的样子。
⑨ 霏霏：雪飞的样子。
⑩ 我：诗人代南仲自称。

Driven by four
Horses alined,
Our lord before,
We march behind.
Four horses neigh,
Quiver and bow
Ready each day
To fight the foe.

When I left here,
Willows shed tear.
I come hack now,
Snow bends the hough.
Long, long the way
Hard, hard the day.
Hunger and thirst
Press me the worst.
My grief o'erflows.
Who knows? Who knows?

出 车

我出我车，	开出我的车子，
于彼牧①矣。	来到远郊牧地。
自天子所，	从天子的所在，
谓②我来矣。	奉命来到这里。
召彼仆夫③，	号召驾车的勇士，
谓之载矣。	叫他们装载武器。
王事多难，	如今王室多难，
维④其棘⑤矣。	情况已很危机。

我出我车，	开出我的车子，
于彼郊矣。	来到野郊之上。
设此旐⑥矣，	挂起龟蛇旗子，
建彼旄⑦矣。	插上漂亮羽毛。
彼旟⑧旐斯，	挂起的各种旗子，
胡不旆旆⑨？	为何不迎风飘扬？
忧心悄悄⑩，	我心忧虑重重，
仆夫况⑪瘁。	战士们无不憔悴。

① 牧：远郊放牧之地。
② 谓：命使。
③ 仆夫：御者。
④ 维：发语词。
⑤ 棘：急。
⑥ 旐（zhào）：画龟蛇的旗。
⑦ 旄：装在旗竿头的羽毛，这里指装饰着羽毛的旗。
⑧ 旟（yú）：画鸟隼（sǔn）的旗。
⑨ 旆旆（pèi pèi）：动摇，飞扬。
⑩ 悄悄：忧伤的样子。
⑪ 况：甚。

General Nan Zhong and His Wife[①]

Our chariots run
To pasture land.
The Heaven's Son
Gives me command.
Let our men make
Haste to load cart!
The state at stake,
Let's do our part!

Out goes my car
Far from the town.
Adorned flags are
With falcons brown,
Turtles and snakes
They fly in flurry.
O my heart aches
And my men worry.

---

① General Nan Zhong was the speaker in the first four stanzas and his wife in the last two.

王①命南仲，	大王命令南仲，
往城于方。	到北方修建城墙。
出车彭彭②，	一行车马众多，
旂③旟央央④。	旗帜威武鲜亮。
天子命我，	天子给我命令，
城彼朔方。	在北方修筑城墙。
赫赫⑤南仲，	以我南仲之强大，
玁狁于襄。	必将猃狁扫荡。
昔我往⑥矣，	当年离家之时，
黍稷方华⑦。	高粱穗花刚吐。
今我来⑧思，	当今归来之日，
雨雪载⑨涂⑩。	大雪铺满路途。
王事多难，	如今王室多难，
不遑⑪启居。	不能安居家中。
岂不怀归，	哪能不想回家，
畏此简书⑫。	害怕那告急的文书。

① 王：指周宣王。
② 彭彭：众盛。
③ 旂（qí）：龙旗。
④ 央央：又作"英英"，鲜明。
⑤ 赫赫：显盛。
⑥ 往：指出征时。
⑦ 方华：正开花。
⑧ 来：指伐猃狁后归途中。
⑨ 载：满。
⑩ 涂：泥泞。
⑪ 不遑：不暇。
⑫ 简书：写在竹简上的文书，指周王的命令。

Ordered am I
To build north wall.
Cars seem to fly
Flags rise and fall.
I'm going forth,
Leading brave sons,
To wall the north
And beat the Huns.

On parting day
Millet in flower.
On westward way
It snows in shower.
The state at stake,
Can I leave borders?
My heart would ache
At royal orders.

喓喓①草虫②，　　　　　蝈蝈喓喓地叫，
趯趯③阜螽④。　　　　　蚱蜢趯趯地跳。
未见君子⑤，　　　　　　丈夫出征还未归，
忧心忡忡⑥。　　　　　　我心忧伤神摇荡。
既见君子，　　　　　　　若能见到他归来，
我心则降⑦。　　　　　　我的心才肯放下。
赫赫南仲，　　　　　　　南仲威名镇四方，
薄伐西戎。　　　　　　　讨伐猃狁胜在望。

春日迟迟，　　　　　　　春天的日子好漫长，
卉⑧木萋萋。　　　　　　路边的草木茁壮长。
仓庚喈喈，　　　　　　　黄莺鸟儿喈喈叫，
采蘩⑨祁祁⑩。　　　　　采白蒿的满载筐。
执⑪讯⑫获⑬丑⑭，　　　抓获战俘依法处，
薄言还归。　　　　　　　作战将士凯旋归。
赫赫南仲，　　　　　　　大将南仲威名扬，
猃狁于夷⑮。　　　　　　从此猃狁不猖狂。

① 喓喓（yāo yāo）：虫声。
② 草虫：指蝗，或泛指草间之虫。
③ 趯趯（tì tì）：跳跃。
④ 阜螽（zhōng）：蝗类。
⑤ 君子：这里是征夫的眷属称征夫之词。
⑥ 忡忡：不安。
⑦ 降：悦。
⑧ 卉（huì）：草的总名。
⑨ 蘩（fán）：白蒿。
⑩ 祁祁：众多。
⑪ 执：捕。
⑫ 讯：审问。
⑬ 获：杀而献其左耳。
⑭ 丑：指首恶。
⑮ 夷：平。

Hear insects sing;
See hoppers spring!
My lord not seen,
My grief is keen.
I see him now;
Grief leaves my brow.
With feats aglow,
He's beat the foe.

Long, long this spring,
Green, green the grasses.
Hear orioles sing;
See busy lasses!
With captive crowd,
Still battle-drest,
My lord looks proud:
He's quelled the west.

杕① 杜②

有杕之杜，	棠梨树孤孤零零，
有睆③其实。	棠梨果圆润鲜艳。
王事靡盬④，	公家的事没个完，
继嗣⑤我日。	回家日子拖又拖。
日月阳止，	日子又到了十月，
女心伤止，	家中女人心忧伤，
征夫遑⑥止。	出征的人快回来。
有杕之杜，	棠梨树孤孤零零，
其叶萋萋。	棠梨叶密布成荫。
王事靡盬，	公家的事没个完，
我心伤悲。	我的心伤悲不息。
卉木萋止，	百花齐开树茂盛，
女心悲止，	女子在家独悲苦，
征夫归止。	盼望丈夫早归来。
陟彼北山，	登上北面小山坡，
言采其杞。	天天来把枸杞采。
王事靡盬，	公家的事情没个完，
忧我父母。	担心家中的父母。

① 杕（dì）：孤独貌。
② 杜：棠梨。
③ 睆（huàn）：圆。
④ 靡盬（gǔ）：无止息。
⑤ 继嗣：一延再延。
⑥ 遑：还。

A Soldier's Wife[1]

Lonely stands the pear tree
With rich fruit on display.
From the king's affairs not free,
He's busy day by day.
The tenth moon's drawing near,
A soldier's wife, I feel drear,
My husband is not here.

Lonely stands the peat tree;
So lush its leaves appear.
From the king's affairs he's not free;
My heart feels sad and drear.
So lush the plants appear;
A soldier's wife, I feel drear:
Where is my husband dear?

I gather fruit from medlar tree
Upon the northern hill.
From the king's affairs he's not free;
Our parents rue their fill.

---

[1] This ode was a description of the anxiety and longing of a soldier's wife for his return, the first stanza in autumn, the second in spring and the last two in another autumn.

檀车①啴啴,　　　　　　　檀木车子慢慢赶,
四牡痯痯②,　　　　　　　四匹马儿累不堪,
征夫不远。　　　　　　　出门的人应不远。

匪载匪来③,　　　　　　　没人安慰没人问,
忧心孔疚。　　　　　　　让我心忧痛难忍。
期逝④不至,　　　　　　　到了期限人未归,
而多为恤。　　　　　　　此事让人更担忧。
卜筮偕⑤止,　　　　　　　龟草占卜运气佳,
会言近止,　　　　　　　相会之日不遥远,
征夫迩止。　　　　　　　出门的人快到家。

鱼 丽⑥

鱼丽于罶⑦,　　　　　　　鱼儿落进鱼篓里,
鲿⑧鲨⑨。　　　　　　　　有黄鲿来有花鲨。
君子有酒,　　　　　　　君子珍藏陈年酒,
旨⑩且多。　　　　　　　醇厚味美量又多。

---

① 檀车:檀木所造的车。
② 痯痯(guǎn guǎn):疲劳的样子。
③ 来:慰劳。
④ 期逝:归期已过。
⑤ 偕:谐。一说是"嘉",吉。
⑥ 丽(lí):通"罹",遭遇。
⑦ 罶(liǔ):鱼网。
⑧ 鲿(cháng):黄颊鱼。
⑨ 鲨:一种小鱼,又名鮀(tuó)。
⑩ 旨:味美。

See shabby car appear
With horses weary and drear.
My soldier must be near.

Nor man nor car appear;
My heart feels sad and drear.
Alas! You're overdue.
Can I not long for you?
The fortune-tellers say.
You must be on your way.
But why should you delay?

Fish and Wine[1]

How fish in the basket are fine!
Sand-blowers and yellow-jaws as food.
Our host has wine
So abundant and good.

---

[1] This was an ode used at district entertainments. The domain of the king was divided into six districts of which the more trusted and able officers were presented every third year to the king and feasted. The same thing took place in the states which were divided into three districts. At the former of those entertainments this ode was sung in the first place.

鱼丽于罶，
鲂鳢①。
君子有酒，
多且旨。

鱼儿落到鱼篓里，
有鳊鱼来有草鱼。
君子珍藏陈年酒，
量又多来味又美。

鱼丽于罶，
鰋②鲤。
君子有酒，
旨且有。

鱼儿落到鱼篓里，
有鲇鱼来有鲤鱼。
君子珍藏陈年酒，
味道醇美喝不尽。

物其多矣，
维其嘉矣。
物其旨矣，
维③其偕矣。
物其有矣，
维其时矣。

美酒佳肴真正多，
味道也是很不错。
美酒佳肴真可口，
摆放也是很整齐。
美酒佳肴吃不完，
都是时鲜真难得。

① 鳢（lǐ）：草鱼。
② 鰋（yǎn）：鲇（nián）鱼。
③ 维：是。

How fish in the basket are fine!
So many tenches and breams.
Our host has wine
So good and abundant it seems.

How fish in the basket are fine!
So many carps and mud-fish.
Our host has wine
As abundant as you wish.

How abundant the food
So delicious and good!
How delicious the food at hand
From the sea and the land!
We love the food with reason
For it is all in season.

南有嘉鱼之什

南有嘉鱼

南有嘉鱼,
烝①然罩罩②。
君子有酒,
嘉宾式燕③以乐。

南方汉江有好鱼,
摇首摆尾数量多。
主人有酒醇又美,
宾客畅饮心无忧。

南有嘉鱼,
烝然汕汕④。
君子有酒,
嘉宾式燕以衎⑤。

南方汉江有好鱼,
游来游去真逍遥。
主人有酒醇又美,
宾客畅饮乐陶陶。

南有樛木⑥,
甘瓠累之。
君子有酒,
嘉宾式燕绥⑦之。

南方有树枝条弯,
葫芦藤儿将它缠。
主人有酒醇又美,
宾客畅饮心安然。

① 烝:众。
② 罩:捕鱼工具。罩罩,多貌。
③ 燕:通"宴",宴饮。
④ 汕汕:鱼游水貌。
⑤ 衎(kàn):乐。
⑥ 樛(jiū)木:向下弯曲的树。
⑦ 绥:安。

Second Decade of Odes

Southern Fish Fine[1]

Southern fish fine
Swim to and fro.
Our host has wine;
Guests drink and glow.

Southern fish fine
Swim all so free.
Our host has wine;
Guests drink with glee.

South wood is fine
And gourds are sweet.
Our host has wine;
With cheer guests meet.

---

[1] This was a festal ode appropriate to the entertainment of worthy guests, celebrating the generous sympathy of the entertainer.

翩翩者雎①,　　　　　　　鹁鸪偏偏空中飞,
烝然来思。　　　　　　　成群落在树枝上。
君子有酒,　　　　　　　主人有酒醇又美,
嘉宾式燕又②思。　　　　宾客举杯相敬劝。

南山有台③

南山有台,　　　　　　　南山有莎草,
北山有莱④。　　　　　　北山有野藤。
乐只⑤君子,　　　　　　君子真快乐,
邦家之基。　　　　　　　国家根基牢。
乐只君子,　　　　　　　君子真快乐,
万寿无期!　　　　　　　福寿万古长!

南山有桑,　　　　　　　南山有桑树,
北山有杨。　　　　　　　北山有白杨。
乐只君子,　　　　　　　君子真快乐,
邦家之光。　　　　　　　为国增荣光。
乐只君子,　　　　　　　君子真快乐,
万寿无疆!　　　　　　　万寿永无疆!

① 雎(zhuī):鹁鸪,一种短尾的鸟。
② 又:劝酒。
③ 台:通"苔",莎草。
④ 莱:草。
⑤ 只:感叹词。

Birds fly in line
O'er dale and hill.
Our host has wine;
Guests drink their fill.

Longevity[1]

Plants grow on southern hill
And on northern grows grass.
Enjoy your fill,
Men of first class.
May you live long
Among the throng!

In south grow mulberries
And in north poplars straight.
Enjoy if you please,
Glory of the State.
May you live long
Among the throng!

---

[1] This was a festal ode where the host proclaimed his complacence in the guests and then supplicated blessings on them one by one.

南山有杞，　　　　　　　南山有杞树，
北山有李。　　　　　　　北山有李树。
乐只君子，　　　　　　　君子真快乐，
民之父母。　　　　　　　爱民如父母。
乐只君子，　　　　　　　君子真快乐，
德音不已。　　　　　　　美名永传扬。

南山有栲，　　　　　　　南山有山樗，
北山有杻①。　　　　　　北山有檍树。
乐只君子，　　　　　　　君子真快乐，
遐不眉②寿。　　　　　　怎能不长寿。
乐只君子，　　　　　　　君子真快乐，
德音是茂。　　　　　　　美名传四方。

南山有枸，　　　　　　　南山有枸树，
北山有楰③。　　　　　　北山有苦楸。
乐只君子，　　　　　　　君子真快乐，
遐不黄耇④。　　　　　　怎能不高寿。
乐只君子，　　　　　　　君子真快乐，
保艾⑤尔后。　　　　　　后代永安康。

① 栲（kǎo），杻（niǔ）：栲，山樗。杻，檍（yì）树。
② 眉：老。
③ 楰（yú）：鼠梓。
④ 黄耇（gǒu）：老人。黄，指黄发。耇，高寿。
⑤ 艾：养育。

Plums grow on southern hill;
On northern medlar trees.
Enjoy your fill,
Lord, as you please.
You're people's friend;
Your fame's no end.

Plants grow on southern hill;
On northern tree on tree.
Enjoy your fill
Of longevity.
You're a good mate
Of our good state.

Trees grow on southern hill
And on northern hill cold.
Enjoy your fill
And live till old.
O may felicity
Fall to posterity!

蓼① 萧

蓼彼萧斯,　　　　　　　　　香蒿长得高又长,
零露湑②兮。　　　　　　　　颗颗露珠真清亮。
既见君子,　　　　　　　　　如今见到了天子,
我心写③兮。　　　　　　　　我的心情真舒畅。
燕笑语兮,　　　　　　　　　举杯畅饮且谈笑,
是以有誉④处兮。　　　　　　如此这般多快乐。

蓼彼萧斯,　　　　　　　　　香蒿长得高又长,
零露瀼瀼⑤。　　　　　　　　颗颗露珠聚叶上。
既见君子,　　　　　　　　　如今见到了天子,
为龙⑥为光。　　　　　　　　这种宠爱多荣光。
其德不爽,　　　　　　　　　天子威德无差失,
寿考不忘。　　　　　　　　　祝他长寿永无疆。

蓼彼萧斯,　　　　　　　　　香蒿长得高又长,
零露泥泥⑦,　　　　　　　　颗颗露珠沾衣裳。
既见君子,　　　　　　　　　今天见到了天子,
孔燕⑧岂弟⑨。　　　　　　　心中安乐又欢喜。

① 蓼(lù):长且大。
② 湑(xǔ):清澈。
③ 写:倾吐。
④ 誉:欢乐。
⑤ 瀼瀼(ráng ráng):盛大的样子。
⑥ 龙:宠,荣。
⑦ 泥泥:露濡。
⑧ 孔燕:孔,甚。燕,安。
⑨ 岂弟(kǎi tì):和易近人。

Southernwood[①]

How long grows southernwood
With dew on it so bright!
Now I see my men good,
My heart is glad and light.
We talk and laugh and feast;
Of our care we are eased.

How high grows southernwood
With heavy dew so bright!
Now we see our lord good
Like dragon and sunlight.
With impartiality
He'll enjoy longevity.

How green grows southernwood
Wet with fallen dew bright!
Now I see my men good.
Let us feast with delight

① The host was the speaker in the first and third stanzas and the guests in the second and last. This ode was sung on occasion of the king's entertaining the feudal princes who had come to his court.

宜兄宜弟，	宜为兄长宜为弟，
令德寿岂①。	品德高尚心惬意。

蓼彼萧斯，	香蒿长得高又长，
零露浓浓。	颗颗露珠水汪汪。
既见君子，	今天见到了天子，
鞗革②冲冲③。	金饰辔头闪闪亮。
和鸾④雍雍，	车上铃儿叮当响，
万福攸⑤同。	万福聚于你身上。

湛 露

湛湛⑥露斯，	露珠儿颗颗大又圆，
匪阳不晞⑦。	不见太阳它不干。
厌厌⑧夜饮，	夜晚饭饱酒又足，
不醉无归。	不喝尽兴人不还。

湛湛露斯，	露珠儿颗颗大又圆，
在彼丰草⑨。	沾在茂盛的草叶上。

① 寿岂：寿而且乐。
② 鞗（tiáo）革：皮革所制的缰绳。
③ 冲冲：垂饰的样子。
④ 和、鸾：都是指铃铛。
⑤ 攸：所。
⑥ 湛湛：露珠茂盛的样子。
⑦ 晞：干。
⑧ 厌厌：安乐貌。
⑨ 丰草：喻同姓诸侯。

And enjoy brotherhood,
Be happy day and night.

How sweet the southernwood
In heavy dew does stand!
Now we see our lord good,
Holding the reins in hand.
Bells ringing far and near,
We're happy without peer.

The Heavy Dew[1]

The heavy dew so bright
Is dried up on the trunk.
Feasting long all the night,
None will retire till drunk.

The heavy dew is bright
On lush grass in the dell.

---

[1] This festal ode was proper to the night entertainment of the feudal princes at the royal court.

厌厌夜饮,　　　　　　　　夜晚饭饱酒又足,
在宗载考①。　　　　　　　同姓家亲祭宗祖。

湛湛露斯,　　　　　　　　露珠儿颗颗大又圆,
在彼杞棘②。　　　　　　　聚在枸杞和酸枣上。
显③允④君子,　　　　　　　君子高贵又诚实,
莫不令德。　　　　　　　　无不美好有德望。

其桐其椅,　　　　　　　　那些桐树和椅树,
其实离离⑤。　　　　　　　果实沉沉挂枝头。
岂弟君子,　　　　　　　　君子平和又安乐,
莫不令仪。　　　　　　　　无不合德有礼貌。

彤　弓⑥

彤弓弨⑦兮,　　　　　　　朱红漆弓弦松弛,
受言藏之。　　　　　　　　请君接受来收藏。
我有嘉宾,　　　　　　　　我有众多好宾客,
中心贶⑧之。　　　　　　　心中诚意来赞扬。

---

① 考:成。此指举行宴会。
② 杞棘:喻庶姓诸侯。
③ 显:高贵。
④ 允:诚实。
⑤ 离离:垂下的样子。
⑥ 彤(tóng)弓:朱弓。
⑦ 弨(chāo):放松弓弦。
⑧ 贶(kuàng):爱戴。

We feast long all the night
Till rings the temple bell.

Bright is the heavy dew
On date and willow trees.
Our noble guests are true
And good at perfect ease.

The plane and jujube trees
Have their fruits hanging down.
Our noble guests will please
In manner and renown.

The Red Bow[1]

Receive the red bow unbent
And have it stored.
It's a gift I present
To guest adored.

---

[1] This festal ode was sung on occasion of a feast given by the king to some prince for the merit he had achieved, and the conferring on him of a red bow, which was the highest testimonial of merit, for red was the color of honor with the dynasty of Zhou.

钟鼓既设，	钟鼓齐鸣音乐起，
一朝飨①之。	大家一同来畅饮。

彤弓弨兮，	朱红漆弓弦松弛，
受言载之。	请君接受来收藏。
我有嘉宾，	我有众多好宾客，
心中喜之。	别提心里多欢乐。
钟鼓既设，	钟鼓齐鸣音乐起，
一朝右②之。	宾客一同把酒敬。

彤弓弨兮，	朱红漆弓弦松弛，
受言櫜③之。	请军接受放囊中。
我有嘉宾，	我有众多好宾客，
中心好之。	心中实在很喜爱。
钟鼓既设，	钟鼓齐鸣音乐起，
一朝酬④之。	互相酬谢意融融。

菁菁者莪⑤

菁菁者莪，	莪蒿长得真茂盛，
在彼中阿。	在那高高的山洼上。

---

① 飨：大的饮宴。
② 右：通"侑"，劝酒。
③ 櫜（gāo）：隐藏。
④ 酬：主人回敬宾客。
⑤ 莪（é）：莪蒿，野草名。

Drums beat and bells ring soon.
Let's feast till noon.

Receive the red bow unbent
Fitt'd on its frame.
It's a gift I present
To guest of fame.
Drums beat and bells ring soon.
Let's drink till noon.

Receive the red bow unbent
Placed in its case.
It's a gift I present
To guest with grace.
Drums beat and bells ring soon.
Let's eat till noon.

Our Lord Visiting the School[①]

Lush, lush grows southernwood
In the midst of the height.

---

① It was said that this ode celebrated the attention paid by the king to the education of talent. The lush southernwood and the boats were metaphorical of the talented youth of the kingdom, without aim or means of culture until the king provided for their training and furnished them with offices and salary thereafter.

既见君子①,	如今见到了宾客,
乐且有仪。	心中欢乐有礼仪。
菁菁者莪,	莪蒿长得真茂盛,
在彼中沚②。	在那水中的小洲上。
既见君子,	如今见到了宾客,
我心则喜。	心中实在很欢喜。
菁菁者莪,	莪蒿长得真茂盛,
在彼中陵。	在那高高的山陵上。
既见君子,	如今见到了宾客,
锡我百朋③。	恩赐给我百串钱。
泛泛杨舟,	杨木小舟水上漂,
载沉载浮。	浮浮沉沉随波摇。
既见君子,	今天见到了宾客,
我心则休④。	我心欢喜乐陶陶。

六 月

六月栖栖⑤,	六月里来心惶惶,
戎车既饬⑥。	整顿兵车备战忙。

① 君子：指宾客。
② 沚：水中的一块小陆地。
③ 朋：货币单位。百朋，言财多。
④ 休：欣欣然。
⑤ 栖栖：忙碌的样子。
⑥ 饬（chì）：修整。

Now we see our lord good,
We greet him with delight.

Lush, lush grows southernwood
In the midst of the isle.
Now we see our lord good,
Our faces beam with smile.

Lush, lush grows southernwood
In the midst of the hill.
Now we see our lord good,
He gives us shells at will.

The boats of willow wood
Sink or swim east or west.
Now we see our lord good,
Our heart can be at rest.

General Ji Fu[1]

Days in sixth moon are long,
Chariots ready to fight.

[1] This epic ode and the thirteen odes which followed were all referred to the time of King Xuan(826—781 B. C.). After Kings Cheng and Kang, the House of Zhou fell into decay. Li, the eighth king from Kang, was so oppressive that the people drove him from the capital. The Huns took advantage of this internal disorder and invaded and ravaged the country till King Xuan succeeded to the throne and despatched against them General Ji Fu, whose successful operations in 826 B. C. were sung by Zhang Zhong, writer of this ode.

四牡骙骙①，　　　　　　　四匹公马长得壮，
载是常②服。　　　　　　　背负旗子和衣裳。
狎狁孔炽，　　　　　　　　狎狁气焰太嚣张，
我是用急。　　　　　　　　我军形势很紧张。
王于出征，　　　　　　　　王命出兵去征讨，
以匡③王国。　　　　　　　以此保卫我家邦。

比物四骊，　　　　　　　　四匹黑马强又壮，
闲④之维则⑤。　　　　　　训练作战有章法。
维此六月，　　　　　　　　在这盛夏六月里，
既成我服。　　　　　　　　服马已经训练成。
我服既成，　　　　　　　　我的马儿已练好，
于三十里。　　　　　　　　一日可行三十里。
王于出征，　　　　　　　　王命出兵去征讨，
以佐天子。　　　　　　　　以此辅佐我国王。

四牡修广，　　　　　　　　四匹公马高又大，
其大有颙⑥。　　　　　　　马首威武气轩昂。
薄伐狎狁，　　　　　　　　快快前去打狎狁，
以奏肤公⑦。　　　　　　　为国为民立功劳。

① 骙骙（kuí kuí）：强壮的样子。
② 常：画有日月的旗帜。
③ 匡：救。
④ 闲：调息。
⑤ 则：法。
⑥ 颙（yóng）：大。
⑦ 肤公：大功。

All our horses are strong,
Flags and banners in flight.
The Huns come in wild band;
The danger's imminent.
To save our royal land
An expedition's sent.

My four black steeds are strong,
Trained with skill and address.
Days in sixth moon are long;
We've made our battle dress.
Nice battle dress is made;
Each day thirty li's done.
Our forces make a raid,
Ordred by Heaven's Son.

My four steeds are strong ones,
With their heads in harness.
We fight against the Huns
In view of great success.

有严①有翼，	将帅威严又恭敬，
共武之服。	供职军旅守边防。
共武之服，	供职军旅守边防，
以定王国。	安邦定国保我王。
玁狁匪茹②，	狁狁实力不柔弱，
整③居焦获④。	聚集驻兵在焦获。
侵镐及方，	侵占镐京和丰京，
至于泾阳。	一直到达泾水边。
织文鸟章，	旌旗上边绣鹰隼，
白旆⑤央央⑥。	燕尾旗边光灿灿。
元戎十乘，	大型兵车有十辆，
以先启行。	当先开路上战场。
戎车既安，	兵车行得很安全，
如轾⑦如轩⑧。	时而高昂时低伏。
四牡既佶⑨，	四匹公马真健壮，
既佶且闲。	昂首向前步调齐。
薄伐玁狁，	快快前去打狁狁，
至于大⑩原。	长驱直入到大原。

① 严：威严。
② 茹：度量。
③ 整：训练军队。
④ 焦获：地名。
⑤ 白旆（pèi）：旌旗周围燕尾形的旗边。
⑥ 央央：鲜明貌。
⑦ 轾（zhì）：车行向前倾。
⑧ 轩：车行向后仰。
⑨ 佶（jí）：强健。
⑩ 大（tài）原：今平凉。

Careful and strict we'd be;
In battle dress we stand.
In battle dress stand we
To defend the king's land.

The Huns cross the frontier;
Our riverside towns fall.
The invaders come near
North of our capital.
Like flying birds we speed,
With silken flags aglow.
Ten large chariots lead
The way against the foe.

The chariots move along
And proceed high and low.
The four horses are strong
And at high speed they go.
We fight against the Huns.
As far as northern border.

文武吉甫①,	吉甫能文又能武,
万邦为宪②。	他是万民的楷模。

吉甫燕喜,	吉甫设宴喜洋洋,
既多受祉③。	天子赏赐福无限。
来归自镐,	镐京归来回到家,
我行永久。	这次行军时间长。
饮御④诸友,	举杯饮酒敬朋友,
炰鳖⑤脍鲤⑥。	蒸煮团鱼和鲤鱼。
侯谁在矣,	都是有谁赴此宴,
张仲⑦孝友。	孝敬友善有张仲。

采 芑⑧

薄言采芑,	采苦菜呀采苦菜,
于彼新田,	在那两年的旧田,
于此菑⑨亩。	又来一年的新田。
方叔莅止,	方叔受命来此地,
其车三千。	带领车子有三千。

① 吉甫：尹吉甫。
② 宪：楷模。
③ 祉：福祉。
④ 御：进献。
⑤ 炰（páo）鳖：清蒸团鱼。
⑥ 脍鲤：细切鲤鱼。
⑦ 张仲：吉甫之友，其性孝友。
⑧ 芑（qǐ）：苦菜。
⑨ 菑（zī）亩：开垦一年的土地。

Wise Ji Fu leads brave sons
And puts the State in order.

Ji Fu is feasted here
With his gifts on display.
He's back from the frontier,
Having come a long way.
He entertains his friends
With roast turtles and fish.
The filial Zhang Zhong spends
His time there by Ji's wish.

General Fang[①]

Let's gather millet white
In newly broken land
General Fang will alight
Here to take the command.
Three thousand cars arrive

---

① This epic ode celebrated General Fang who conducted this grand expedition against the tribes of the south in 825 B. C.

师①干②之试,	众多兵士勤操练,
方叔率止。	都由方叔来统帅。
乘其四骐③,	驾着四骐拉的车,
四骐翼翼④。	昂首阔步走在前。
路车有奭⑤,	大车赤红有威严,
簟茀⑥鱼服,	上有竹帘和箭袋,
钩膺⑦鞗革⑧。	还有缨络和鞗革。
薄言采芑,	采苦菜呀采苦菜,
于彼新田,	在那两年的旧田,
于此中乡。	又来这块地中央。
方叔莅止,	方叔受命来此地,
其车三千。	带领车子有三千。
旂旐央央,	蛇旗龙旗迎风飘,
方叔率止。	方叔率领向前方。
约軝⑨错衡,	车毂缠皮辕饰文,
八鸾玱玱⑩。	八个銮铃响当当。
服其命服,	按照王命穿服装,
朱芾斯皇,	黄朱蔽膝真威风,

① 师:众。
② 干:盾。
③ 骐:有青黑花纹的马。
④ 翼翼:壮健貌。
⑤ 奭(shì):赭(zhě)红色。
⑥ 簟茀(diàn fú):蔽车的竹席。
⑦ 膺:马带。
⑧ 鞗(tiáo)革:革制的缰绳,末端以金为饰。
⑨ 軝(qí):车毂两端有皮革装饰的部分。
⑩ 玱玱(cāng):玉声。

With his great welltrained forces.
The general takes a drive
On four black and white horses.
Four piebalds in a row
Draw chariot red and green,
With reins and hooks aglow
Seal skin and bamboo screen.

Let's gather millet white
In newly broken land.
General Fang will alight
On the field rein in hand.
Three thousand cars arrive
With flags and banners spread.
The general leads the drive
In chariot painted red.
Hear eight bells' thinkling sound
And gems of pendant ring.
See golden girdle round

有玱葱珩①。	还有绿玉响玱玱。
鴥②彼飞隼,	鹰隼空中急速飞,
其飞戾③天,	一飞能够冲云霄,
亦集爰止。	落于树上也从容。
方叔莅止,	方叔受命来此地,
其车三千。	带领车子有三千。
师干之试,	众多兵士勤操练,
方叔率止。	都由方叔来统帅。
钲人④伐鼓,	打起铙钹敲起鼓,
陈师鞠⑤旅。	集合军队宣誓言。
显允方叔,	方叔英明有威信,
伐鼓渊渊⑥,	鼓声敲得震天响,
振旅阗阗⑦。	整顿军队要出师。
蠢尔蛮荆,	小小荆蛮真愚蠢,
大邦为仇。	要与大国来为敌。
方叔元老,	方叔位重资格深,
克壮其犹。	熟读兵书有良谋。
方叔率止,	方叔率领此军队,
执讯获丑⑧。	抓获战俘依法治。

① 珩（héng）：佩玉。
② 鴥（yù）：疾飞的样子。
③ 戾：至。
④ 钲（zhāng）人：击鼓传令者。
⑤ 鞠：宣告。
⑥ 渊渊：鼓声。
⑦ 阗阗（tián tián）：击鼓声。
⑧ 丑：丑类，对敌人的蔑称。

许渊冲译诗经

His robe conferred by the king.

Rapid is the hawks' flight:
They soar up to the sky
And then here they alight.
General Fang comes nigh;
Three thousand cars arrive;
His well-trained soldiers come.
General Fang leads the drive;
Men ingle and beat drum.
His forces in array,
The general has good fame,
Drums rolling on display
And flags streaming in flame.

You southern savages dare
To invade our great land.
Our General Fang is there;
At war he's a good hand.
The general leads his forces
To make captives of the crowd.

戎车啴啴,　　　　　　　　兵车开动声啴啴,
啴啴焞焞①,　　　　　　　啴啴焞焞震天响,
如霆如雷。　　　　　　　车马行进声如雷。
显允方叔,　　　　　　　方叔英明有威信,
征伐玁狁,　　　　　　　率兵前去讨猃狁,
蛮荆来威②。　　　　　　向他蛮夷来逞威。

车　攻③

我车既攻,　　　　　　　我的车子很坚固,
我马既同④。　　　　　　我的马儿很整齐。
四牡庞庞⑤,　　　　　　四匹公马高又大,
驾言徂⑥东⑦。　　　　　驾着车儿向东行。

田车⑧既好,　　　　　　我的猎车非常好,
四牡孔阜⑨。　　　　　　四匹公马肥又大。
东有甫草⑩,　　　　　　东边有片绿草地,
驾言行狩。　　　　　　驾车到那去狩猎。

① 焞焞（tūn tūn）：盛大的样子。
② 威：畏。
③ 攻：坚固。
④ 同：齐。
⑤ 庞庞：躯体充实。
⑥ 徂：往,到。
⑦ 东：指东都雒邑,在镐京之东。
⑧ 田车：打猎时所乘的车。
⑨ 孔阜：很高大肥壮。
⑩ 甫草：甫田之草。

His chariot drawn by horses
Now rumbles now rolls loud
Like clap or roll of thunder.
General Fang in command
Puts the Huns down and under
And southern savage band.

Great Hunting[1]

Our chariots strong
Have well-matched steeds.
Our train is long;
Eastward it seeds.

Our chariots good,
Four steeds in front,
Drive to east wood
Where we shall hunt.

---

[1] This epic ode celebrated a great hunting presided over by King Xuan(reigned 826—781 B. C.) on occasion of his giving audience to the feudal princes at the eastern capital of Luo after the two victories won by General Ji Fu over the northern tribes in 826 B. C. and by General Fang over the southern tribes in 825 B. C.

之子于苗①,　　　　　　　天子出门来打猎,
选②徒③嚣嚣。　　　　　　清点兵马声喧喧。
建旐④设旄⑤,　　　　　　挂起蛇旗和牛尾,
搏⑥兽于敖⑦。　　　　　　前去打猎上敖山。

驾彼四牡,　　　　　　　　四匹公马驾车行,
四牡奕奕。　　　　　　　　一会缓来一会急。
赤芾⑧金舄⑨,　　　　　　赤色蔽膝金鞋底,
会同有绎。　　　　　　　　大家会集一起去。

决⑩拾⑪既佽⑫,　　　　　戴上扳指和皮袖,
弓矢既调。　　　　　　　　调好箭矢拉开弓。
射夫既同,　　　　　　　　诸侯一同来比赛,
助我举柴⑬。　　　　　　　帮我拾禽堆如山。

① 苗:指一般田猎。
② 选:读为"算",点数的意思。
③ 徒:步卒。
④ 旐(zhào):古代一种画有龟蛇图案的旗。
⑤ 旄:旗杆头上用旄牛尾做装饰的旗。
⑥ 搏:"薄",无意。
⑦ 敖:地名,和"甫田"相近。
⑧ 赤芾(fú):赤色的蔽膝。
⑨ 金舄(xì):黄朱色的鞋。
⑩ 决:射时钩弦之具,用象骨制成,戴在左手拇指。
⑪ 拾:皮质的套袖,以防衣服阻碍勾弦射箭。
⑫ 佽(cì):准备好。
⑬ 柴:堆积物,这里指堆积动物的尸首。

Our king afield,
Flags on display,
With archers skilled
Pursues his prey.

He drives four steeds
Strong and aglow.
Red-shoed, he leads
His lords in row.

Strings fit, they choose
Arrows and bows.
Archers in twos
Reap games in rows.

四黄①既驾，	四匹黄马驾车行，
两骖②不猗③。	两边马儿不偏倚。
不失其驰④，	驾车之人守法则，
舍矢如破⑤。	箭一离弦有收获。
萧萧⑥马鸣，	马儿萧萧地鸣叫，
悠悠旆旌。	旌旗迎风悠悠飘。
徒御⑦不惊，	步兵御者都警惕，
大庖不盈。	厨房怎能不丰收。
之子于征，	那位君子踏上征程，
有闻⑧无声。	兵车隆隆不闻人声。
允⑨矣君子，	那位君子实在可信，
展⑩也大成！	现在果然大功告成！

吉 日

吉日维戊，	良辰吉日是戊时，
既伯既祷⑪。	又祭祀来又祈祷。

① 四黄：四匹黄马。
② 两骖：左右两侧的马。
③ 猗：当作"倚"。"不倚"指方向不偏，和中间两马一致。
④ 不失其驰：指御不违法则。御和射相配合，有一定法则。
⑤ 破：射中。
⑥ 萧萧：马长嘶声。
⑦ 徒：指步行者。御，指在车上驾驶者。
⑧ 有闻：车行马鸣的声音。无声，没有人声。二句说归途中队伍严肃。
⑨ 允：信。
⑩ 展：诚。
⑪ 伯：古代军中祭名，马祖。祷，古代马祭。

Four yellow steeds
Run straight and fit.
Our chariot speeds,
Each shot a hit.

Long, long steeds neigh;
Flags float and stream.
Footmen look gay;
With smiles cooks beam.

On backward way
We hear no noise.
What happy day!
How we rejoice!

Royal Hunting[1]

On lucky vernal day
We pray to Steed Divine.

---

[1] This ode celebrated a hunting expedition by King Xuan on a smaller scale, attended by his own officers and within the royal domain.

田车既好，	猎车已经准备好，
四牡孔阜。	四匹公马大又肥。
升彼大阜，	登上那座大土丘，
从其群丑①。	驱车追赶众禽兽。
吉日庚午，	良辰吉日是庚午，
既差②我马。	已经选好我的马。
兽之所同③，	这里百兽齐相聚，
麀鹿④麌麌⑤。	而且母鹿尤其多。
漆沮⑥之从，	从那漆水沮水旁，
天子之所。	一直赶到狩猎场。
瞻彼中原，	那看高高的平原，
其祁⑦孔有。	禽兽种类特别多。
儦儦⑧俟俟⑨，	四散奔逃真热闹，
或群或友。	三个两个一起跑。
悉率左右，	向左赶了向右赶，
以燕天子。	以供天子来射猎。

① 丑：群。
② 差：择。
③ 同：聚。
④ 麀（yōu）鹿：母鹿。
⑤ 麌麌（yǔ）：兽群聚貌。
⑥ 漆、沮（jū）：古水名，在今陕西省境内。
⑦ 祁：广大。
⑧ 儦儦（biāo）：众。
⑨ 俟俟（sì）：兽行走的样子。

Our chariots in array,
Four horses stand in line.
We come to wooded height
And chase the herds in flight.

Three days after we pray,
Our chosen steeds appear.
We chase all kinds of prdy:
Roebucks, does, stags and deer.
We come to riverside
Where Heavens' Son may ride.

Look to the plain we choose:
There are all kinds of prey,
Here in threes, there in twos,
Now they rush, now they stay.
We chase from left and right
To the royal delight.

既张我弓, 用力拉开我的弓,
既挟我矢。 我的箭矢放弦上。
发彼小豝①, 射杀那头小雌猪,
殪②此大兕③。 再射这只独角牛。
以御宾客④, 做成佳肴献宾客,
且以酌醴⑤。 一起饮酒乐逍遥。

① 豝（bā）：雌野猪。
② 殪（yì）：死。
③ 兕（sì）：独角野牛。
④ 宾客：指诸侯。
⑤ 醴：甜酒。

See the king bend his bow,
Put arrow on the string,
On a boar let it go;
A rhino's killed by the king.
He invited guests to dine,
With cups brimful of wine.

鸿雁之什

鸿　雁①

鸿雁于飞，	天上大雁飞去了，
肃肃②其羽。	震得羽毛沙沙响。
之子③于征，	那人被迫去服役，
劬④劳于野。	病苦劳累田野边。
爰⑤及矜人⑥，	这些都是可怜人，
哀此鳏寡！	还有鳏寡无所依！
鸿雁于飞，	天上大雁飞去了，
集于中泽。	成群聚在水泽边。
之子于垣⑦，	那人应征去筑墙，
百堵皆作。	至今已有一百丈。
虽则劬劳，	虽然病苦又劳累，
其究安宅？	终究何处是定所？
鸿雁于飞，	天上大雁飞去了，
哀鸣嗷嗷。	嗷嗷鸣叫放悲声。

---

① 鸿雁：鸿与雁同物异称，或复称为鸿雁。
② 肃肃：鸟飞时震羽的声音。
③ 之子：这些人，指被征服役者。
④ 劬（qú）：过度劳累。
⑤ 爰：乃。
⑥ 矜人：可怜人。
⑦ 于垣：去筑墙。百堵，一百方丈。

Third Decade of Odes

The Toilers[1]

Wild geese fly high
With wings a rustling.
We toilers hie
Afield a-bustling.
Some mourn their fate:
They've lost their mate.

Wild geese in flight
In marsh alight.
We build town wall
From spring to fall.
We've done our best
But have no rest.

Wild geese fly high;
They mourn and cry.

---

[1] This was a folk song collected in the countryside and not a festal ode sung in th court.

维此哲人，	只有这位明理人，
谓我劬劳。	说我实在很辛劳。
维彼愚人，	那些昏庸糊涂人，
谓我宣骄。	只会觉得我宣骄。

庭 燎

夜如何其①？	长夜漫漫待如何？
夜未央②，	漫漫长夜未过半。
庭燎③之光。	庭前烛火耀灿灿。
君子至止④，	王公诸侯要到来，
鸾声将将⑤。	车前铃声响锵锵。

夜如何其？	长夜漫漫待如何？
夜未艾⑥。	漫漫长夜未过半。
庭燎晣晣⑦。	庭前烛火光明亮。

君子至止，	王公诸侯要到来，
鸾声哕哕⑧。	车前铃声响哕哕。

① 其（jī）：语尾助词。
② 未央：未尽。一说未央即未中，未半。
③ 庭燎：在庭院内点燃的烛火。
④ 止：语尾助词。
⑤ 将将（qiāng qiāng）：锵锵，铃声。
⑥ 未艾：未已，犹"未央"。
⑦ 晣晣（zhé zhé）：明亮。
⑧ 哕哕：铃声。

The wise may know
Our toil and pain.
The fool says, "No,
Do not complain!"

Early Audience[1]

How goes the night?
It's at its height.
In royal court a hundred torches blaze bright.
Before my lords appear,
Their ringing bells I'll hear.

How goes the night?
It's passed its height.
In royal court the torches shed a lambent light.

Before my lords appear,
Their tinkling bells will come near.

---

[1] This was a soliloquy of King Xuan, waking now and again in his anxiety not to be late at his morning levee.

夜如何其？	长夜漫漫待如何？
夜乡①晨。	转眼就要天亮了。
庭燎有辉②。	庭前烛火光熠熠。
君子至止，	王公诸侯要到来，
言观其旂。	已经看到旗子了。

沔③水

沔彼流水，	河水漫漫向东流，
朝宗于海④。	百川汇聚入大海。
鴥⑤彼飞隼，	鸟儿漫天乱飞舞，
载飞载止。	时而飞起时而止。
嗟我兄弟，	感慨同姓诸兄弟，
邦人诸友。	还有同邦与朋友。
莫肯念乱，	没人不顾忌祸乱，
谁无父母！	谁人没有父母亲？

沔彼流水，	河水漫漫向东流，
其流汤汤。	水流汤汤真浩荡。
鴥彼飞隼，	鸟儿漫天乱飞舞，
载飞载扬。	时而低飞时高翔。
念彼不迹⑥，	想到办事不守规，
载起载行。	坐立不安心发慌。

① 乡：通"向"。
② 辉：烟气。
③ 沔：水涨满的样子。
④ 朝宗于海：以百川归东海喻百官拜天子。
⑤ 鴥（yù）：疾飞的样子。
⑥ 迹：遵循法则办事。

How goes the night?
Morning is near.
In royal court is blown out torches' light.
Now all my lords appear;
I see their banners from here.

Water Flows[①]

The waters flow
Towards the ocean.
Hawks fly in slow
Or rapid motion.
My friends and brothers,
Alas! Don't care
For their fathers and mothers
Nor state affair.

The waters flow
In current strong.
Hawks fly now low
Now high and long.
None play their part
But hatch their plot.

[①] This ode bewailed the disorder of the times and the general indifference to it, and traced it to the slanderers encouraged by men in power. The first two lines of the last stanza, missing in the original, are supplanted by the translator.

心之忧矣，	我心为此而忧愁，
不可弭①忘！	无法停止不可忘！
鴥彼飞隼；	鸟儿漫天乱飞舞，
率②彼中陵。	向着山陵急飞翔。
民之讹③言，	民众谣言纷纷起，
宁莫之惩④。	不能止息实荒唐。
我友敬⑤矣，	望我朋友要警惕，
谗言其兴！	谗言瞬间就兴起！

鹤 鸣

鹤鸣于九皋⑥，	鹤在水泽边鸣叫，
声闻于野。	声音响亮遍荒野。
鱼潜在渊，	鱼儿遨游在深渊，
或在于渚。	有时也去浅水湾。
乐彼之园，	那个园林真可爱，
爰有树檀，	园中生长有香檀，
其下维萚⑦。	还有灌木在下边。

① 弭：停止，消除。
② 率：循。
③ 讹：伪。
④ 惩：止。
⑤ 敬：即"警"，警戒。
⑥ 皋：沼泽。
⑦ 萚（tuò）：棘类灌木。

What breaks my heart
Can't be forgot.

The waters flow
At rising tide.
Hawks fly so low
Along hillside.
Let's put an end
To talks ill bred,
Respectful friend,
Lest slanders spread.

The Crane Cries[①]

In the marsh the crane cries;
Her voice is heard for miles.
Hid in the deep fish lies
Or it swims by the isles.
Pleasant a garden's made
By sandal trees standing still
And small trees in their shade.

---

① The garden described in this ode alluded to a state, the crane and sandal trees to manifested talents, the fish and small trees and paper mulberries to undiscovered talents, and stones from another hill to unpolished talents from other states. it was important for a state to discover and employ different talents.

他山①之石，	异国的石头，
可以为错②。	可以用来琢美玉。
鹤鸣于九皋，	鹤在水泽边鸣叫，
声闻于天。	声音响亮冲云霄。
鱼在于渚，	鱼儿遨游在浅湾，
或潜在渊。	有时也会入深渊。
乐彼之园，	那个园林真可爱，
爰有树檀，	园中生长有香檀，
其下维榖③。	还有楮树在下边。
他山之石，	异国的石头，
可以攻玉。	可以用来雕美玉。

祈 父④

祈父，	大司马呀大司马，
予王之爪牙。	我是大王的爪牙。
胡转予于恤⑤？	什么让我患忧愁？
靡所止居。	居无定所四处漂流。
祈父，	大司马呀大司马，
予王之爪士。	我是大王的爪牙。

---

① 他山：指异国。
② 错：琢玉用的粗磨石。
③ 榖：楮（chǔ）树，可以用来做纸。
④ 祈父：司马，周王的军事长官。
⑤ 恤：患。

Stones from another hill
May be used to polish jade.

In the marsh the crane cries;
Her voice is heard on high.
By the isle the fish lies
Or in tile deep near-by.
Pleasant the garden in our eyes
Where sandal trees stand still
And paper mulberries 'neath them.
Stones from another hill
May be used to polish gem.

To the Minister of War[①]

O minister of war!
We're soldiers of the crown.
Why send us to an expeditionary corps
So that we cannot settle down?

O minister of war!
We're guardians' of this land.

[①] The soldiers of the Royal Guard complained of the service imposed on them by the minister of war in 787 B. C. when the royal army had sustained a great defeat from some of the northern tribes and the royal guards were ordered to join the expeditionary force , a duty which did not belong to them.

胡转予于恤？	什么让我心担忧？
靡所厎①止。	无处安身心发愁。

祈父：	大司马呀大司马，
亶②不聪。	实在不听民众声。
胡转予于恤？	为啥陷我忧患中？
有母③之尸④饔⑤。	让我挨饿又忍饥。

白　驹

皎皎白驹，	整洁干净的小白马，
食我场苗。	在我圃场吃豆苗。
絷⑥之维⑦之，	我用绳子栓起它，
以永今朝。	让这快乐永留存。
所谓⑧伊人，	那个到来的客人
于焉逍遥。	在我这里多逍遥。

皎皎白驹，	整洁干净的小白马，
食我场藿⑨。	在我圃场吃豆子。
絷之维之，	我用绳子拴住它，

---

① 厎（zhǐ）止。
② 亶（dǎn）：确实是。
③ 母：毋。
④ 尸：陈列。
⑤ 饔（yōng）：熟食。
⑥ 絷（zhí）：绊马两足。
⑦ 维：用绳一头系马，另一头系在树木、楹柱等物上。
⑧ 谓：望念。
⑨ 藿：初生的豆。

Why send us to an expeditionary corps
So that we're under endless command?

O minister of war!
Why don't you listen to others?
Why send us to an expeditionary corps
So that we cannot feed out mothers?

The White Pony[1]

The pony white
Feeds on the hay.
Tether it tight,
Lengthen the joy of the day
So that its master may
At ease here stay.

The pony white
Feeds on bean leaves.
Tether it tight;

---

[1] The host tried to detain the white pony so as to have its master always with him and expressed his regret on the guest's departure.

以永今夕。	让这快乐能久长。
所谓伊人，	那个到来的客人，
于焉嘉客。	是我家的贵宾。
皎皎白驹，	整洁干净的小白马，
贲然①来思。	健壮漂亮有光彩。
尔公尔侯②，	各位公爵与侯爵，
逸豫无期③。	逍遥自在乐无穷。
慎尔优游，	望你好好玩一玩，
勉尔遁思。	请勿早早就退席。
皎皎白驹，	整洁干净的小白马，
在彼空谷④。	在那空旷深谷中。
生刍⑤一束，	脚下有束新嫩草，
其人如玉。	那人品德真正好。
毋金玉尔音，	把你音信当作宝，
而有遐心⑥！	千万莫有疏远心！

① 贲：饰。贲然，光彩貌。
② 尔公尔侯：指"伊人"。
③ 期：极。
④ 空谷：深谷。
⑤ 生刍：青草，用来喂白驹。
⑥ 遐心：疏远之心。

Lengthen the joy of the eves
So that its master may
As guest here stay.

The pony white
Brings pleasure here.
My noble guest so bright,
Be in good cheer.
Enjoy at ease.
Don't take leave, please!

The pony white
Feeds on fresh grass.
My guest gem-bright.
Leaves, me, alas!
O from you let me hear.
So that to me you're near.

黄 鸟[①]

黄鸟黄鸟!	大黄雀呀大黄雀!
无集于榖[②]!	不要停在楮树上!
无啄我粟!	不要吃我的小米!
此邦之人,	这个邦国的人民,
不我肯榖[③]。	跟我一点不友好。
言旋[④],言归,	还是赶快回去吧,
复我邦族。	回到自己的邦族。
黄鸟黄鸟!	大黄雀呀大黄雀!
无集于桑!	不要停在桑树上!
无啄我梁!	不要啄我的高粱!
此邦之人,	这个邦国的人民,
不可与明[⑤]。	一点都不明事理。
言旋,言归,	还是赶快回去吧,
复我诸兄。	回到哥哥那里去。
黄鸟黄鸟!	大黄雀呀大黄雀!
无集于栩[⑥]!	不要停在橡树上!
无啄我黍!	不要啄我的黍米!
此邦之人,	这个邦国的人民,

---

① 黄鸟:比喻剥削者。
② 榖(gǔ):楮(chǔ)树,皮可造纸。
③ 榖:亲善。
④ 旋:还。
⑤ 明:明晓道理。
⑥ 栩(xǔ):橡树。

Yellow Birds[①]

O yellow birds, hear phrase.
Don't settle on the trees.
Don't eat my paddy grain.
The people here won't deign
To treat foreigners well.
I will go back and dwell
In my family cell.

O yellow birds, hear please.
Don't perch on mulberries.
Don't eat my sorghum grain.
The people here won't deign
To come and understand.
I will go back offhand
To my dear brethren's land.

O yellow birds, hear please.
Don't settle on oak-trees.
Don't eat my millet grain
The people here won't deign

[①] The speaker who had withdrawn to another state found his expectations of the people there disappointed and proposed to return to his homeland.

不可与处。	实在不好来相处。
言旋，言归，	还是赶快回去吧，
复我诸父①。	跟我父辈在一起。

我行其野

我行其野，	独自走在旷野上，
蔽芾②其樗③。	臭椿树叶真繁茂。
昏姻之故，	因为婚姻的缘故，
言就尔居。	与你居住在一起。
尔不我畜④，	如今你不再养我，
复我邦家。	只好回到我家邦。

我行其野，	独自走在旷野上
言采其蓫⑤。	一边采摘羊蹄菜。
昏姻之故，	因为婚姻的缘故，
言就尔宿。	跟你同住一间屋。
尔不我畜，	如今你不再养我，
言归斯复。	我也只好把家还。

我行其野，	独自走在旷野上，
言采其葍⑥。	一边采摘臭野菜。

① 诸父：指同姓的长辈。
② 蔽芾（fèi）：茂盛的样子。
③ 樗：臭椿。
④ 畜：养。
⑤ 蓫（zhú）：一种野菜，又名羊蹄菜。
⑥ 葍（fú）：一种有臭味的野菜。

To let me live at ease.
So I'll go back again
To my dear uncles' plain.

A Rejected Husband[1]

I go by countryside
With withered trees o'erspread.
With you I would reside
For to you I was wed.
Now you reject my hand,
I'll go back to my land.

I go by countryside
With sheep's foot overspread.
I'll sleep by your bedside
For to you I was wed.
Now you reject my hand,
I'll go back to homeland,

I go by countryside
With pokeweed overspread.

---

[1] A husband rejected by his wife returned to his own homeland.

不思旧姻,　　　　　　　你不顾念旧婚姻,
求尔新特^①。　　　　　一心只把新人求。
成^②不以富,　　　　　并不因为他富有,
亦祇^③以异。　　　　　只是新鲜感难挡。

斯 干^④

秩秩^⑤斯干,　　　　　山涧泉水轶轶流,
幽幽南山^⑥。　　　　　终南山上青幽幽。
如竹苞^⑦矣,　　　　　就像竹苞稠密长,
如松茂矣。　　　　　　又如青松叶繁茂。
兄及弟矣,　　　　　　都是手足亲兄弟,
式相好矣,　　　　　　相亲相爱意相容,
无相犹^⑧矣。　　　　　莫要欺诈相为敌。

似^⑨续妣^⑩祖,　　　　　继续先祖的功德,
筑室百堵^⑪,　　　　　筑成房屋近百堵,
西南其户^⑫。　　　　　有向西的有向南。

① 新特:外婚,新的配偶。
② 成:诚的假借字。
③ 祇:只,仅仅。
④ 干:涧,古通用。
⑤ 秩秩:水流的样子。
⑥ 南山:终南山。
⑦ 苞:植物丛生稠密的样子。
⑧ 犹:欺诈。
⑨ 似:同"嗣"。
⑩ 妣:亡母。
⑪ 堵:方丈为"堵"。
⑫ 西南其户:古人堂寝的制度,有正户有侧户,正户南向,侧户东西向。

You drove husbandoutside,
To another you'll wed.
I can't bear your disdain,
So I go back with pain.

Installation[①]

The stream so clean,
Mountains so long,
Bamboo so green,
Lush pines so strong.
O brothers dear,
Do love each other.
Make no scheme here
Against your brother.

Inherit all from fathers' tombs,
Build solid wall
And hundred rooms
North, south, east, west

---

① This ode was probably made for a festival on the completion and dedication of a palaee, of which there was a description with good wishes for the builder and his posterity.

爱居爱处，　　　　　　　　全家都来此居住，
爱笑爱语。　　　　　　　　有说有笑乐融融。

约之阁阁①，　　　　　　　板子捆得真结实，
椓②之橐橐③。　　　　　　工具敲打声声响。
风雨攸④除，　　　　　　　能挡风来能避雨，
鸟鼠攸去，　　　　　　　　鸟雀老鼠也不惧，
君子攸芋⑤。　　　　　　　大家一起来居住。

如跂⑥斯翼，　　　　　　　房屋屹立如君子，
如矢斯棘，　　　　　　　　棱角整饬如箭矢，
如鸟斯革⑦，　　　　　　　房瓴上翘如鸟翼，
如翚⑧斯飞，　　　　　　　展开双翅欲起飞，
君子攸跻⑨。　　　　　　　君子举足登新室。

殖殖⑩其庭，　　　　　　　庭院宽敞又平整，
有觉⑪其楹，　　　　　　　楹柱高大又直正。
哙哙⑫其正，　　　　　　　正寝宽敞又明亮，

① 阁阁：结实整齐。
② 椓（zhuó）：击。
③ 橐橐（tuó tuó）：敲击的声音。
④ 攸：语气助词。
⑤ 芋：覆盖。
⑥ 跂（qì）：踮起脚跟。
⑦ 革：鸟翅。
⑧ 翚（huī）：雉名。
⑨ 跻（jī）：升。
⑩ 殖殖：平正貌。
⑪ 觉：高大。
⑫ 哙哙（kuài）：犹"快快"，形容堂殿轩豁宽明。

Where you may walk,
And sit and rest,
And laugh and talk.
The frames' well bound
For earth they pound.
Nor wind nor rain,
Nor bird nor mouse
Could spoil in vain
Your noble house.

As man stands right,
As arrow's straight,
As birds in flight
Spread wings so great,
'Tis the abode
Fit for our lord.

Square is the hall
With pillars tall.

哕哕^①其冥,　　　　　　　暗处幽晦微有光,
君子攸宁。　　　　　　　　君子住着多安宁。

下莞^②上簟^③,　　　　　　下面铺着蒲草席,
乃安斯寝。　　　　　　　　上面铺着竹苇席。
乃寝乃兴,　　　　　　　　君子睡醒起身后,
乃占我梦。　　　　　　　　请人来占梦中事。
吉梦维何?　　　　　　　　怎样才算吉祥梦?
维熊维罴^④,　　　　　　　梦见大熊和小熊,
维虺^⑤维蛇。　　　　　　　还有虺虫和蛇虫。

大人^⑥占之:　　　　　　　请来太卜来占梦:
维熊维罴,　　　　　　　　梦见大熊和小熊,
男子之祥。　　　　　　　　就会生个男娃娃。
维虺维蛇,　　　　　　　　若是梦到虺和蛇,
女子之祥。　　　　　　　　生个女娃也不差。

乃生男子,　　　　　　　　若是生个男娃娃,
载寝之床,　　　　　　　　把他放在床榻上,
载衣之裳,　　　　　　　　衣服小被包裹着,

① 哕哕:幽晦。
② 莞(guān):莞席。
③ 簟(diàn):苇或竹织成的席。
④ 罴(pí):兽名,似熊而高大。
⑤ 虺(huǐ):四脚蛇蜥蜴类。
⑥ 大人:指太卜。

The chamber's bright,
The bedroom's deep.
Our lord at night
May rest and sleep.

Bamboo outspread
On rush-mat bed
Where one may rest
Or lie awake
Or have dreams blest
Of bear or snake.

Witches divine
The bear's a sign
Of newborn son
And the snake's one
Of daughter fine.

When a son's blest,
In bed he's laid,
In robe he's drest

载弄之璋①。	珍贵玉璋递手上。
其泣喤喤②,	哭声就像敲钟鼓,
朱芾③斯皇,	红色祭服真辉煌,
室家君王④。	以后一定做君王。

乃生女子,	如是生下个女娃,
载寝之地,	让她安寝在地上,
载衣之裼⑤,	把她包在褓褓中,
载弄之瓦⑥。	给她纺锤来玩弄。
无非⑦无仪,	遵守礼仪性无邪,
唯酒食是议,	饭菜酒食会调理,
无父母诒⑧罹。	不给父母添烦忧。

无 羊

谁谓尔无羊?	谁说你没羊?
三百维⑨群。	一群就是三百只。
谁谓尔无牛?	谁说你没牛?

① 璋:玉器,形似半圭。
② 喤喤:小儿哭声。
③ 芾(fú):亦作"韨",古时祭服,以熟治的兽皮制成,着在腹前,遮蔽膝部,形似今时的围裙。
④ 君王:诸侯和天子。
⑤ 裼(tì):又名褓衣,就是婴儿的被。
⑥ 瓦:指古人纺线时所用的陶锤。
⑦ 无非:无违。
⑧ 诒:通"贻",给。
⑨ 维:为。这句是说以三百羊为一群。

And plays with jade.
His cry is loud,
Of crown he's proud,
He'll lord o'er crowd.

When daughter's blest,
She's put aground,
In wrappers drest,
She'll play with spindle round.
She'd do nor wrong nor good
But care for wine and food;
She'd cause her parents dear
Nor woe nor fear.

The Herdsmen's Song[1]

Who says you have no sheep?
There're three hundred in herd.
Have you no cows to keep?

---

[1] This ode was supposed to celebrate the largeness and condition of King Xuan's flocks and herds, with an auspice of the prosperity of the kingdom.

九十其犉①。	膘肥体壮九十头。
尔羊来思，	你的羊儿过来时，
其角濈濈②。	头上犄角挨犄角。
尔牛来思，	你的牛儿过来时，
其耳湿湿③。	两只耳朵摇啊摇。
或降于阿④，	有的聚在山坡上，
或饮于池，	有的饮水在池边，
或寝或讹⑤。	有的睡觉有的动。
尔牧来思，	你的牧人都来了，
何⑥蓑何笠，	背着蓑衣和斗笠，
或负其餱。	干粮袋子也带上。
三十维物⑦，	三十头牛一个色，
尔牲则具。	祭祀之用可齐备。
尔牧来思，	你的牧人都来了，
以薪以蒸⑧，	一路捡枝备柴薪，
以雌以雄⑨。	还会猎得小野物。
尔羊来思，	你的羊儿过来了，
矜矜兢兢，	战战兢兢相依靠，

① 犉（rún）：七尺的牛。以上言牛羊之多。
② 濈濈（jí）：一作"戢戢"，聚集。
③ 湿湿：耳动貌。
④ 阿：丘陵。
⑤ 讹：动。
⑥ 何：同"荷"，指肩上担东西。
⑦ 物：牛的毛色。
⑧ 蒸：细小的柴薪。
⑨ 雌、雄：指捕得的鸟兽，如雉兔之类。

Ninety cattle's low is heard.
Your sheep don't strive for corn;
They're at peace horn to horn.
When your cattle appears,
You see their frapping ears.

Some cattle go downhill;
Others drink water clear.
Some move; others lie still.
When your herdsmen appear,
They bear hats of bamboos
And carry food and rice.
Cattle of thirty hues
Are fit for sacrifice.

Then come your men of herds
With large and small firewood
And male and female birds.
Your sheep appear so good:
Fat, they don't run away;

不骞不崩①。	既没减少也不逃。
麾②之以肱，	挥动胳膊来指挥，
毕③来既升。	一起全都赶进牢。
牧人④乃梦，	牧官夜间来做梦，
众维鱼矣，	梦中出现好多鱼，
旐维旟矣。	还有旗旗和旟旗。
大人占之：	占梦先生来占卜：
众维鱼矣，	鱼儿众多是好事，
实维丰年。	来年一定大丰收。
旐维旟矣，	旗旗旟旗也不赖，
室家溱溱⑤。	家室繁荣人兴旺。

① 骞：亏损。崩，溃散。
② 麾：指挥。
③ 毕：既，尽。
④ 牧人：官名，掌畜牧。上文的"牧"指一般放牧牛羊的人，与此不同。
⑤ 溱溱（zhēn）：众多貌。

Tame, they don't go astray.
At wave of arms, behold!
They come back to the fold.

Then dreams the man of herds
Of locusts turned to fishes.
Tortoise and snake to birds.
The witch divines our wishes:
The locust turned to fish
Foretells a bumper year;
The snakes turned, as we wish,
To greater household dear.

节南山之什

节^① 南山

节彼南山, 雄伟高峻的终南山,
维石岩岩。 岩石磊磊真壮观。
赫赫师^②尹, 威风凛凛的尹太师,
民具尔瞻。 使得民众齐仰望。
忧心如惔^③, 心中忧愁如烈火,
不敢戏谈。 不敢随便来戏谈。
国既卒斩, 国运就此到尽头,
何用不监? 上天为何不开眼?

节彼南山, 雄伟高峻的终南山,
有实其猗^④。 山上野草密又长。
赫赫师尹, 威风凛凛的尹太师,
不平谓何? 国政混乱怎奈何?
天方荐^⑤瘥^⑥, 上天降灾又降疫,
丧乱弘多。 丧乱灾祸何其多。
民言无嘉, 民众口中无好话,

---

① 节:高峻貌。
② 师:官名,太师的简称,太师是三公中最尊贵的。
③ 惔:炎的借字,忧心如火之意。
④ 猗:长。
⑤ 荐:重,再。
⑥ 瘥(cuó):病,包括疾疫、饥馑等灾患。

Fourth Decade of Odes

To Grand Master Yin[①]

South Mountain's high;
Crags and jags tower.
Our people's eye
Looks to your power.
We're in distress
For state affair.
It's in a mess.
Why don't you care?

South Mountain's high,
Rugged here and there.
In people's eye:
You're as unfair.
Distress and woes
Fall without end.
Our grievance grows;

---

① This was a lamentation over the miserable state of the kingdom caused by Grand-master Yin and King You who reigned 780—770 B. C. and after whose death there took place the removal of the royal residence to the eastern capital—the great event in the history of the Zhou dynasty.

憯①莫惩嗟。　　　　　　还不赶快惩戒他？

尹氏大师，　　　　　　尹姓的大国师，
维周之氐②。　　　　　是周国的根基。
秉国之均③，　　　　　掌握国之权柄，
四方是维。　　　　　　维系四方安宁。
天子是毗④，　　　　　辅佐天子朝政，
俾民不迷。　　　　　　引导百姓前行。
不吊⑤昊天，　　　　　上天如此不善，
不宜空⑥我师⑦。　　　别让民众犯难。

弗躬弗亲，　　　　　　大王执政不亲躬，
庶民弗信。　　　　　　对民众也不信任。
弗问弗仕，　　　　　　不咨询也不察看，
勿罔⑧君子。　　　　　莫把君子相欺骗。
式⑨夷式已，　　　　　纠正坏事停止干，
无小人殆。　　　　　　小人也要离他远。
琐琐⑩姻亚，　　　　　碌碌无为的亲戚，
则无膴⑪仕。　　　　　不要再给他恩宠。

① 憯（cǎn）：曾，尚。
② 氐（dǐ）：同"柢"，树根。
③ 均：同"钧"，本是制陶器的模子下面的车盘，这里指治国政权。
④ 毗：辅佐。
⑤ 不吊：不善。
⑥ 空：穷。
⑦ 师：众。
⑧ 罔：欺。
⑨ 式：语气助词。
⑩ 琐琐：计谋褊（biǎn）浅。
⑪ 膴（wǔ）：厚。

But you won't mend.

Master Yin stands
Pillar of state.
With power in hands
You rule our fate.
On you rely
People and crown.
Heaven on high!
You've false renown.

Is what you do
Worthy of trust?
We don't think you
Have used men just.
You put the mean
In a high place.
Let all your kin
Fall in disgrace!

昊天不佣①,	上天真是不公平,
降此鞠讻②。	降此大灾和病乱。
昊天不惠,	上天真是不仁慈,
降此大戾③。	降下深重的罪过。
君子如届,	如果君子能到来,
俾民心阕④。	民愤一定能平息。
君子如夷,	君子一身正气在,
恶怒是违⑤。	众人恶怒即消除。
不吊昊天,	老天不惜人性命,
乱靡有定。	祸乱一直不平定。
式月⑥斯生,	一月更比一月甚,
俾民不宁。	使得百姓不安宁。
忧心如酲⑦,	忧心忡忡如醉酒,
谁秉国成⑧?	国家法规有谁行?
不自为政,	不肯亲自来执政,
卒⑨劳百姓。	徒使百姓受劳累。
驾彼四牡,	驾着四匹公马,
四牡项领⑩。	公马脖颈肥大。

① 佣:均。
② 鞠讻:大灾、元凶。
③ 戾:恶。
④ 阕:息。
⑤ 违:去除。
⑥ 月:通"刖",摧折。
⑦ 酲(chéng):醉酒。
⑧ 国成:国政的成规。
⑨ 卒:"瘁"字的假借,病。
⑩ 项:大。领,颈。

Heaven unfair
And pitiless
Sends man to scare;
We're in distress.
Send us men just
To bring us rest,
Worthy of trust;
We're not distressed.

Great Heaven, lo!
Troubles ne'er cease.
Each month they grow;
We have no peace.
We're grieved at heart.
Who rule and reign,
State set apart?
We toil with pain.

I drive my four
Steeds in harness

我瞻四方, 放眼望向四方,
蹙蹙①靡所骋。 没有可去的地方。

方茂尔恶, 当你恶意增长,
相尔矛矣。 就像箭矛刀枪。
既夷既怿②, 当你平息怒气,
如相酬矣。 就像互酬酒浆。

昊天不平, 老天怨愤心不平,
我王不宁。 我王辗转心难宁。
不惩其心, 不是自省以正心,
覆③怨其正。 反而怨人来纠正。

家父④作诵⑤, 家父作了这首诗,
以究⑥王讻。 举发王室的凶徒。
式讹⑦尔⑧心, 只望王心能感化,
以畜万邦。 抚养四方万民仰。

① 蹙蹙：局缩不得舒展的意思。
② 夷、怿：怨解。
③ 覆：反。
④ 家父：或作"嘉父"，本篇的作者。
⑤ 诵：诗。
⑥ 究：举发。
⑦ 讹：同"吪（é）"，变化。
⑧ 尔：指周王。

I look before
And see distress.

On evil day.
You wield your spear.
When you are gay,
You drink with cheer.

Heaven's unjust;
Our king's no rest.
To our disgust
Alone you're blest.

I sing to lay
Evil deeds bare
So that you may
Mind state affair.

正 月[①]

正月繁霜，	四月里来霜露重，
我心忧伤。	我心实在很忧伤。
民之讹言[②]，	由此引起的谣言，
亦孔[③]之将[④]。	已经一发不可收。
念我独兮，	想到只有我担忧，
忧心京京[⑤]。	心里更是不好受。
哀我小心，	可怜心细忧愁多，
瘋[⑥]忧以痒。	心情不悦身受伤。
父母生我，	父母既然生下我，
胡俾我瘉。	为何又要遭此祸。
不自我先，	来得不早也不晚，
不自我后。	正好由我来承受。
好言自口，	好言出自人之口，
莠言[⑦]自口。	坏话也出自人口。
忧心愈愈[⑧]，	心中忧愁似患病，
是以有侮。	由此招来人欺侮。

① 正月：夏历四月。
② 讹言：谣言。
③ 孔：甚。
④ 将：大。
⑤ 京京：忧不能止。
⑥ 瘋（shǔ）：痒。
⑦ 莠言：丑话。
⑧ 愈愈：犹"瘐瘐（yǔ yǔ）"，病。

Lamentation[1]

In frosty moon
My heart is grieved.
Rumors spread soon
Can't be believed.
I stand alone;
My grief won't go.
With cares I groan
And ill I grow.

Why wasn't I born
Before or after?
I suffer scorn
From people's laughter.
Good words or bad
Are what they say.
My heart feels sad,
Filled with dismay.

[1] This was a lamentation over the miseries of the kingdom caused by King You's employment of worthless men and his indulgence of his favorite Lady Shi of Bao.

忧心惸惸①，　　　　　　我的心里很孤独，
念我无禄②。　　　　　　想来确是我不幸。
民之无辜，　　　　　　　百姓实在很无辜，
并其臣仆。　　　　　　　要被抓去充奴仆。
哀我人斯，　　　　　　　这些人们真可怜，
于何从禄？　　　　　　　怎样才能得安生？
瞻乌爰止，　　　　　　　快看有群乌鸦来，
于谁之屋？　　　　　　　它要飞向谁的屋？

瞻彼中林，　　　　　　　你且看那树林中，
侯③薪侯蒸。　　　　　　全都成了细柴草。
民今方殆，　　　　　　　民众今日陷危困，
视天梦梦④。　　　　　　心恨老天眼不睁。
既克有定，　　　　　　　等到老天醒过来，
靡人弗胜。　　　　　　　没人能把它战胜。
有皇⑤上帝，　　　　　　请问尊贵的上帝，
伊谁云憎？　　　　　　　谁是祸首最可憎？

谓山盖⑥卑，　　　　　　谁说高山已不高，
为冈⑦为陵。　　　　　　谁说山脊成丘陵。
民之讹言，　　　　　　　民间流行的谣言，

---

① 惸惸：孤独的样子。
② 无禄：不幸。
③ 侯：犹"维"。
④ 梦梦：不明。
⑤ 有皇：犹"皇皇"，大。
⑥ 盖：读为"盍"，犹"何"。下同。
⑦ 冈：山脊。

My heart feels grieved;
Unlucky am I.
People deceived,
Slaves and maids cry.
Alas for me!
Can I be blest?
The crow I see,
Where can it rest?

See in the wood
Branch large or small.
For livelihood
We suffer all.
Dark is the sky.
Who'll make it clear?
Heavens on high
Cause hate and fear.

The hills said low
Are mountains high.
Why don't we go

宁①莫之惩。　　　　　　　竟然总是不能禁。
召彼故老，　　　　　　　快把元老召集来，
讯之占梦。　　　　　　　又请占卜来解梦。
具曰予圣，　　　　　　　谁都自称是高手，
谁知乌之雌雄！　　　　　怎能分出雌与雄！

谓天盖高？　　　　　　　谁人说天高又高？
不敢不局②。　　　　　　还是不敢不弯腰。
谓地盖厚？　　　　　　　谁人说地十分厚？
不敢不蹐③。　　　　　　还是只能小步走。
维号斯言，　　　　　　　应该大声宣此言，
有伦有脊④。　　　　　　以此教人学道理。
哀今之人，　　　　　　　可怜今天的民众，
胡为虺蜴。　　　　　　　就像虺蜴东西逃。

瞻彼阪田⑤，　　　　　　看那远处的山坡，
有菀其特。　　　　　　　草儿茂盛苗独特。
天之扤⑥我，　　　　　　上天把我使劲摇，
如不我克⑦。　　　　　　唯恐未将我压倒。

① 宁：乃。
② 局：或作"跼（jú）"，屈曲不伸。
③ 蹐（jí）：小步。
④ 伦：理。脊，引作"迹"，道理。
⑤ 阪田：山坡上的田。
⑥ 扤（wù）：摇动。
⑦ 克：制胜。

Against the lie?
About our dream,
What do they know?
Though wise they seem
They can't tell male
From female crow.
To what avail?

High are the skies;
Down I must bow.
Thick the earth lies;
I must walk slow.
Though what I say
Has no mistakes,
Men of today
Bite me like snakes.

See rugged field
Where lush grows grain.
How can I yield
To might and main?

彼①求我则，　　　　　　周王想要征用我，
如不我得。　　　　　　　似乎很怕得不到。
执我仇仇②，　　　　　　结果待我很冷淡，
亦不我力。　　　　　　　我要出力他不要。

心之忧矣，　　　　　　　我的心里忧愁，
如或结之。　　　　　　　就像纠缠不解。
今兹之正③，　　　　　　如今这个朝政，
胡然厉④矣？　　　　　　为何如此糟糕？
燎⑤之方扬，　　　　　　田火刚刚燃起，
宁或灭之？　　　　　　　难道就要熄灭？
赫赫宗周⑥，　　　　　　堂堂一个镐京，
褒姒灭之！　　　　　　　竟然灭于褒姒！

终⑦其永怀⑧，　　　　　我总如此忧愁，
又窘阴雨。　　　　　　　连连遭遇阴雨。
其车既载，　　　　　　　把车装得满满，
乃弃尔辅。　　　　　　　却把夹板丢掉。
载输⑨尔载，　　　　　　等到货物坠落，
将⑩伯助予！　　　　　　才有辅佐需要。

① 彼：指周王。
② 仇仇：缓持。
③ 正：政。
④ 厉：恶。
⑤ 燎：放火烧草木。
⑥ 宗周：指镐京。
⑦ 终：既。
⑧ 永怀：长忧。
⑨ 输：堕。
⑩ 将（qiāng）：请。

I was sought after
But couldn't be got.
With pride and laughter
They use me not.

Laden with cares,
My heart seems bound.
The state affairs
In woe are drowned.
The flames though high
May be put out.
The world's lost by
Fair Lady Bao.

Long grieved my heart,
I meet hard rain.
Loaded your cart,
No wheels remain.
O'erturned 'twill lie;
For help you'd cry.

无弃尔辅，	不要丢掉了夹板，
员^①于尔辐。	它能使你车子牢。
屡顾尔仆，	常常照顾赶车人，
不输尔载。	货物才能保存好。
终逾绝险，	这样就能渡过难关，
曾是不意！	这个道理你没想到。

鱼在于沼，	鱼儿遨游在池沼，
亦匪克乐。	但它未必很快乐。
潜虽伏矣，	有时会藏在深渊，
亦孔之炤^②。	可能也被人看到。
忧心惨惨，	神情不安心惶惶，
念国之为虐。	国之残暴不能忘。

彼有旨酒，	他家备有美酒，
又有嘉肴。	又有美味佳肴。
洽比^③其邻，	常和邻居往来，
昏姻孔云^④。	又和亲戚交好。

① 员：增益，加大。
② 炤（zhāo）：明白。
③ 比：亲近。
④ 云：周旋。

Keep your wheel-aid
And spoke well-made.
Show oft concern
For driver good
Lest he o'erturn
Your cart of wood.
You may get o'er
Difficulties,
But not before
You thought of this.

Fish in the pool
Knows no delight.
Deep in water cool
They're still in sight.
Saddened, I hate
Evils of the state.

They have' wine sweet
And viands good,
So they can treat
Their kin and neighborhood.

念我独兮,　　　　　　　　　想到我的孤单,
忧心慇慇。　　　　　　　　真是忧心难熬。

佌佌①彼有屋,　　　　　　 小人也有房屋,
蔌蔌②方有榖。　　　　　　丑人也有干粮。
民今之无禄,　　　　　　　百姓却无收入,
天夭③是椓。　　　　　　　上天降的灾殃。
哿④矣富人,　　　　　　　 富人过得欢快,
哀此惸独。　　　　　　　　苦人只有哀伤。

十月之交⑤

十月之交,　　　　　　　　十月之初日月交,
朔日辛卯。　　　　　　　　这月初一是辛卯,
日有食之,　　　　　　　　白天太阳有日食,
亦孔之丑。　　　　　　　　可能会有大灾祸。
彼月而微⑥,　　　　　　　 晚上月亮不明亮,
此日而微。　　　　　　　　白天阳光也消失。
今此下民,　　　　　　　　如今天下的百姓,
亦孔之哀。　　　　　　　　心中实在很忧伤。

---

① 佌佌(cǐ cǐ):小。
② 蔌蔌(sù sù):陋貌。
③ 夭:灾祸。
④ 哿(gě):喜乐。
⑤ 交:月终与月初相交之日。
⑥ 微:晦暗不明。

In loneliness I feel distress.
The poor have houses small;

Their food is coarse.
Woes on them fall;
They've no resource.
Happy the rich class;
But the poor, alas!

President Huang Fu[1]

In the tenth month the sun and moon
Cross each other on the first day.
The sun was then eclipsed at noon,
An evil omen, people say.
The moon became then small;
The sun became not bright.
The people one and all
Are in a wretched plight.

---

[1] This political ode was the lamentation of an officer over the prodigies, celestial and terrestial, betokening the ruin of Zhou. He expounded the true causes of these and named the chief culprit Huang Fu.

日月告凶，	日月显示凶亡兆，
不用其行。	没有遵循常规道。
四国无政，	全国上下都无政，
不用其良。	选人治国不贤良。
彼月而食，	晚上出现了月食，
则维其常。	这事多么地正常。
此日而食，	白天出现了日食，
于何不臧！	这有什么可害怕！
烨烨①震电，	天上烨烨闪雷电，
不宁不令。	震得苍生不安宁。
百川沸腾，	江河百川都沸腾，
山冢②崒崩。	山崩地裂震天响。
高岸为谷，	高山凹陷成峡谷，
深谷为陵。	深谷耸立变山峰。
哀今之人，	可叹当今执政者，
胡憯③莫惩！	不知畏惧无忌惮！
皇父④卿士，	执政卿士是皇父，
番维司徒。	有番在下做司徒。
家伯维宰，	还有宰官是加伯，
仲允膳夫。	仲允管厨是膳夫。

① 烨烨：打雷闪电的样子。
② 冢：山顶。
③ 憯（cǎn）：同"惨"。
④ 皇父（fǔ）、聚（zōu）子、蹶（guì）、楀：皆为姓氏。

Bad omen, moon and sun
Don't keep their proper way.
In the states evil's done;
The good are kept away.
The eclipse of the moon
Is not uncommon thing;
That of the sun at noon
Will dire disaster bring.

Lightning flashes, rolls thunder,
There is nor peace nor rest.
The streams bubble from under;
Crags fall from mountain-crest.
The heights beeome deep vale;
Deep, vates turn into height.
Men of this time bewail:
What to do with such plight?

Huang Fu presides over the state;
Fan the interior,
Jia Bo is magistrates;
Zhong Yong is minister.

聚子内史，　　　　　　　聚子当的是内史，
蹶维趣马。　　　　　　　蹶氏负责把马牧。
楀维师氏，　　　　　　　楀氏师氏察朝政，
艳妻①煽方处。　　　　　褒姒势力正鼎盛。

抑②此皇父，　　　　　　皇夫这个卿士呀，
岂曰不时？　　　　　　　怎能说他的不是？
胡为我作，　　　　　　　为何派我服劳役，
不即我谋？　　　　　　　一点不和我商量？
彻③我墙屋，　　　　　　把我房屋都拆除，
田卒汙莱④。　　　　　　让我田亩都荒芜。
曰"予不戕⑤，　　　　　还说"我没伤害你，
礼则然矣。"　　　　　　礼制本来就如此。"

皇父孔圣，　　　　　　　皇父自谓很聪明，
作都于向⑥。　　　　　　选择向地来建都。
择三有事⑦，　　　　　　司徒司空和司马，
亶侯多藏。　　　　　　　家财万贯数不清。
不憖⑧遗一老，　　　　　老臣一个也不用，
俾守我王。　　　　　　　这样的人守王廷。

① 艳妻：指褒姒。
② 抑：噫。
③ 彻：通"撤"，折毁。
④ 汙（wū）：同"污"，水池阻塞。莱，田地荒芜。
⑤ 戕（qiāng）：残。
⑥ 向：地名，在今河南尉氏县。
⑦ 有事：有司，官名。
⑧ 憖（yìn）：愿。

Zou records worthy deeds;
Of stable Qui takes care.
Yu is captain of steeds;
All flatter Lady Bao the fair.

Oh, this Huang Fu would say
He's done all by decree.
But why drive me away
Without consulting me?
Why move my house along
And devastate my land?
Has he done nothing wrong?
The law is in his hand.

Huang Fu says he is wise
And builds the capital.
He chooses men we despise,
Corrupt and greedy all.
No men of worthy deeds
Are left to guard the crown;

择有车马①,　　　　　　　选择富贵有车者,
以居②徂向。　　　　　　　同去向地自为政。

黾勉③从事,　　　　　　　我们努力来工作,
不敢告劳。　　　　　　　不敢叫苦有怨言。
无罪无辜,　　　　　　　本来无罪又无辜,
谗口嚣嚣④。　　　　　　众多小人进谗言。
下民之孽,　　　　　　　世间人们自作孽,
匪降自天。　　　　　　　不怪上天降灾祸。
噂沓⑤背憎,　　　　　　表面相合背后憎,
职竞由人。　　　　　　　都是人为惹的祸。

悠悠我里⑥,　　　　　　我的身体病悠悠,
亦孔之痗⑦。　　　　　　忧愁又加重病情。
四方有羡⑧,　　　　　　四方民众都如愿,
我独居忧。　　　　　　　唯独有我心怀忧。
民莫不逸,　　　　　　　民众无不很安逸,
我独不敢休。　　　　　　唯独有我不敢休。
天命不彻⑨,　　　　　　老天糊涂不行道,
我不敢效我友自逸。　　　不敢学人自安乐。

① 有车马:指富家。
② 居:语气词。
③ 黾(mǐn)勉:努力,勉力。
④ 嚣嚣:众多的样子。
⑤ 噂(zǔn)沓:比喻两面派。
⑥ 里:痛。
⑦ 痗(mèi):病。
⑧ 羡:宽裕。
⑨ 彻:规律。

Those who have cars and steeds
Are removed to his town.

I work hard all day long;
Of my toil I'm not proud.
I have done nothing wrong;
Against me stander's loud.
Distress of any kind
Does not come from on high.
Good words or bad behind
Would raise a hue and cry.

My homeland's far away;
I feel so sad and drear.
Other people are gay;
Alone I am grieved here.
When all people are free,
Why can't I take my ease?
I dread Heaven's decree;
I can't as my friends do what I please.

雨无正

浩浩昊天，	广大无边的苍天，
不骏①其德。	有德也是不久长。
降丧饥馑，	降临死亡与饥荒，
斩伐四国。	天下民众都遭殃。
昊天②疾威，	苍天暴虐太无当，
弗虑弗图。	从不为民来着想。
舍彼有罪，	有罪之人且放过，
既伏③其辜。	隐藏真凶瞒真相。
若此无罪，	那些清白无辜人，
沦胥④以铺⑤。	全都受迫被冤枉。
周宗⑥既灭，	镐京已经被灭亡，
靡所止戾⑦。	没有居所能住长。
正大夫离居，	长官大臣已离职，
莫知我勩⑧。	我的辛劳有谁知。
三事大夫，	三公大夫都失职，
莫肯夙夜。	不肯早晚为君忙。
邦君诸侯，	各国君王与诸侯，
莫肯朝夕。	不再早晚参君王。

① 骏：经常。
② 昊天：泛指天。
③ 伏：藏，隐。
④ 胥：相继。
⑤ 铺：通"痡（pū）"，痛苦。
⑥ 周宗：镐京。
⑦ 戾：定。
⑧ 勩（yì）：疲惫。

Untimely Rain[①]

The heaven high,
Not kind for long,
Spreads far and nigh
Famine on throng.
Heaven unfair,
You have no care
Nor have you thought.
Sinners are freed;
Those who sin not,
Why should, they bleed?

Where can I go after the fall
Of Zhou's capital?
Ministers gone,
None knows my toil
Nor serves the throne
But all recoil.
Of the lords none
At court appear.

---

① The speaker was a groom of the chambers.

庶^①曰式臧，　　　　　　　　希望他们能改过，
覆出为恶。　　　　　　　　谁知反而更猖狂。

如何昊天，　　　　　　　　怎奈昊昊的苍天，
辟^②言不信。　　　　　　　　乖张邪僻不守信。
如彼行迈，　　　　　　　　就像行人向前走，
则靡所臻^③。　　　　　　　　没有方向如何到。
凡百君子，　　　　　　　　所有在朝的君子，
各敬尔身。　　　　　　　　各自慎重先保身。
胡不相畏，　　　　　　　　为何彼此不相敬，
不畏于天？　　　　　　　　竟连苍天也不畏？

戎^④成不退，　　　　　　　　战祸至今未消除，
饥成不遂，　　　　　　　　饥荒也还没结束。
曾我暬御^⑤，　　　　　　　只因我是侍御臣，
憯憯日瘁。　　　　　　　　终日惨惨熬苦心。
凡百君子，　　　　　　　　若有好话就禀报，
莫肯用讯^⑥。　　　　　　　如是恶言赶紧逃。
听言^⑦则答，　　　　　　　君王喜听顺耳言，
谮言^⑧则退。　　　　　　　敢进忠言遭斥退。

① 庶：庶几，表示希望之词。
② 辟：邪僻。
③ 臻：至。
④ 戎：兵。
⑤ 暬（xiè）御：侍御。
⑥ 讯：进谏。
⑦ 听言：顺从的话。
⑧ 谮（zèn）言：谗言。

No good is done
But evil here.

Why isn't just word
Believed when heard?
Travelers know
Nowhere to go.
O lords, be good
And show manhood!
Don't you revere
Heaven you fear?

After the war
Famine's not o'er.
I, a mere groom,
Am full of gloom,
Among lords who
Will speak the true?
They like good word;
Bad one's not heard.

哀哉不能言，　　　　　　　不能说话真可悲，
匪舌是出，　　　　　　　　不是舌头有毛病，
维躬①是瘁。　　　　　　　只怕患病身遭殃。
哿②矣能言，　　　　　　　小人嘴巧多欢喜，
巧言如流，　　　　　　　　好话说得流水长，
俾躬处休③。　　　　　　　身居要职心安康。

维曰于仕，　　　　　　　　就说入仕来做官，
孔棘且殆。　　　　　　　　情势危险又紧急。
云不可使，　　　　　　　　如果说个"使不得"，
得罪于天子。　　　　　　　必将得罪于天子。
亦云可使，　　　　　　　　如果说了"可以办"，
怨及朋友。　　　　　　　　朋友一定会埋怨。
谓尔迁于王都，　　　　　　让你迁回到王都，
曰予未有室家。　　　　　　说我没有房屋住。
鼠思④泣血，　　　　　　　忧思啼泣呕心血，
无言不疾。　　　　　　　　各种表现皆激烈。
昔尔出居，　　　　　　　　那日你离王都去，
谁从作尔室?　　　　　　　有谁帮你建家室?

① 匪舌、维躬：病。
② 哿：嘉。
③ 休：福禄。
④ 鼠思：忧思。

Alas! What's true
Cannot be said,
Or woe on you,
Your tongue and head.
If you speak well
Like stream ne'er dry,
You will excel
And soon rise high.

It's hard to be
An officer.
The wrongs you see
Make you incur
Displeasure great
Of Heaven's Son,
Or in the state
Friends-you have none.
Go back to capital!
You say your home's not there.
My bitter tears would fall
To say what you can't bear:
"When you left, who
Built house for you?"

小 旻

旻天疾威，	苍天幽远真残暴，
敷①于下土。	降下灾荒遍国土。
谋犹②回遹③，	谋算计划真邪僻，
何日斯沮④？	哪天才能终停止？
谋臧不从，	好的计谋他不用，
不臧覆用。	反而恶计受恩宠。
我视谋犹，	那些谋划由我看，
亦孔之邛⑤！	纰漏太多不可用！
潝潝⑥訿訿⑦，	小人党同又伐异，
亦孔之哀。	此举真是太悲哀。
谋之其臧，	那些良好的谋划，
则具是违。	没有一个照着做。
谋之不臧，	那些不好的规则，
则具是依。	全都照行无违背。
我视谋犹，	这些谋划由我看，
伊于胡底⑧！	不知何时才终止！

① 敷：布满。
② 犹：谋。
③ 遹（yù）：邪僻。
④ 沮：止。
⑤ 邛（qióng）：病。
⑥ 潝潝（xī xī）：相互附和的样子。
⑦ 訿訿（zǐ zǐ）：互相抵触的样子。
⑧ 底：尽头。

Counselors[1]

The Heaven's ire
On earth descends.
The counsels dire
Go without ends.
They follow one
Not good but bad,
The good not done,
I feel so sad.

Controversy
Is to be rued.
They disagree
On what is good.
On what is bad
They will depend.
I feel not glad.
How will this end?

[1] This was a lamentation over the recklessness and incapacity of the king's plans and of his counsellors.

我龟既厌,	我的灵龟已厌倦,
不我告犹。	不再告知我凶吉。
谋夫孔多,	出主意的人太多,
是用不集①。	没有哪个能做成。
发言盈庭,	议论纷纷满朝堂,
谁敢执其咎?	责任有谁敢担当?
如匪行迈谋,	行路不知有所问,
是用不得于道。	方向不明难成行。
哀哉为犹,	国政混乱真可哀,
匪先民是程②,	不知取法效先祖,
匪大犹③是经。	也不遵循天地经。
维迩言是听,	浅薄的话儿偏爱听,
维迩言是争。	也会由此起纷争。
如彼筑室于道谋,	就像建屋问路人,
是用不溃④于成。	人多嘴杂说不清。
国虽靡止⑤,	国家虽然范围小,
或圣或否。	也有圣贤和愚氓。
民虽靡膴⑥,	民众虽然无法度,
或哲或谋,	也有贤哲也有谋,

① 集:成功。
② 程:效法。
③ 大犹:大道。
④ 溃:即"遂",达到。
⑤ 止:地基。
⑥ 膴(wǔ):法则。

The tortoise bored,
Nothing's foretold.
Men on the board
No right uphold.
The more they say;
The less they do.
They won't start on their way.
How can we ask them to?

Alas! Formers of plan
Won't follow those of yore.
No principles they can
Formulate as before.
They follow counselors
Who can nothing good yield.
They ask the wayfarers
About houses to build.

Though bounded is our state,
Our men may be wise or not.
Our numbers are not great;
Some know to plan and plot;

或肃或艾^①。	还有严肃治国者。
如彼泉流,	就像那些泉水流,
无沦胥^②以败。	不要沾染受污浊。

不敢暴虎,	不敢徒手打猛虎,
不敢冯^③河。	不敢徒步过江河。
人知其一,	个人只知一方面,
莫知其他。	不能详细知其他。
战战兢兢,	心惊胆战意恐恐,
如临深渊,	就像身在深水边,
如履薄冰。	就像走在薄冰上。

小 宛[④]

宛彼鸣鸠,	鸣叫的斑鸠真小巧,
翰^⑤飞戾^⑥天。	高高飞起至青天。
我心忧伤,	我的心里多忧伤,
念昔先人。	思念逝去的故人。
明发不寐,	通宵达旦不能睡,
有怀二人^⑦。	感怀我的父母亲。

① 艾：干练。
② 沦胥：牵连受苦。
③ 冯（píng）：徒步过河。
④ 宛：小。
⑤ 翰：高。
⑥ 戾：至。
⑦ 二人：指父母。

Others are able to think
Like stream from spring will flow.
Together they will sink
In common weal and woe.

Don't fight a tiger with bare hand,
Nor cross without a boat the stream.
You may know one thing in your land,
But not another as you deem.
Be careful as if you did stand
On the brink of the gulf of vice
Or tread upon thin ice!

Reflections[1]

Small is the cooing dove,
But it can fly above.
My heart feels sad and drear,
Missing my parents dear.
Till daybreak I can't sleep,
Lost so long in thoughts deep.

---

[1] Some officer, in a time of disorder and misgovernment, urges on his brothers the duty of maintaining their own virtue and of observing the greatest caution.

人之齐圣①，	人们真的很睿智，
饮酒温②克。	喝到微醉能自持。
彼昏不知，	那些昏庸糊涂者，
壹醉日富。	一醉方休更自满。
各敬尔仪，	个人行为要自重，
天命不又。	天命一去不再有。
中原有菽③，	园中有片大豆苗，
庶民采之。	百姓争相去摘采。
螟蛉④有子，	桑虫若是产幼子，
蜾蠃⑤负之。	土蜂赶忙来背负。
教诲尔子。	教育你的下一代，
式穀⑥似⑦之。	好好行善继祖德。
题⑧彼脊令，	看那鸟儿叫脊令，
载飞载鸣。	时而飞来时而鸣。
我日斯迈，	我每天都在向前行，
而月斯征。	你也每月都远征。
夙兴夜寐，	早起晚睡要努力，
无忝⑨尔所生。	不要辱没你所生。

① 齐圣：聪明睿智。
② 温：蕴藉自持。
③ 菽：大豆。
④ 螟蛉：桑上小青虫。
⑤ 蜾蠃（guǒ luǒ）：土蜂。
⑥ 穀：善。
⑦ 似：通"嗣"，继承。
⑧ 题：视，看。
⑨ 忝：辱没。

Those who are grave and wise,
In drinking won't get drunk;
But those who have dull eyes
In drinking will be sunk.
From drinking be restrained.
What's lost can't be regained.

There are beans in the plain;
People gather their grain.
The insect has young ones;
The sphex bears them away.
So teach and train your sons
Lest they should go astray.

The wagtails wing their ways
And twittering they're gone.
Advancing are my days;
Your' months are going on.
Early to rise and late to bed!
Don't disgrace those by whom you're bred!

交交①桑扈②，	桑扈飞来又飞去，
率场啄粟。	沿着场院啄粟米。
哀我填③寡，	可怜我家本穷苦，
宜岸宜狱。	先人没落受陷垢。
握粟出卜，	手握粟米来占卜，
自何能穀？	可否运好得吉祥？
温温恭人，	那人谨慎又恭良，
如集于木。	好比停在高树上。
惴惴④小心，	惴惴不安时谨慎，
如临于谷。	就像面临大深谷。
战战兢兢，	战战兢兢意恐恐，
如履薄冰。	就像走在薄冰上。

小 弁⑤

弁彼鸒⑥斯，	那些雅鸟真快乐，
归飞提提⑦。	飞来飞去一群群。
民莫不穀⑧，	没有百姓不安居，
我独于罹⑨。	唯我独自心忧伤。

① 交交：往来的样子。
② 桑扈：窃脂，俗呼青觜（zuǐ），食肉不食粟。
③ 填（tiǎn）：穷苦。
④ 惴惴：形容又发愁又害怕的样子。
⑤ 弁："昇"字的假借，快乐。
⑥ 鸒（yù）：鸟名，形似鸟，大如鸽，腹下白色。往往千百成群，鸣声雅雅，又名雅鸟。
⑦ 提提：群飞安闲之貌。
⑧ 穀：善。
⑨ 罹：忧。

The greenbeaks on their tour
Peck grain in the stack-yard.
I am lonely and poor,
Unfit for working hard.
I go out to divine
How can I not decline.

Precarious, ill at ease,
As if perched on trees;
Careful lest I should ail
On the brink of a wale;
I tremble twice or thrice
As treading on thin ice.

The Banished Prince[①]

With flapping wings the crows
Come back, flying in rows.
All people gay appear;
Alone I'm sad and drear.

---

① The eldest son and heir-apparent of King You of Zhou bewailed his banishment because the king, enamoured of Lady Shi of Bao and led away by slanderers, announced that a child by Lady Shi should be his successor. When King You was killed in 770 B. C., the banished prince was recalled and became King Ping who removed the capital to the east.

何辜于天，	我于苍天有何罪，
我罪伊何？	我的过错在哪里？
心之忧矣，	我的心中很忧伤，
云如之何！	我能把它怎么样！

踧踧①周道，	各国大道真平坦，
鞫②为茂草。	路边满满生茂草。
我心忧伤，	我的心中很忧伤，
惄③焉如捣，	就像舂米把心捣。
假寐④永叹，	姑且装睡长叹息，
维⑤忧用⑥老。	我因忧愁而衰老。
心之忧矣，	我的心里多忧愁，
疢⑦如疾首。	头痛像是烈火烧。

维桑与梓，	看到桑树和梓树，
必恭敬止。	毕恭毕敬站那里。
靡瞻匪父，	我只遵从父教诲，
靡依匪母⑧。	我只依照母叮嘱。
不属⑨于毛，	没有毛发可依着，
不罹⑩于里？	没有皮里可黏附。

① 踧踧（dí）：平易。
② 鞫：同"鞠"，穷，阻塞。一说"鞫"读为"艽（jiāo）"，荒。
③ 惄（nì）：忧思。
④ 假寐：不脱衣而寐。这句是说，虽在梦中还是长叹。
⑤ 维：以。
⑥ 用：而。
⑦ 疢（chèn）：热病。
⑧ 瞻：依照。依，遵从。
⑨ 属：连。
⑩ 罹：附着。

O what crime have I even
Committed against Heaven?
With pain my heart's pierced through.
Alas! What can I do?

The highway should be plain,
But it's o'ergrown with grass.
My heart is wound'd with pain
As if I'm pound'd, alas!
Sighing, I lie still dressed;
My grief makes me grow old.
I feel deeply distressed,
Gnawed by headache untold.

The mulberry and other
Trees planted by our mother
And father are protected
As our parents are respected.
Without the fur outside
And the lining inside,

天之生我，	上天把我生下来，
我辰①安在？	我的好运在哪里？
菀彼柳斯，	那些柳树真茂盛，
鸣蜩②嘒嘒③。	上有蝉儿嘒嘒鸣。
有漼④者渊，	有个深渊潭水深，
萑苇淠淠⑤。	长着密密的芦苇。
譬彼舟流⑥，	就像小船随水流，
不知所届。	不知漂流到哪里。
心之忧矣，	我的心里多忧伤，
不遑假寐。	没有心思去装睡。
鹿斯之奔，	有只小鹿跑过来，
维足伎伎⑦。	四蹄飞奔快如飞。
雉之朝雊⑧，	山鸡清晨来鸣叫，
尚求其雌。	将它雌伴来呼唤。
譬彼坏⑨木，	好像那些衰枯树，
疾用无枝。	病得不能长枝条。
心之忧矣，	我的心中多忧伤，
宁莫之知。	难道有谁能知道。

① 辰：时运。
② 蜩（tiáo）：蝉。
③ 嘒嘒：蝉声。
④ 漼（cuǐ）：深貌。
⑤ 淠淠（pèi）：草木众盛貌。
⑥ 舟流：言无人操纵随舟自流。
⑦ 伎伎（qí qí）：奔驰的样子。
⑧ 雊（gòu）：雉鸣。
⑨ 坏：树木瘿（yǐng）肿。

Can we live at a time
Without reason or rhyme?

Lush grow the willow trees
Cicadas trill at ease.
In water deep and clear
Rushes and reeds appear.
Adrift I'm like a boet;
I know not where I float.
My heart deeply distressed,
In haste I lie down dressed.

The stag off goes
At a fast gait;
The pheasant crows,
Seeking his mate.
The ruined tree
Stript of its leaves
Has saddened me.
Who knows what grieves?

相^①彼投兔，	看那落网的兔子，
尚或先之。	或许还有被放回。
行有死人，	路上遇到了死人，
尚或墐^②之。	或许还有人葬他。
君子秉心，	奈何君子的居心，
维^③其忍之。	就会如此地残忍。
心之忧矣，	我的心里多忧伤，
涕既陨之。	泪珠缓缓地滑落。
君子信谗，	君子相信了谗言，
如或酬之。	好像接受人敬酒。
君子不惠，	君子没有仁慈心，
不舒究之。	不愿细细来追究。
伐木掎^④矣，	砍伐树时要牵引，
析薪^⑤扡^⑥矣。	劈柴薪要沿纹理。
舍彼有罪，	有罪之人被放过，
予之佗^⑦矣。	却把罪责加给我。
莫高匪山，	高不过那山颠，
莫浚匪泉。	深不过那流泉。
君子无易由言^⑧，	君子请莫轻开言，

① 相：视。
② 墐（jìn）：埋。
③ 维：何。
④ 掎（jǐ）：牵引。
⑤ 析薪：劈柴。
⑥ 扡（chǐ）：顺木柴的丝理来劈破。
⑦ 佗：加。
⑧ 由言：发言。

The captured hare
May be released;
The dead o'er there
Buried at least.
The king can't bear
The sight of me;
Laden with care,
My tears flow free.

Slanders believed
As a toast drunk,
The king's deceived,
In thoughts not sunk.
The branch cut down,
They leave the tree.
The guilty let alone,
They impute guilt to me.

Though higher than a mountain
And deeper than a fountain,
The king ne'er speaks linght word or jeers,

耳属于垣。	耳朵自贴向墙边。
无逝我梁,	不要前去我的鱼梁,
无发我笱,	不要翻动我的渔篓,
我躬不阅①,	我自身难以安存,
遑恤我后。	又如何顾及身后事。

巧 言

悠悠昊天,	遥远广阔的苍天,
曰父母且②。	说是下民的父母。
无罪无辜,	人民无罪又无过,
乱如此幠③。	为何降下大灾祸。
昊天已④威,	苍天实在太暴怒,
予慎无罪。	我们实在无过错。
昊天泰幠,	苍天实在太傲慢,
予慎无辜。	我们实在很无辜。
乱之初生,	祸乱刚刚开始时,
僭⑤始既涵。	流言已开始流行。
乱之又生,	祸乱再次兴起时,
君子信谗。	君子又把谗言听。

① 阅:收容。
② 且:语气助词。
③ 幠(hū):大。
④ 已:大,甚,很。
⑤ 僭(zèn):谗言。

For even walls have ears.
"Do not remove my dam
And my basket for fish!"
Can't preserve what I am.
What care I for my wish?

Disorder and Slander[1]

O great Heaven on high,
You'recalled our parent dear.
Why make the guiltless cry
And spread turmoil far and near?
You cause our terror great;
We're worried for the guiltless.
You rule our hapless fate;
We're worried in distress.

Sad disorder comes then
When untruth is received.
Disorder comes again
When slanders are believed.

---

[1] The speaker, suffering from the king through slander, appealed to Heaven, dwelled on the nature and evil of slander and expressed his detestation of and contempt for the slanderers.

君子如怒，	君子如果能发怒，
乱庶遄①沮②。	祸乱立即就停止。
君子如祉③，	君子处理能得当，
乱庶遄已。	霍乱马上就消失。
君子屡盟，	君子多次起盟誓，
乱是用长。	所以祸乱在增长。
君子信盗，	君子相信欺骗者，
乱是用暴。	所以祸乱更猖獗。
盗言孔甘，	骗人谎言很动听，
乱是用餤④，	祸乱由此更加深。
匪其止共⑤，	小人做事不守礼，
维王之邛⑥。	只能给王添烦愁。
奕奕⑦寝庙，	宗庙雄伟真宽敞，
君子作之。	先王亲自来督造。
秩秩大猷，	各种政策都条理，
圣人莫⑧之。	是由圣人来谋划。
他人有心，	如果他人有异心，
予忖度之。	一眼我就能看到。

① 遄（chuán）：迅速。
② 沮：终止。
③ 祉：福。
④ 餤（tán）：增多。
⑤ 共：恭敬。
⑥ 邛：病。
⑦ 奕奕：大。
⑧ 莫：谋。

If we but blame falsehood,
Disorder will decrease.
If we but praise the good,
Disorder soon will cease.

If we make frequent vows,
Disorder will still grow.
If we to thieves make bows,
They will being greater woe.
What they say may be sweet
The woe grows none the less.
The disorder complete
Will cause the king's distress.

Tha temple's grand,
Erected for ages.
Great work is planned
By kings and sages.
Judge others' mind
But by your own.

跃跃① 毚② 兔，　　　　　　狡猾的兔子蹦蹦跳，
遇犬获之。　　　　　　　　猎犬能将它捉到。

荏染③ 柔木，　　　　　　　幼小树苗多柔软，
君子树之。　　　　　　　　君子把它来栽种。
往来行言，　　　　　　　　流言四起纷纷传，
心焉数④ 之。　　　　　　　真相如何心中明。
蛇蛇⑤ 硕言，　　　　　　　美言夸夸说不停，
出自口矣。　　　　　　　　汩汩流淌出自口。
巧言如簧，　　　　　　　　巧言美妙如吹簧，
颜之厚矣！　　　　　　　　颜面真是厚如墙！

彼何人斯？　　　　　　　　那是一个什么人？
居河之麋⑥。　　　　　　　住在河边水草旁。
无拳⑦ 无勇，　　　　　　　也无力气也无勇，
职为乱阶。　　　　　　　　祸乱都由他引起。
既微⑧ 且尰⑨，　　　　　　小腿溃烂脚又肿，
尔勇伊何？　　　　　　　　如何显示你神勇？

① 跃跃（tì tì）：快速跳跃的样子。
② 毚（chán）兔：狡兔。
③ 荏染：柔弱的样子。
④ 数：辨。
⑤ 蛇蛇（yí yí）：轻薄的样子。
⑥ 麋（méi）：湄，水边。
⑦ 拳：力。
⑧ 微：足疡。
⑨ 尰（zhǒng）：肿。

The hound can find.
Hares running down.

The supple tree
Plant'd by the good,
From slander free
You can tell truth from falsehood.
Grandiose word
Should not be heard.
Sweet sounding one
Like organ-tongue.
Can deceive none
Except the young.

Who is that knave
On river's border,
Nor strong nor brave,
Root of disorder?
You look uncanny.
How bold are you?

为犹将①多,　　　　　　你的计谋真是多,
尔居徒几何?　　　　　　你的价值有几何?

何人斯

彼何人斯?　　　　　　那是一个什么人?
其心孔艰②。　　　　　　他的心思难观察。
胡逝我梁,　　　　　　为啥经过我鱼梁,
不入我门?　　　　　　又不进入我家门?
伊谁云从?　　　　　　要问他听谁的话,
维暴之云。　　　　　　暴公说啥他听啥。

二人从行,　　　　　　两个人儿一同行,
谁为此祸?　　　　　　这祸是由谁闯下?
胡逝我梁,　　　　　　为何经过我鱼梁,
不入唁我?　　　　　　却不进门来慰问?
始者不如今,　　　　　　当初不是这样的,
云不我可。　　　　　　如今都说我不对。

彼何人斯?　　　　　　那是一个什么人?
胡逝我陈③。　　　　　　为何经过我堂前。
我闻其声,　　　　　　我只听到他脚步,
不见其身。　　　　　　却看不见他身影。

① 将:大。
② 艰:阴险。
③ 陈:堂前的路。

Your plans seem many;
Your followers are few.

Friend or Foe?[1]

Who's the man coming here
So deep and full of hate?
My dame he's coming near.
But enters not my gate.
Is he a follower
Of the tyrant? Yes, sir.

Two friends we did appear;
Alone I am in woes.
My dam he's coming near,
But past my gate he goes.
He is different now;
He has broken his vow.

Who's the man coming here,
Passing before my door?
His voice I only hear,
But see no man of yore.

---

[1] The speaker, suffering from slander and suspecting that the slanderer was an old friend, intimated the grounds of his suspicion and lamented his case, while he would welcome the restoration of their former relations.

不愧于人，	面对世人不惭愧，
不畏于天。	心里也不怕苍天。
彼何人斯？	那是一个什么人？
其为飘风。	好比风儿飘不定。
胡不自北，	为何不从北边来，
胡不自南？	为何不从南边来？
胡逝我梁，	为何经过我鱼梁，
只搅我心？	恰好扰乱我内心？
尔之安行，	你要缓缓地行走，
亦不遑舍。	却也来不及停留。
尔之亟行，	你在路上走得急，
遑脂①尔车。	甭想停住你的车。
壹②者之来，	每次经过我门前，
云何其盱③！	我的心中多盼望！
尔还而入，	你回来时入家门，
我心易④也。	我的心情多欢快。
还而不入，	你回来时不进家，
否⑤难知也。	是何心思实难猜。
壹者之来，	每次你到我家来，
俾我祇⑥也。	都能够使我心安。

① 脂：止住车。
② 壹：每次。
③ 盱：希望。
④ 易：高兴。
⑤ 否：语气助词，无意义。
⑥ 祇（qí）：病。

How can he not fear then
Neither heaven nor men?

Who's the man coming forth
Like a whirlwind which roars?
Why does he not go north
Nor to the southern shores?
Why comes he near my dam
And disturbs what I am?

Even when you walk slow,
You won't stop where you are.
And then when fast you go,
How can you grease your car?
You will not come to see,
Let alone comfort me.

If you should but come in,
Then I would feel at ease.
But you do not come in,
I know you're hard to please.
You won't come to see me,
Nor will set my heart free.

伯氏吹埙①，	大哥来吹埙，
仲氏吹篪②。	二哥来吹篪。
及尔如贯，	我们就像一根绳，
谅不我知。	竟然于我不深知。
出此三物③，	拿出祭物猪狗鸡，
以诅尔斯。	一起盟誓诅咒你。
为鬼为蜮④，	你是厉鬼和短狐，
则不可得。	飘来飘去无踪影。
有靦⑤面目，	只是有个人相貌，
视人罔极⑥。	待人却没有准则。
作此好歌，	苦心作好此歌谣，
以极仅侧。	追究你的不公允。

巷 伯

萋兮斐兮，	彩丝亮啊花线明啊，
成是贝锦。	织成贝纹锦。
彼谮人者，	那个造谣的害人精，
亦已大甚。	实在太狠心。

① 埙（xūn）：古代吹奏的乐器。
② 篪（chí）：横笛。竹制。
③ 三物：指猪、犬、鸡。
④ 蜮：短狐。
⑤ 靦（tiǎn）：露脸见人。
⑥ 极：准则。

Earthern whistle you blew;
I played bamboo flute long.
When I was friend with you,
We had sung the same song.
Before offerings now,
Can you forget your vow?

I curse you as a ghost,
For you have left no trace.
I will not be your host
I see your ugly face.
But I sing in distress
For you are pitiless.

A Eunuch's Complaint

A few lines made to be
Fair shell embroidery,
You slanderers in dress
Have gone to great excess.

哆兮侈兮, 张开嘴啊咧开唇啊,
成是南箕。 成了簸箕星。
彼谮人者, 那个造谣的害人精,
谁适与谋? 谁是他的智多星?

缉缉翩翩, 喊喊喳喳鬼话灵,
谋欲谮人。 一心要挖陷人阱。
慎尔言也, 劝你说话加小说,
谓尔不信。 有一天没人要相信。

捷捷幡幡, 花言巧语舌头长,
谋欲谮言。 千方百计将人陷。
岂不尔受, 并非没人来上当,
既其女迁。 终将自己要遭殃。

骄人①好好②, 进谗的人乐哈哈,
劳人③草草④。 被谗的人真苦恼。
苍天苍天! 苍天啊苍天!
视彼骄人, 你看那人多骄傲,
矜⑤此劳人! 这位忧人多可怜!

① 骄人：指谗者。
② 好好：喜悦。
③ 劳人：忧人，指被谗者。
④ 草草：即"慅慅（cǎo cǎo）"，忧伤的样子。
⑤ 矜：哀怜。

The Sieve stars in the south
Opening wide their mouth,
You vile slanderers, who
Devise the schemes for you?

You talk so much, o well;
In slander you excel.
Take care of what you say.
Will it be believed? Nay.

You may think you are clever,
Slandering people ever.
But deceived, they will learn
You'll be punished in turn.

The proud are in delight,
The crowd in sorry plight.
Heaven bright, heaven bright!
Look on the proud;
Pity the crowd!

彼谮人者，	那个散布流言者，
谁适与谋？	是谁为他出策谋？
取彼谮人，	要把那个造谣者，
投畀①豺虎。	扔到荒野喂豺虎。
豺虎不食，	豺虎嫌臭不肯食，
投畀有北②。	把它扔到北方去。
有北不受，	严寒地方也不收，
投彼有昊③。	把它投到天上去。
杨园之道，	杨园有一条小路，
猗④于亩丘⑤。	逶迤附着在亩丘。
寺人⑥孟子，	我是宦臣叫孟子，
作为此诗。	亲自作了这首诗。
凡百君子，	肯请朝廷各大臣，
敬而听之。	态度端正认真听。

① 畀（bì）：与。
② 有北：北方极寒无人之境。
③ 有昊：昊天。
④ 猗（yī）：加。
⑤ 亩丘：有垄界像田亩的丘。一说是丘名。
⑥ 寺人：阉官。

O you vile slanderers,
Who are your counselors?
I would throw you to feed
The wolf's or tiger's greed.
If they refuse to eat,
I'd tread you down my feet.
Or cast you to north land
Or throw to Heave's hand.

The eunuch Mengzi, I
Go to the Garden High
By a willowy road long
And make this plaitive song.
Officials on your way,
Hearken to it, I pray.

谷风之什

谷 风

习习①谷风，	和煦东风微微吹，
维风及雨。	阴雨绵绵潇潇落。
将恐将惧，	当初遇难恐慌时，
维予与女。	你我相依在一起。
将安将乐，	如今生活很安乐，
女转弃予②！	你却变心把我弃。

习习谷风，	和煦东风微微吹，
维风及颓③。	大风回旋真厉害。
将恐将惧，	当初遇难恐慌时，
寘予于怀。	你将我拥在你怀。
将安将乐，	如今生活很安乐，
弃予如遗！	你却将我来遗弃。

习习谷风，	和煦东风微微吹，
维山崔嵬。	看那高山真雄伟。
无草不死，	没有小草不干枯，
无木不萎。	没有树木不凋零。

① 习习：和调的样子。
② 予：我。
③ 颓：暴风由上而下。

Fifth Decade of Odes

Weal and Woe[1]

Strong winds hard blow,
Followed by rain.
In times of woe
Firm we'd remain;
Cast off in weal,
Lonely I feel.

Strong winds hard blow
From morn till night.
In times of woe
You held me tight;
Cast off in weal,
How sad I feel!

Strong winds blow high,
But mountains stand.
No grass but die,
Nor trees in land.

---

[1] A woman complained of the alienation produced by the change for the better in the circumstances.

忘我大德,　　　　　　　　忘记我的大恩德,
思我小怨。　　　　　　　　细小恩怨记心中。

蓼 莪①

蓼蓼者莪,　　　　　　　　莪蒿长得真茂盛,
匪莪伊②蒿。　　　　　　　不是莪蒿是青蒿。
哀哀父母,　　　　　　　　我的父母真可怜,
生我劬③劳。　　　　　　　生我养我真辛劳。

蓼蓼者莪,　　　　　　　　莪蒿长得真茂盛,
匪莪伊蔚④。　　　　　　　不是莪蒿是牡蒿。
哀哀父母,　　　　　　　　我的父母真可怜,
生我劳瘁。　　　　　　　　生我养我真劳累。

瓶之罄⑤矣,　　　　　　　酒杯之中酒尽了,
维罍⑥之耻。　　　　　　　这是酒坛的羞耻。
鲜民之生,　　　　　　　　孤苦伶仃在世上,
不如死之久矣!　　　　　　不如早死无忧伤!
无父何怙⑦?　　　　　　　没有父亲依靠谁?
无母何恃?　　　　　　　　没有母亲依赖谁?

---

① 蓼(lù):长大貌。莪(é),莪蒿,野草名。
② 伊:是。
③ 劬(qú):劳苦。
④ 蔚:牡蒿。
⑤ 罄:尽。
⑥ 罍:酒器。
⑦ 怙:依靠。

Much good's forgot;
Small faults are not.

The Parents' Death[1]

Long and large grows sweet grass,
Not wild weed of no worth.
My parents died, alas!
With toil they gave me birth.

Long and large grows sweet grass,
Not shorter weed on earth.
My parents died, alas!
With pain they gave me birth.

When the pitcher is void,
Empty will be the jar.
Our parents' life destroyed,
How sad we orphans are!
On whom can I rely,
Now fatherless and motherless?

---

[1] A son deplored his hard fate in being prevented from rendering the last services to his parents and enlarged on the parental claim.

出则衔恤①，	出门心怀忧郁情，
入则靡至。	想要回家无处奔。
父兮生我，	父亲把我生下来，
母兮鞠②我，	母亲把我来养大。
拊③我畜我，	抚育我呀养活我，
长我育我，	成长我呀教育我，
顾我复④我，	照顾我呀牵挂我，
出入腹⑤我。	出门进门抱着我。
欲报之德，	想要报答此恩德，
昊天罔极。	不料老天降灾祸。
南山烈烈⑥，	南山雄伟且高大，
飘风发发⑦。	暴风呼呼把沙扬。
民莫不穀⑧，	人人都能养爹娘，
我独何害⑨。	唯独有我受灾殃。
南山律律⑩，	南山雄伟且高大，
飘风弗弗⑪。	暴风呼呼把沙扬。

① 恤：忧。
② 鞠：养育。
③ 拊（fǔ）：抚摸。
④ 复：往来。
⑤ 腹：怀抱。
⑥ 烈烈：高大的样子。
⑦ 发发（bō bō）：疾速的样子。
⑧ 穀：养。
⑨ 害：忧虑。
⑩ 律律：同"烈烈"。
⑪ 弗弗：同"发发"。

Outdoors, with grief I sigh;
Indoors, I seem homeless.

My father gave me birth;
By mother I was fed.
They cherished me with mirth,
And by them I was bred.
They looked after me
And bore me out and in.
Boundless as sky should be
The kindness of our kin.

The southern mountain's high;
The wind soughs without cheer.
Happy are those near by;
Alone I'm sad and drear.
The southern mountain's cold;
The wind blows a strong blast.

民莫不穀, 人人都能养爹娘,
我独不卒①。 唯独我不能送葬。

大　东

有饛②簋③飧④, 竹盒里边装满饭,
有捄⑤棘匕。 枣木勺柄弯又长。
周道⑥如砥⑦, 大道光滑又平坦,
其直如矢。 方向笔直如箭矢。
君子所履, 王公贵族走上边,
小人⑧所视。 小人只能远远看。
睠⑨言顾之, 回过头来看一眼,
潸⑩焉出涕。 不禁眼泪落胸前。
小东大东⑪, 东方大国和小国,
杼柚⑫其空。 织布来回搜刮光。
纠纠葛屦, 葛布鞋子带纠缠,
可以履霜。 可以用来走冰霜。

① 卒：为父母养老送终。
② 饛：食物满器之貌。
③ 簋：古读如"九"，盛食品的器具，圆筒形。
④ 飧（sūn）：食。
⑤ 捄（qiú）：通作"觩"，角上曲而长之貌，形容匕柄的形状。
⑥ 周道：大道或官路。
⑦ 砥：磨刀石，磨物使之平也叫砥。
⑧ 君子、小人：指贵族与平民。
⑨ 睠（juàn）："眷"的异体字。回顾之貌。
⑩ 潸（shān）：涕下貌。
⑪ 小东大东："东"指东方之国，远为大，近为小。
⑫ 杼柚（zhù zhú）：是织机上的两个部分。杼持纬线，柚受经线。

Happy are young and old;
My grief fore'er will last.

East and West[①]

The tripod's full of food;
They eat with spoons of wood.
The road's smooth like whetstone
For lords to go alone.
Like arrow it is straight,
On which no people circulate.
Recalling bygone years,
In streams run down my tears.
In east states, large and small,
The looms are empty all.
In summer shoes we go
On winter frost or snow.

[①] The descendents of Shang in the East complained of the inequality between the East and the West ruled by the government of Zhou, and vented their indignation by showing the deceit in Heaven where stars did not live up to their fine names: the Winnowing Fan could not winnow and the Dipper could not hold wine.

佻佻^①公子，　　　　　　君子安闲又轻盈，
行彼周行。　　　　　　　走在笔直大道上。
既往既来，　　　　　　　来回往返好几趟，
使我心疚^②。　　　　　　使我心中多忧伤。

有冽^③氿^④泉。　　　　　　旁流的泉水真清凉，
无浸获薪。　　　　　　　别湿了砍下的柴薪。
契契^⑤寤叹，　　　　　　忧苦失眠又叹息，
哀我惮^⑥人。　　　　　　可怜我们辛苦人。
薪是获薪，　　　　　　　这些柴火是新柴，
尚可载也。　　　　　　　还可用车来装载。
哀我惮人，　　　　　　　可怜我这劳苦人，
亦可息也。　　　　　　　也该好好休息了。

东人之子，　　　　　　　东方国家的百姓，
职劳不来^⑦。　　　　　　承受劳苦没人问。
西人^⑧之子，　　　　　　西周国家的人民，
粲粲衣服。　　　　　　　穿着华丽真漂亮。
舟人之子，　　　　　　　船户之家的子弟，
熊罴是裘。　　　　　　　熊罴大衣穿上身。

① 佻佻（tiāo tiāo）：美好。
② 疚：病痛。
③ 冽：寒。
④ 氿（guǐ）：从旁出，流道狭长的泉叫作"氿泉"。
⑤ 契契：忧苦。
⑥ 惮（dàn）：亦作"瘅（dàn）"，疲劳。
⑦ 来：慰勉。
⑧ 西人：指周人。

Even the noble sons
Walk on foot like poor ones.
Seeing them come and go,
My heart is full of woe.

Cold water passing by,
Do not soak our firewood!
Woeful we wake and sigh
For scanty livelihood.
If our firewood is dry,
We may carry it west.
If wet, we can but sigh.
O when may we have rest?

We toilers of the East
Are not paid as those of the West;
The western nobles at least
Are all splendidly drest.
The rich and noble sons
Don't care about their furs,

私人①之子，	即使家奴的后代，
百僚②是试③。	将来也能当官吏。
或以其酒，	有人喝酒喝好酒，
不以其浆，	有人只能喝酒浆。
鞙鞙④佩璲⑤，	有人带玉真风光，
不以其长。	有人杂佩也没有。
维天有汉⑥，	天上银河星灿烂，
监⑦亦有光。	以之为镜亦有光。
跂⑧彼织女，	织女星座两脚分，
终日七襄⑨。	每天七次把位移。
虽则七襄，	虽然每天移七次，
不成报⑩章。	也不织布成文章。
睆⑪彼牵牛，	牵牛星儿耀眼亮，
不以服箱。	也不能够背车厢。
东有启明，	东方有颗启明星，
西有长庚⑫。	西方有颗长庚星。

① 私人：私家仆隶之类。
② 僚：又作"寮"，官。
③ 试：用。
④ 鞙鞙（juān juān）：玉圆的样子。
⑤ 璲（suì）：通"瑞"，宝玉。
⑥ 汉：云汉，就是天河。
⑦ 监：即"鉴"，镜子。
⑧ 跂（qí）：通"歧"，分叉。
⑨ 襄：驾。
⑩ 报：复，就是往来的意思。
⑪ 睆（huǎn）：明貌。
⑫ 启明、长庚：同是金星的异名，朝在东方，叫作"启明"，晚在西方，叫作"长庚"。

But as slaves the poor ones
Serve all the officers.

If we present them wine,
They do not think it fine.
If we present them jade,
They don't think it well-made.
The Silver River bright
Looks down on us in light.
The Weaving Stars are three;
All day long they are free.

Though all day long they move,
They weave nothing above.
Bright is the Cowherd Star,
But it won't draw our car.
Morning Star in the east,
Eight Net Stars catch no beast,

有捄①天毕②,	天毕星座柄儿长,
载施之行。	把它倒张在路上。

维南有箕,	南边有个箕星座,
不可以簸扬。	不能用来筛米糠。
维北有斗③,	北方有个斗星座,
不可以挹④酒浆。	不能用来舀酒浆。
维南有箕,	南边那个箕星座,
载翕⑤其舌。	他的舌头不算长。
维北有斗,	北边那个斗星座,
西柄之揭⑥。	柄儿一直向西方。

四 月

四月维夏,	夏历四月到夏天,
六月徂⑦暑。	六月酷暑正当前。
先祖匪人,	先祖又不是他人,
胡宁忍予?	怎能忍心我受苦?

秋日凄凄,	秋天来了风凄凄,
百卉俱腓⑧。	百种花卉都枯萎。

① 捄:形容毕星的柄。
② 毕:星名。共八星,形状像田猎时所用的毕网。
③ 斗:南斗星。
④ 挹:用勺酌水。
⑤ 翕(xī):缩。
⑥ 揭:高举。
⑦ 徂(cú):始。
⑧ 腓(féi):通"痱",枯萎。

Evening Star in the west,
What use though they don't rest?

In south the Winnowing Fan
Cannot sift grain for man.
In north the Dipper fine
Cannot ladle good wine.
The Sieve shines in the south,
Idly showing its mouth.
In the north shines the Plough
With handle like a bow.

Banishment to the South[①]

From fourth to sixth moon when
The summer heat remains,
Our fathers are kind men;
Can they leave me in pains?

The autumn days are chill;
All plants and grass decay.

[①] An officer banished to the south deplored the misery he had suffered in summer, autumn and winter, compared himself to destroyed tree and muddy water and complained that he was not so free as hawk and fish and that he could not grow like ferns and medlars.

乱离瘼①矣，	慌乱不断亲戚散，
爰其适归？	何时才能得归还？
冬日烈烈，	冬天到来风烈烈，
飘风发发。	大风呼啸耳边刮。
民莫不穀，	人们生活都很好，
我独何害？	为何只有我受害？
山有嘉卉，	山上长有好草木，
侯栗侯梅。	有栗树也有梅树。
废②为残贼③，	人们习惯被残害，
莫知其尤④。	没人觉得有过错。
相彼泉水，	看那山间的泉水，
载清载浊。	有的清来有的浊。
我日构⑤祸，	每天都要遭灾祸，
曷云能穀？	何时能过好生活？
滔滔江汉，	江河滔滔向东流，
南国之纪⑥。	统揽南方小支流。
尽瘁以仕，	鞠躬尽瘁为国家，
宁莫我有。	为何君王看不到。

① 瘼（mò）：病。
② 废：习惯。
③ 残贼：害虫。
④ 尤：过。
⑤ 构：即"遘"，遭遇之意。
⑥ 纪：纲，约束之意。

In distress I am ill.
Where can I go? Which way?

In winter days severe
The vehement wind blows.
No one feels sad and drear.
Why am I alone in woes?

Trees on the hill were good
And mume trees far and nigh.
Who has destroyed the wood?
Who knows the reason why?

Water from fountain flows
Now muddy and now clear.
But I'm each day in woes.
How can I not be drear?

The rivers east and west
Crisscross in southern land.
In work I did my best.
Who'd give me helping hand?

匪鹑①匪鸢②,　　　　　　　做人不是雕和鹰,
翰飞戾天。　　　　　　　　振翅一飞能冲天。
匪鳣匪鲔③,　　　　　　　做人也不是鳣鲔,
潜逃于渊。　　　　　　　　游在深渊真逍遥。

山有蕨薇,　　　　　　　　山上一片蕨薇草,
隰有杞桋。　　　　　　　　低处枸杞和女桑。
君子作歌,　　　　　　　　君子写了这首诗,
维以告哀。　　　　　　　　以慰心头的哀伤。

北　山

陟彼北山,　　　　　　　　爬上北边那座山,
言采其杞。　　　　　　　　上山去把枸杞采。
偕偕④士子,　　　　　　　武士个个皆强壮,
朝夕从事⑤。　　　　　　　从早到晚公事忙。
王事靡盬⑥,　　　　　　　公家的事没个完,
忧我父母⑦。　　　　　　　想到父母心忧伤。

溥⑧天之下,　　　　　　　天下如此的广大,
莫非王土。　　　　　　　　哪片土地非王土。

---

① 鹑(tuán):雕。
② 鸢:鹰。
③ 鳣(zhān)、鲔(wěi):鱼名。
④ 偕偕:强壮貌。
⑤ 从事:言办理王事。
⑥ 盬(gǔ):止息。
⑦ 忧我父母:为父母担忧。
⑧ 溥:犹"普",普遍。

Like hawk or eagle why
Cannot I skyward go?
Like fish why cannot I
Go to hide down below?

Above grow ferns in throng,
And medlars spread below.
Alas! I've made this song
To ease my heart of woe.

Injustice[①]

To gather medlars long,
I go up northern height.
Being an officer strong,
I'm busy day and night
For the royal affairs.
Who for my parents cares?

The land under the sky
Is all the king's domain;

---

① A petty officer complained of the arduous and continual duties unequally imposed upon him and keeping him away from his duty to his parents, while others were left to enjoy their ease.

率①土之滨②,　　　　　　凡是天涯范围内,
莫非王臣。　　　　　　　哪个不是他臣民。
大夫③不均,　　　　　　 大臣分工不公平,
我从事独贤④。　　　　　唯独我们差事苦。

四牡彭彭⑤,　　　　　　 四匹牡马奔走忙,
王事傍傍⑥。　　　　　　操办公事也心急。
嘉我未老,　　　　　　　夸奖我还没衰老,
鲜⑦我方将⑧。　　　　　赞美我的体力壮。
旅力方刚,　　　　　　　趁着我还有力量,
经营四方。　　　　　　　奔走忙碌管四方。

或燕燕⑨居息,　　　　　有人在家多安逸,
或尽瘁事国。　　　　　　有人为了国事忙。
或息偃⑩在床,　　　　　有的卧倒在床榻,
或不已于行。　　　　　　有的不停赶路上。

或不知叫号,　　　　　　有人不知世间苦,
或惨惨⑪劬劳。　　　　　有人操劳伴终生。

① 率:自。
② 滨:水边。
③ 大夫:执政大臣。
④ 贤:多,劳。
⑤ 彭彭:不得休息的样子。
⑥ 傍傍:纷至沓来、无穷尽的样子。
⑦ 鲜:嘉,善。
⑧ 将:壮。
⑨ 燕燕:安息。
⑩ 偃:卧。
⑪ 惨:"懆(cǎn)",不安。

The people far and nigh
Are under royal reign.
But ministers unfair
Load me with heavy care.

Four steeds run without rest
For state affairs all day long.
They say I'm at my best
And few like me are strong.
I have a robust chest
And may go east and west.

Some enjoy rest and ease;
Others worn out for the state.
Some march on without cease;
Others lie in bed early and late.

Some know not people's pain;
Others toil for state affairs.

或栖迟偃仰，　　　　　　有人生活很悠闲，
或王事鞅掌①。　　　　　有人公事忙不断。

或湛②乐饮酒，　　　　　有人饮酒又行乐，
或惨惨畏咎。　　　　　　有人谨慎怕过错。
或出入风议③，　　　　　有人只会讲空话，
或靡事不为。　　　　　　有人事事都去做。

无将④大车

无将大车，　　　　　　　牛拉大车不要扶，
祇自尘兮。　　　　　　　只会沾惹一身土。
无思百忧，　　　　　　　不要去想烦心事，
祇自疧⑤兮。　　　　　　弄得自己一身伤。

无将大车，　　　　　　　牛拉大车不要扶，
维尘冥冥⑥。　　　　　　尘土滚滚遮人眼。
无思百忧，　　　　　　　不要去想烦心事，
不出于颎⑦。　　　　　　心中忧愁伤人心。

① 鞅掌：忙乱烦扰。
② 湛（dān）：乐。
③ 风议：放言。
④ 将：推。
⑤ 疧（qí）：忧病。
⑥ 冥冥：尘飞的样子。
⑦ 颎（jiǒng）：心事重重。

Some long in bed remain;
Others laden with great cares.

Some drink all the day long;
Others worry for woe.
Some only say all's wrong;
To hard work others go.

Don't Trouble[1]

Don't push an ox-drawn cart
Or you'll raise dust about.
Do not trouble your heart
Or you'll be ill, no doubt.

Don't push an ox-drawn cart
Or dust will dim your sight.
Do not trouble your heart
Or you can't see the light.

[1] This ode read like the song of a driver who advised people not to do anything beyond human power lest it should get them into trouble.

无将大车，　　　　　　　牛拉大车不要扶，
维尘雝①兮。　　　　　　扬起尘土路模糊。
无思百忧，　　　　　　　不要去想烦心事，
祇自重②兮。　　　　　　只给自己添负重。

小 明

明明上天，　　　　　　　太阳明亮天上挂，
照临下土。　　　　　　　光芒普照洒大地。
我征徂西，　　　　　　　我今出征到西边，
至于艽野③。　　　　　　一直走到那荒野。
二月④初吉，　　　　　　那时正是腊月初，
载离寒暑。　　　　　　　如今寒去暑也离。
心之忧矣，　　　　　　　我的心中很忧伤，
其毒大苦。　　　　　　　就像吃药那般苦。
念彼共人⑤，　　　　　　想到那些服役人，
涕零如雨。　　　　　　　涕泗滂沱泪如雨。
岂不怀归？　　　　　　　怎能不想回家去？
畏此罪罟⑥。　　　　　　害怕罪责担不起。

---

① 雝：蔽。
② 重：沉重，劳累。
③ 艽（qiú）野：远郊荒野。
④ 二月：夏历十二月。
⑤ 共（gōng）人：指军中征集服役的士兵。
⑥ 罟（gǔ）：网。

Don't push an ox-drawn cart
Or dust will darken the way.
Do not trouble your heart
Or you will pine away.

A Nostalgic Official[1]

O Heaven high and bright,
On lower world shed light!
Westward I came by order
As far as this wild border
Of second month then on the first day;
Now cold and heat have passed away.
Alas! My heart is sad
As poison drives me mad.
I think of those in power;
My tears fall down in shower.
Will I not homeward go?
I fear traps high and low.

---

[1] An official kept long abroad on distant service deplored the hardships of his lot and tendered good advice to those officials in power at court.

昔我往矣，　　　　　　　想我当初离家时，
日月①方除。　　　　　　天地万物萌新芽。
曷②云其还，　　　　　　何时能够把家还，
岁聿③云莫。　　　　　　万物凋零已岁暮。
念我独兮，　　　　　　　想到孤苦一个人，
我事孔庶④。　　　　　　公事不断正繁忙。
心之忧矣，　　　　　　　我的心中很忧伤，
惮⑤我不暇。　　　　　　辛苦工作不得闲。
念彼共人，　　　　　　　想到那些服役人，
睠睠⑥怀顾。　　　　　　心中眷眷实挂念。
岂不怀归?　　　　　　　怎能不想回家去?
畏此谴怒。　　　　　　　只怕官府要震怒。

昔我往矣，　　　　　　　想我当初离家时，
日月方奥⑦。　　　　　　阳光灿烂天正暖。
曷云其还?　　　　　　　何时能够把家还?
政事愈蹙⑧。　　　　　　国家政事更急促。
岁聿云莫，　　　　　　　一年已经过到头，
采萧⑨获菽⑩。　　　　　各种作物都已收。

① 日月：时光。
② 曷：怎么，何时。
③ 聿：古汉语气助词，用在句首或句中。
④ 庶：众。
⑤ 惮：劳。
⑥ 睠睠（juàn）：怀念。
⑦ 奥（yù）：暖。
⑧ 蹙：急。
⑨ 萧：艾蒿。
⑩ 菽：即大豆，九谷中最后收获的那一种。

When I left home for here
Sun and moon ushered in new year.
Now when may I go home?
Another year will come.
I sigh for I am lonely.
Why am I busy only?
O how can I feel pleasure?
I toil without leisure.
Thinking of those in power,
Can I have happy hour?
Don't I long for parental roof?
I'm afraid of reproof.

When I left for the west,
With warmth the sun and moon were blest.
When can I go home without cares,
Busy on state affairs?
It is late in the year;
They reap beans there and here.

心之忧矣，	我的心中很忧伤，
自诒伊戚①。	许是自己寻烦恼。
念彼共人，	想到那些服役人，
兴②言出宿。	起身夜下独徘徊。
岂不怀归？	怎能不想把家还？
畏此反覆。	害怕君王怒无常。

嗟尔君子，	哎呀诸位服役者，
无恒安处。	不要贪图求安乐。
靖③共④尔位，	恭敬对待你工作，
正直是与。	秉公办事要正直。
神之听之，	神灵得知你如此，
式穀⑤以女。	定把福禄赐给你。

嗟尔君子，	哎呀诸位服役者，
无恒安息。	不要贪图求安乐。
靖共尔位，	恭敬对待你工作，
好是正真。	忠于职守遵规则。
神之听之，	神灵得知你如此，
介⑥尔景福。	赐你齐天的洪福。

① 戚：忧。
② 兴：起。
③ 靖：审慎。
④ 共：通"供"。
⑤ 穀：禄。
⑥ 介：给予。

I feel sad and cast down;
I eat the fruit I've sown.
Thinking of those in power,
I rise at early hour.
Will I not homeward go?
I fear returning blow.

Ah! Officials in power,
There's no e'er-blooming flower.
When you're on duty long,
You should know right from wrong.
If Heaven should have ear,
Justice would then appear.

Ah! Officials in power,
There's no e'er-resting hour.
Should you do duty well,
You'd know heaven from hell.
If Heaven should know you,
Blessings would come to view.

鼓　钟

鼓钟将将，　　　　　　　敲起钟鼓将将响，
淮水汤汤，　　　　　　　淮河之水浩汤汤，
忧心且伤。　　　　　　　我的心中很忧伤。
淑人君子，　　　　　　　古代圣贤和君子，
怀允①不忘。　　　　　　实在想念不能忘。

鼓钟喈喈②，　　　　　　敲起钟鼓喈喈响，
淮水湝湝③，　　　　　　淮河之水湝湝流，
忧心且悲。　　　　　　　我的心中很悲伤。
淑人君子，　　　　　　　古代圣贤和君子，
其德不回④。　　　　　　行为端正品德好。

鼓钟伐鼛⑤，　　　　　　敲起大鼓咚咚响，
淮有三洲，　　　　　　　淮河之滨有三洲，
忧心且妯⑥。　　　　　　忧心忡忡实悲伤。
淑人君子，　　　　　　　古代圣贤和君子，
其德不犹⑦。　　　　　　品德高尚无过失。

① 允：信。
② 喈喈（jiē jiē）：钟声。
③ 湝湝（jiē jiē）：水疾流的样子。
④ 回：邪僻。
⑤ 鼛（gāo）：大鼓。
⑥ 妯（chōu）：激动。
⑦ 犹：缺点，过失。

Bells and Drums[1]

The bells ring deep and low;
The vast river waves flow.
My heart is full of woe.
How can I forget then
Those music-making men?

The bells sound shrill and high;
The river waves flow by.
My heart heaves long, long sigh.
How can I forget then
Those music-loving men?

The bells and drums resound;
Three isles emerged, once drowned.
My heart feels grief profound.
How can I forget then
Those music-playing men?

---

[1] This ode was supposed to refer to the expedition of King You to the country of the Huai, where he abandoned himself to the delights of music in 771 B.C., one year before he was killed by the western tribes.

鼓钟钦钦，	敲起钟鼓钦钦响，
鼓瑟鼓琴，	又弹瑟来又弹琴，
笙磬同音。	还有笙磬也同音。
以雅以南，	雅乐南乐来伴奏，
以籥①不僭②。	还有排箫一同行。

楚 茨

楚楚③者茨④，	蒺藜茂密丛丛生，
言抽⑤其棘。	拔掉杂草除荆棘。
自昔何为？	为何自古都如此，
我蓺⑥黍稷。	我种高粱和黄米。
我黍与与⑦，	我的高粱长得旺，
我稷翼翼。	我的黄米也茁壮。
我仓既盈，	我的仓库已装满，
我庾⑧维亿。	我的谷场也装不下。
以为酒食，	备下美酒和佳肴，
以享以祀。	祭祀祖先和神灵。
以妥⑨以侑⑩，	请他们安坐来劝酒，
以介景福。	来年赐我好福气。

① 籥（yuè）：排箫。
② 僭：乱。
③ 楚楚：荆棘丛生的样子。
④ 茨：蒺藜。
⑤ 抽：拔除。
⑥ 蓺（yì）：通"艺"，种植。
⑦ 与与：繁盛貌。翼翼，同"与与"。
⑧ 庾（yǔ）：露天谷仓。
⑨ 妥：安坐。
⑩ 侑：劝饮劝食。

They beat drum and ring bell,
Play lute and zither well,
In flute or pipe excel,
Sing odes and southern song
And dance with nothing wrong.

Winter Sacrifice[1]

O let us clear away
All the overgrown thorns!
Just as in olden days
We plant millet and corns.
Our millet overgrows
And our barns stand in rows;
Our sorghum overgrows
And our stacks stand in rows.
We prepare wine and meat
For temple sacrifice;
We urge spirits to eat
And invoke blessings thrice.

---

[1] The "spirit" was a representative or personator of the worthy dead or great fathers who were sacrificed to; the "grandson" was the name given to the sacrificer or the king of the Zhou dynasty.

济济①跄跄，	步伐郑重有威严，
絜②尔牛羊，	牛羊洗得真干净，
以往烝尝③。	秋祭冬祭都举行。
或剥或亨，	剥去皮毛入锅烹，
或肆或将。	陈列上来献神仙。
祝④祭于祊⑤，	祝官先来行祊礼，
祀事孔明⑥。	祭祀仪式很盛大。
先祖是皇，	先祖都请来参加，
神保⑦是飨。	神灵宗祖来享用。
"孝孙⑧有庆⑨，	"主祭孝孙运气好，
报以介福，	企盼神灵降大福，
万寿无疆！"	万寿无疆福永驻！"
执爨⑩踖踖⑪，	厨师敏捷又恭敬，
为俎⑫孔硕，	选用最大的用具，
或燔⑬或炙。	又烧肉来又烤肝。

① 济济：恭敬端庄。
② 絜：使之洁。
③ 烝尝：冬祭曰烝，秋祭曰尝。
④ 祝：祭祀中向神祷告的神职人员。
⑤ 祊(bēng)：祭祀的一种，正式祭祀前搜找祖先和神灵的仪式。
⑥ 明：备，洁。
⑦ 神保：神明。
⑧ 孝孙：主祭之人。
⑨ 庆：福。
⑩ 爨(cuàn)：灶。
⑪ 踖踖(jí jí)：恭敬勤敏。
⑫ 俎(zǔ)：盛肉的礼器。
⑬ 燔(fán)：烧肉。

We clean the oxen nice
And offer them in heap
For winter sacrifice.
We flay and broil the sheep
And cut and carve the meat.
The priest's at the temple gate
Till service is complete.
Then come our fathers great.
They enjoy food and wine
And to their grandson say,
"Receive blessings divine,
Live long and be e'er gay!"

The cooks work with great skill
And prepare all the trays.
They roast or broil at will;

君妇莫莫①，	主妇动作很庄严，
为豆孔庶，	碗中菜肴很丰盛，
为宾为客②。	助祭之人请享用。
献酬交错，	主人敬酒宾客酬，
礼仪卒度，	礼仪周全合规范，
笑语卒获。	言谈笑语不喧闹。
神保是格③，	神灵祖先请到来，
"报以介福，	赐予洪福齐天高，
万寿攸酢④！"	万寿无疆永不老！"
我孔熯⑤矣，	我们态度很恭敬，
式礼莫愆⑥。	取法规矩不犯错。
工祝致告：	祝官传达神旨意：
"徂赉⑦孝孙。	快把福禄赐孝孙。
苾⑧芬孝祀，	祭祀酒菜真是香，
神嗜饮食，	神灵用罢很喜欢。
卜尔百福。	赐你百种好福气，
如几⑨如式，	祭祀按时合规矩。
既齐既稷⑩，	办事整齐又迅速，
既匡既敕。	态度恭敬又严整。

① 莫莫：敬谨。
② 宾、客：祭祀中的助祭者。
③ 格：来。
④ 酢：报。
⑤ 熯（nǎn）：敬惧。
⑥ 愆：过失。
⑦ 赉（lài）：予。
⑧ 苾（bì）：馨香。
⑨ 几：即"期"，日期。
⑩ 稷：疾。

Women help them always.
Smaller dishes abound
For the guests left and right.
They raise cups and drink round
According to the rite.
They laugh and talk at will
When witches come and say,
"Receive more blessings still;
Live long with glee for aye!"

With respect we fulfil
The due rites one by one.
The priests announce the will
of spirits to grandson:
"Fragrant's the sacrifice;
They enjoy meat and wine.
They confer blessings thrice
On you for rites divine.
You have done what is due
Correctly with good care.

永锡尔极^①，	永远赐你无限福，
时万时亿。"	成千成亿数不清。"
礼仪既备，	仪式已经准备好，
钟鼓既戒^②。	钟鼓乐器也齐备。
孝孙徂位，	孝孙回到主祭位，
工祝致告。	祝官报告祭礼成。
"神具醉止。"	"神灵畅饮已喝醉。"
皇尸^③载起，	扮神灵者也起身，
鼓钟送尸，	敲钟打鼓送他走，
神保聿归。	奏曲送神归天庭。
诸宰君妇，	诸位厨师和主妇，
废^④彻不迟。	即刻撤下此宴席。
诸父兄弟，	叔伯兄弟都聚齐，
备言燕私。	享用酒宴叙亲情。
乐具入奏，	乐器移入室内奏，
以绥后禄。	一同享用祭后食。
尔殽既将，	你的菜肴真是美，
莫怨具庆。	没有怨言都喜庆。
既醉既饱，	已经喝足也吃饱，
小大稽首。	长幼参拜齐致辞。

① 极：至。
② 戒：齐备。
③ 尸：祭祀中假扮神灵的人。
④ 废：拿走。

Favors conferred on you
Will be found everywhere."

The ceremonies done,
Drums beaten and bells rung,
In his place the grandson,
The priest then gives his tongue:
"The spirits drunken well,
The dead ready to go."
Let's beat drum and ring bell
For them to go below!
Cooks and women, come here.
Remove trays without delay.
Uncles and cousins dear,
At private feast let's stay.

Music played in the hall,
We eat when spirits go.
Enjoying dishes, all
Forget their former woe.
They drink their fill and eat,
Bowing the head, old and young.

"神嗜饮食，　　　　　　　"圣灵享受这饭菜，
使君寿考。　　　　　　　使你年轻永不老。
孔惠①孔时，　　　　　　祭祀做得很顺利，
维其尽之。　　　　　　　该做之事都做好。
子子孙孙，　　　　　　　告诫子孙和后代，
勿替②引③之。"　　　　　延续下去不要断。"

信④南山

信彼南山，　　　　　　　南山绵延真雄伟，
维禹甸⑤之。　　　　　　大禹曾在此治水。
畇畇⑥原隰，　　　　　　高原低洼都平整，
曾孙⑦田之。　　　　　　曾孙在此耕田。
我疆我理⑧，　　　　　　划定疆域细分理，
南东其亩。　　　　　　　向东向西分垄亩。

上天同⑨云，　　　　　　阴云密密天上布，
雨雪雰雰⑩，　　　　　　雪花纷纷空中飘，
益之以霢霂⑪。　　　　　还有小雨滴滴落。

① 惠：顺。
② 替：废。
③ 引：敛。
④ 信：长远之意。
⑤ 甸：治田。
⑥ 畇畇（yún yún）：平坦整齐的样子。
⑦ 曾孙：后代子孙。
⑧ 疆：划分大的界限。理，定其小的脉络。
⑨ 同：重。
⑩ 雰雰（fēn fēn）：纷纷。
⑪ 霢霂（mài mù）：小雨。

"The spirits love your meat
And will make you live long.
Your rites are duly done;
You are pious and nice.
Let nor son nor grandson
Forget the sacrifice!"

Spring Sacrifice at the Foot of the Southern Mountain[①]

The Southern Mountain stands,
Exploited by Yu's hands.
The plains spread high and low
Tilled by grandsons, crops grow.
Of southeast fields we find
The boundaries defined.

Clouds cover winter sky;
Snowflakes fall from on high.
In spring comes drizzling rain;

---

① This sacrificial ode traced husbandry to its first author, King Yu of Xia (2205—2197 B. C.).

既优既渥①,　　　　　　　　田亩润泽水又多,
既霂既足,　　　　　　　　土地潮湿水充足,
生我百谷。　　　　　　　　供我百谷来生长。

疆埸②翼翼,　　　　　　　　田亩边界真整齐,
黍稷彧彧③。　　　　　　　黍稷长得也茂盛。
曾孙之穑,　　　　　　　　曾孙收获的粮食,
以为酒食。　　　　　　　　储存起来酿美酒。
畀④我尸宾⑤,　　　　　　献给神尸和宾客,
寿考万年。　　　　　　　　祈求寿命一万年。

中田有庐⑥,　　　　　　　田中有个小棚舍,
疆埸有瓜。　　　　　　　　芦边田畔有瓜菜。
是剥是菹⑦,　　　　　　　剥去皮叶来腌制,
献之皇祖。　　　　　　　　献给神灵和祖宗。
曾孙寿考,　　　　　　　　曾孙寿命长百岁,
受天之祜⑧。　　　　　　　这是皇天赐他福。

祭以清酒,　　　　　　　　清香之酒来祭祀,
从以骍⑨牡,　　　　　　　还有红色的公牛。

① 渥：雨水丰足。
② 埸（yì）：畔,田界。
③ 彧彧：茂盛。
④ 畀：给予。
⑤ 尸宾：代表先祖受祭的活人。
⑥ 庐：草庐,房屋。一说通"芦",萝卜。
⑦ 菹（zū）：盐渍。
⑧ 祜（hù）：福。
⑨ 骍（xīng）：毛皮红色的马或牛。

It moists and wets the plain.
Fertile grow all the fields;
Abundant are their yields.

Their acres lie in row;
Millet and sorgham grow.
Grandsons reap harvest fine
And make spirits and wine.
They feast their guests with food
That they may live for good.

Gourds grow amid the field
And melons have gross yield.
They are, pickled in slices,
Offered in sacrifices,
That we may receive love
And long life from Heaven above.

We offer purest wine
To ancesters divine;

享于祖考。　　　　　　　献给祖先来享用，
执其鸾刀，　　　　　　　拿起有鸾的佩刀。
以启其毛。　　　　　　　用来割开它的毛，
取其血膋[①]。　　　　　　取出它的血和膏。

是烝[②]是享，　　　　　　进献佳肴请享用，
苾苾芬芬，　　　　　　　手艺不错喷喷香。
祀事孔明。　　　　　　　祭祀做得很完备，
先祖是皇[③]，　　　　　　先祖表示很赞赏。
报以介福，　　　　　　　赐予洪福作回报，
万寿无疆！　　　　　　　让你万寿永无疆！

① 膋（liáo）：脂膏。
② 烝：进献。
③ 皇：赞美，嘉许。

Kill a bull with red hair
By a knife in hand bare;
We rid it of hair red
And take fat from the bled.

During the sacrifice
The fat burned gives smell nice.
Our ancesters delight
In the service and rite.
We grandsons will be blest
With longest life and best.

甫田之什

甫 田

倬^① 彼甫田^②，	那片田地真开阔，
岁取十千。	每年收获万斤粮。
我取其陈，	我从仓中取陈谷，
食我农人，	供养种田的农人，
自古有年。	自古都有丰收年。
今适南亩，	今到南田来查看，
或耘或耔^③，	又除草来又培土，
黍稷薿薿^④。	黍稷长得真茂盛。
攸介攸止，	明年一定大丰收，
烝^⑤我髦士^⑥。	田官进献多殷勤。

以我齐明^⑦，	祭祀供品装满盆，
与我牺羊，	献上硕大的牛羊，
以社以方。	祭祀土地和四方。
我田既臧，	我的农田收成好，
农夫之庆。	耕田农夫多欢庆。

① 倬（zhuō）：大。
② 甫田：大田。
③ 耔（zǐ）：培土。
④ 薿薿（nǐ nǐ）：茂繁。
⑤ 烝：召。
⑥ 髦士：田官。
⑦ 齐明：祭器所盛的谷物。

Sixth Decade of Odes

Harvest[1]

"Endless extend my boundless fields;
A tenth is levied of their yields.
I take grain from old store
To feed the peasants' mouth.
We've good years as of yore;
I go to acres south.
They gather roots and weed;
Lush grow millets I see.
Collected by those who lead,
They are presented to me.

"I offer millets nice
And rams in sacrifice
To spirits of the land
That lush my fields become.
Joyful my peasants stand;

---

[1] This ode described husbandry and sacrifices connected with it, and happy understanding between the peasants and their lord, who was the speaker in the first two stanzas.

琴瑟击鼓，	弹奏琴瑟击起鼓，
以御^①田祖，	欢天喜地迎农神，
以祈甘雨，	诚心诚意求雨降。
以介我稷黍，	助我稷黍长得好，
以榖^②我士女。	养活男女和老少。

曾孙来止，	周王来到田地里，
以其妇子，	农人带来妻与子。
馌^③彼南亩。	乡亲送饭到田间，
田畯至喜，	田官见了心欢喜。
攘^④其左右，	周王左右皆回避，
尝其旨否。	亲尝食物香甜否。
禾易长亩，	禾苗茂盛长满田，
终善且有。	又好又多不可数。
曾孙不怒，	周王不怒很满意，
农夫克敏。	农夫辛苦很努力。

曾孙之稼，	周王的庄稼长得好，
如茨^⑤如梁。	又像房盖又像桥。
曾孙之庾，	周王的粮屯真丰腴，
如坻^⑥如京。	就像高大的土丘。
乃求千斯仓。	需要粮仓千百间，

① 御（yà）：迎接。
② 榖：养。
③ 馌（yè）：送饭。
④ 攘：推开。
⑤ 茨：草屋顶。
⑥ 坻（chí）：水中的高地。

They play lute and beat drum.
We pray to God of Fields
That rain and sunshine thrives
To increase our millet yields
And bless my men and their wives."

Our lord's grandson comes near.
Our wives and children dear
Bring food to acres south.
The o'erseer opens mouth,
From left to right takes food
And tastes whether it's good.
Abundant millets grow
Over acres high and low.
Our lord's grandson is glad;
His peasants are not bad.

The grandson's crops in piles
Stand high as the roof tiles.
His stacks upon the ground
Look like hillock and mound.
He seeks stores in all parts

乃求万斯箱。　　　　　　需要橱柜千万箱。
黍稷稻粱，　　　　　　　黍稷稻粱都丰收，
农夫之庆①。　　　　　　农夫齐聚来欢庆。
报以介福，　　　　　　　天降大福为回报，
万寿无疆！　　　　　　　延年益寿永不老！

大　田

大田多稼，　　　　　　　宽阔田里庄稼多，
既种②既戒③，　　　　　选了种子修农具，
既备乃事。　　　　　　　所有事情我来做。
以我覃④耜⑤，　　　　　我的犁头很锋利，
俶⑥载⑦南亩。　　　　　修整南面的土地。
播厥百谷，　　　　　　　百种谷物都播种，
既庭⑧且硕，　　　　　　庄家长得大又直，
曾孙是若⑨。　　　　　　周王看了心欢喜。

既方⑩既皁⑪，　　　　　谷粒长出了谷壳，
既坚既好，　　　　　　　挺阔坚硬长势好，

---

① 庆：庆祝。
② 种：选种子。
③ 戒（jì）：修农具。
④ 覃：通"剡"，锐利。
⑤ 耜：似犁的农具。
⑥ 俶：始。
⑦ 载：从事。
⑧ 庭：直。
⑨ 若：顺。
⑩ 方：即"房"，指谷粒已生嫩壳但还未合严。
⑪ 皁（zào）：谷实才结成的状态。

And conveys crops in carts.
We peasants sing in praise
Of millet, paddy, maize.
He'll be blessed night and day
And live happy for aye.

Farm Work[1]

Busy with peasants' cares,
Seed selected, tools repaired,
We take our sharp plough-shares
When all is well prepared.
We begin from south field
And sow grain far and wide.
Gross and high grows our yield;
Our lord's grandson's satisfied.

The grain's soft in the ear
And then grows hard and good.

---

[1] The first stanza described the farm work in spring, the second that in summer, the third harvest in autumn and the lasr sacrifice in winter.

不稂①不莠②。	没有稂草和莠草。
去其螟③螣④，	去掉青虫和丝虫，
及其蟊⑤贼⑥，	还有吃根的小毛虫，
无害我田稚。	不要残害我稻苗。
田祖有神，	土地之神有灵光，
秉畀⑦炎火。	把它投进烈火中。
有渰⑧萋萋，	阴云凄凄天上飘，
兴雨祁祁⑨。	阵雨徐徐降下来。
雨我公田，	浇灌公家的田亩，
遂及我私。	再来滋润我私田。
彼有不获稚⑩，	那里有没收的稻苗，
此有不敛穧⑪；	这里有遗落的禾把；
彼有遗秉⑫，	那里有成把的谷物，
此有滞穗⑬，	这里有漏掉的麦穗，
伊⑭寡妇之利。	留给寡妇以养家。

① 稂（láng）：禾粟之生穗而不充实的，又叫"童梁"。
② 莠：草名，叶穗像禾。
③ 螟：吃苗心的小青虫，长约半寸。
④ 螣（tè）：虫名，长一寸左右，食苗叶，吐丝。
⑤ 蟊（máo）：吃苗根的虫。
⑥ 贼：虫名，专食苗节，善钻禾秆。
⑦ 畀（bì）：付。
⑧ 渰（yǎn）：云起的样子。
⑨ 祁祁：徐徐。
⑩ 不获稚：因未成熟而不割的禾。
⑪ 穧（jì）：收割。
⑫ 遗秉：遗漏了的成把的禾。
⑬ 滞穗：抛撒在田里的穗子。
⑭ 伊：是。

Let nor grass nor weed appear;
Let no insects eat it as food.
All vermins must expire
Lest they should do much harm.
Pray gods to put them in fire
To preserve our good farm.

Clouds gather in the sky;
Rain on public fields come down,
It drizzles from on high
On private fields of our own.
There are unreaped young grain
And some ungathered sheaves,
Handfuls left on the plain
And ears a widow perceives
And gleans and makes a gain.

曾孙来止，	周王来到田地里，
以其妇子。	农人带来妻与子。
馌彼南亩，	乡亲送饭到田间，
田畯至喜。	田官见了心欢喜。
来方①禋②祀，	大王前来祭天地，
以其骍③黑，	赤色黑色的牛羊，
与其黍稷。	还有收获的黍稷。
以享以祀，	请求神仙来享用，
以介④景福。	降下洪福不可量。

瞻彼洛矣

瞻彼洛矣，	看那洛河，
维水泱泱⑤。	大水汤汤。
君子⑥至止，	天子到这里，
福禄如茨⑦。	福禄多无量。
韎韐⑧有奭⑨，	红色蔽膝带身上，
以作六师。	率领部队练武忙。

① 方：祭四方之神。
② 禋（yīn）：精洁致祭。
③ 骍（xīng）：赤色牲。
④ 介：求。
⑤ 泱泱：水深广的样子。
⑥ 君子：指天子。
⑦ 茨：草屋顶，喻多。
⑧ 韎韐（mèi gé）：红色皮制蔽膝。
⑨ 奭（xì）：通"赩"，赤色。

Our lord's grandson comes here.
Our wives bring food to acres south
Together with their children dear;
The overseer opens mouth.
We offer sacrifice
With victims black and red,
With millet and with riee.
We pray to fathers dead
That we may be blessed thrice.

Grand Review[1]

See River Luo in spring
With water deep and wide.
Thither has come the king,
Happy and dignified,
In red knee-covers new,
Six armies in review.

---

[1] This ode read like a hymn sung by feudal princes met at some gathering in praise of the king as he appeared among them.

瞻彼洛矣，	看那洛河，
维水泱泱。	大水泱泱。
君子至止，	天子到这里，
鞞琫①有珌②。	佩刀真漂亮。
君子万年，	天子福寿万年长，
保其家室。	保其家室永安康。
瞻彼洛矣，	看那洛河，
维水泱泱。	大水泱泱。
君子至止，	天子到这里，
福禄既同③。	福禄同此江。
君子万年，	天子福寿万年长，
保其家邦。	保其家国永安康。

裳裳④者华

裳裳者华，	花朵开得真饱满，
其叶湑⑤兮。	叶子青青也旺盛。
我觏⑥之子，	已经见到那个人，
我心写兮。	非常称心合我意。

---

① 鞞琫（bǐng běng）：有纹饰的刀鞘。
② 珌（bì）：刀鞘下饰。
③ 同：会集。
④ 裳裳：花丰盛的样子。
⑤ 湑（xǔ）：茂盛的样子。
⑥ 觏（gòu）：遇见。

See River Luo in spring;
Deep and wide flows its stream.
Thither has come the king;
Gems on his scabbard gleam.
May he live long and gay,
His house preserved for aye!

See River Luo in spring;
Its stream flows deep and wide.
Thither has come the king;
He's blessed and dignified.
May he live long and great
And long preserve his state!

A Noble Lord[1]

Flowers give splendid sight
With lush leaves by the side.
I see the lord so bright;
My heart is satisfied.

---

[1] This ode was said to be responsive to the former: the king celebrated the praises of the chief among the feudal princes.

我心写兮,	非常称心合我意,
是以有誉处①兮。	从此安乐过生活。

裳裳者华,	花儿开得真饱满,
芸②其黄矣。	花瓣纷纷色鲜黄。
我觏之子,	已经见到那个人,
维其有章③矣。	服饰华美有才华。
维其有章矣,	服饰华美有才华,
是以有庆矣。	从此欢庆喜洋洋。

裳裳者华,	花儿开得真饱满,
或黄或白。	有的白色有的黄。
我觏之子,	已经见到那个人,
乘其四骆④。	驾着四匹黑鬃马。
乘其四骆,	驾着四匹黑鬃马,
六辔沃若⑤。	六条缰绳真灵活。

左之左之,	向左转呀向左转,
君子宜之。	君子驾车技术高。
右之右之,	向右转呀向右转,
君子有之。	君子操纵很灵活。

① 誉处:安乐。
② 芸:花叶发黄的样子。
③ 有章:有才华。
④ 骆(luò):黑鬃的白马。
⑤ 沃若:调试活络的样子。

My heart is satisfied,
I praise him with delight.

Flowers give splendid sight:
They're deep yellow and red.
I see the lord so bright,
Elegant and well-bred.
Elegant and well-bred,
I bless him with delight.

Flowers give splendid sight;
They are yellow and white.
I see the lord so bright
With four steeds left and right.
With four steeds left and right,
He holds six reins with delight.

He goes left if he will,
Driving the steeds with skill.
If he will he goes right,
Driving with main and might.

维其有之, 君子才高可任用,
是以似①之。 继嗣祖业有才能。

桑 扈②

交交桑扈, 布谷鸟儿交错飞,
有莺③其羽。 羽毛彩色有花纹。
君子乐胥④, 君子生活真快乐,
受天之祜⑤。 老天保佑真不少。

交交桑扈, 布谷鸟儿交错飞,
有莺其领。 脖子羽毛有花纹。
君子乐胥, 君子生活真快乐,
万邦之屏。 他是天下的屏障。

之屏之翰, 他是屏障是根基,
百辟⑥为宪⑦。 百国以他为榜样。
不戢⑧不难⑨, 性情温和受尊敬,
受福不⑩那⑪。 享受万福也不多。

① 似：嗣。
② 桑扈：窃脂，即布谷鸟。
③ 莺：鸟羽有文采。
④ 胥：《集传》，"胥，语词。"
⑤ 祜（hù）：福。
⑥ 辟：国君。
⑦ 宪：表率。
⑧ 戢（jí）：收藏。
⑨ 难（nuó）：恐惧。
⑩ 不：语气助词。
⑪ 那（nuó）：多。

As he has true manhood,
At what he does he's good.

The Royal Toast[①]

Hear the green-beaks' sweet voice
And see their variegated wings fly.
Let all my lords rejoice
And be blessed from on high.

Hear the green-beaks' sweet voice
And see their feather delicate.
Let all my lords rejoice
And be buttress to the state.

Be a buttress or screen,
Set an example fine,
Be self-restrained and keen,
Receive blessings divine.

---

① The king, celebrating his feudal princes, expressed his admiration of them and good wishes for them.

兕觥其觩^①，　　　　　　　牛角杯子角弯曲，
旨酒思柔。　　　　　　　　甘甜美酒绕舌柔。
彼交^②匪敖^③，　　　　　不急躁也不傲慢，
万福来求^④。　　　　　　　万福齐聚实难得。

鸳　鸯

鸳鸯于飞，　　　　　　　　鸳鸯鸟儿双双飞，
毕^⑤之罗之。　　　　　　有人用网来补捉。
君子万年，　　　　　　　　君子长寿有万年，
福禄宜之。　　　　　　　　福禄齐聚心所安。

鸳鸯在梁，　　　　　　　　鸳鸯鸟儿梁上飞，
戢^⑥其左翼。　　　　　　收起左翼敛起嘴。
君子万年，　　　　　　　　君子长寿有万年，
宜其遐^⑦福。　　　　　　安享洪福以永年。

乘马在厩^⑧，　　　　　　四匹马儿在马房，
摧^⑨之秣^⑩之。　　　切碎刍草将它喂。

① 觩（qiú）：角弯的样子。
② 交：侥幸。
③ 敖：骄。
④ 求：聚。
⑤ 毕：罗网。
⑥ 戢（jí）：收敛。
⑦ 遐：长久。
⑧ 厩（jiù）：马棚，泛指牲口棚。
⑨ 摧（cuò）：铡碎的草。
⑩ 秣：用来喂马的杂谷。

The cup of rhino horn
Is filled with spirits soft.
Do not feel pride nor scorn,
And blessings will come oft.

The Love-birds[1]

Flying love-birds need rest
When large and small nets spread.
May you live long and blest,
Wealthy and happily wed!

On the dam love-birds stay,
In left wing hid the head.
May you live safe for aye,
Duly and happily wed!

Four horses in the stable
With grain and forage fed.

---

[1] The love-birds flying in pairs alluded to the newly-wed and the four horses were used to draw the carriage of the bride.

君子万年,　　　　　　　　君子长寿有万年,
福禄艾^①之。　　　　　　　福禄相宜永不忘。

乘马在厩,　　　　　　　　四匹马儿在马房,
秣之摧之。　　　　　　　喂了刍草又再切。
君子万年,　　　　　　　　君子长寿有万年,
福禄绥^②之。　　　　　　　安享福禄生活好。

颀^③　弁^④

有颀者弁,　　　　　　　　有人高高戴皮帽,
实维伊何?　　　　　　　　戴上皮帽要做啥?
尔酒既旨^⑤,　　　　　　　你的美酒甘且甜,
尔殽既嘉。　　　　　　　你的佳肴味道好。
岂伊异人?　　　　　　　　宴上难道有他人?
兄弟匪他。　　　　　　　　都是手足亲弟兄。

茑^⑥与女萝,　　　　　　　菟丝花儿与女萝,
施^⑦于松柏。　　　　　　　绕于松树柏树间。
未见君子,　　　　　　　　没有见到那君子,
忧心奕奕^⑧。　　　　　　　心中忧伤不可止。

① 艾: 养育。
② 绥 (suí): 安定。
③ 颀 (kuǐ): 戴帽子的样子。
④ 弁 (biàn): 皮帽。
⑤ 旨: 嘉, 美。
⑥ 茑 (niǎo): 菟丝花。
⑦ 施 (yì): 延及。
⑧ 奕奕 (yìyì): 忧愁的样子。

May you live long and stable,
For you're happily wed.

Four horses in the stable
With forage and grain fed.
May you live comfortable,
For you're happily wed.

The Royal Banquet[1]

Who are those lords so fine
In leather cap or hood,
Coming to drink your wine
And eat your viands good?
Can they be others?
They are your brothers.

They are like mistletoe
That o'er cypress does grow.
When they see you not, how
Can their hearts not be sad?

[1] This ode celebrated the king ("You") feasting with his relatives.

既见君子， 已经见到那君子，
庶几说①怿②。 渐渐就会心欢喜。

有頍者弁， 有人高高戴皮帽，
实维何期？ 戴上皮帽要做啥？
尔酒既旨， 你的美酒甘且甜，
尔殽既时③。 你的菜肴是时鲜。
岂伊异人？ 宴上难道有他人？
兄弟具来。 兄弟捧场都已到。
茑与女萝， 菟丝花儿与女萝，
施于松上。 绕于松树柏树间。
未见君子， 没有见到那君子，
忧心怲怲④。 心中忧伤实难熬。
既见君子， 已经见到那君子，
庶几有臧⑤。 心情慢慢会变好。

有頍者弁， 有人高高戴皮帽，
实维在首。 头戴皮帽显精神。
尔酒既旨， 你的美酒甘且甜，
尔殽既阜⑥。 你的菜肴真丰盛。
岂伊异人？ 宴上难道有他人？
兄弟甥舅。 都是兄弟和舅甥。

① 说：通"悦"，高兴。
② 怿（yì）：欢喜，高兴。
③ 时：善。
④ 怲怲（bǐng bǐng）：忧愁的样子。
⑤ 臧：善。
⑥ 阜：多。

When they do see you now,
They are happy and glad.

Who are those lords so fine
In deer skin cap or hood,
Coming to drink your wine
And eat your seasonable food?
Can they be others?
They are your brothers.
They are like mistletoe
That o'er the pine does grow.
When they see you not, how
Can their hearts not feel sad?
When they do see you now,
They feel all right and glad.

Who are those lords so fine
With leather cap on head,
Coming to drink your wine,
With food the table spread?
O how can they be others?
They are our cousins and brothers.

如彼雨雪，	就像天上下小雪，
先集维霰。	聚集成团再落下。
死丧无日，	人生死丧实难料，
无几相见。	相见日子也寥寥。
乐酒今夕，	劝君今晚同一醉，
君子维宴。	君子设宴乐今宵。

车 舝

间关①车之舝②兮，	车舝转动间关响，
思娈③季女逝兮。	美丽女子出嫁了。
匪饥匪渴，	不愁吃也不愁喝，
德音来括④。	只望女子有品德。
虽无好友，	虽无众多好朋友，
式燕且喜。	且来开宴同庆贺。

依⑤彼平林，	那片树林真茂盛，
有集维鷮⑥。	停着一只美羽鸟。
辰⑦彼硕女⑧，	那位女子真是好，
令德来教。	快用美德来相教。

---

① 间关：车轮声。
② 舝（xiá）：车轴两头的键。
③ 娈：美好。
④ 括：约束。
⑤ 依：盛。
⑥ 鷮（jiāo）：长尾雉。
⑦ 辰：美善貌。
⑧ 硕女：德高貌美的女子。

We are like snow or rain;
Nothing will long remain.
Death may come any day;
We can enjoy tonight at least.
Drink and rejoice as you may;
Let us enjoy the feast!

On the Way to the Bride's House[①]

Having prepared my creaking cart,
I go to fetch my bride.
Nor hungry nor thirsty at heart,
I'll take her as good guide.
Nor good friends come nor priest;
We'll rejoice in our feast.

In the plain there's dense wood
And pheasants with long tail.
I love my young bride good;
She'll help me without fail.

---

① This ode was said to be sung at a wedding and the wood-splitting might allude to love-making in ancient Chinese songs.

式燕且誉①，	一起宴饮多欢乐，
好尔无射②。	永远爱你不厌烦。

虽无旨酒，	虽无甘甜的美酒，
式饮庶几。	望您能够饮一杯。
虽无嘉肴，	虽无上等的佳肴，
式食庶几。	望您能够尝一口。
虽无德与女，	虽然我无你德行，
式歌且舞。	也能载舞又载歌。

陟彼高冈，	登上那个高山岗，
析其柞薪；	劈下柞树当柴火。
析其柞薪，	砍下它的小树枝，
其叶湑兮。	树上枝叶更繁茂。
鲜③我觏④尔，	难得能够见到你，
我心写兮。	我实快乐心意足。

高山仰止，	高山需要仰头望，
景行⑤行止。	大道穿梭多宽敞。
四牡騑騑，	四匹马儿快快跑，
六辔如琴。	六根缰绳似琴音。

① 誉：通"豫"，欢乐。
② 射（yì）：厌弃。
③ 鲜：善。
④ 觏（gòu）：见。
⑤ 景行（háng）：大道。

I'll praise her when we feast,
Never tired in the least.

Though we have no good wine,
We'll drink, avoiding waste.
Though our viands are not fine,
We may give them a taste.
Though no good to you can I bring,
Still we may dance and sing.

I climb the mountain green
To split oak for firewood.
Amid leaves lush and green
I split oak for firewood.
Seeing my matchless bride,
I will be satisfied.

You're good like mountains high;
Like the road you go long.
My four steeds run and hie;
Six reins like lute-strings weave a song.

觏尔新昏, 难得能与你新婚,
以慰我心。 以此可以慰我心。

青 蝇

营营^①青蝇, 青头苍蝇嗡嗡飞,
止于樊^②。 停在院间篱笆上。
岂弟^③君子, 君子平易又通达,
无信谗言。 切莫听信小人言。

营营青蝇, 青头苍蝇嗡嗡飞,
止于棘。 停在院里枣树上。
谗人罔极, 小人做事没准则,
交乱四国。 祸害捣蛋乱四国。

营营青蝇, 青头苍蝇嗡嗡飞,
止于榛。 停在那棵榛树上。
谗人罔极, 小人做事没准则,
构^④我二人。 你我之间造事端。

① 营营:嘤嘤。
② 樊:竹篱笆。
③ 岂弟(kǎi tì):平易通达。
④ 构:挑拨,离间。

When I'm wed to my bride,
How my heart will be satisfied!

Blue Flies[1]

Hear the buzzing blue flies;
On the fence they alight.
Lord, don't believe their lies;
Friend, don't take wrong for right.

Hear blue flies buzzing, friend;
They light on jujube trees.
The slander without end
Spreads in the state disease.

Hear blue flies buzzing, friend;
They light on hazel tree.
The slander without end
Sets you at odds with me.

---

[1] It was said that this ode was directed against King You who lent a ready ear to slander and blue flies became symbolic of slanderers.

宾之初①筵

宾之初筵， 宾客入座开宴席，
左右秩秩②。 宾主肃敬守礼仪。
笾豆有楚， 笾碗豆盘摆上来，
殽③核维旅。 菜肴果品实在好。
酒既和旨④， 美酒味香又甘醇，
饮酒孔偕。 举杯共饮很协调。
钟鼓既设， 钟鼓已经摆上来，
举酬逸逸⑤。 敬酒劝酒不慌乱。
大侯⑥既抗， 君主箭靶高高挂，
弓矢斯张。 张弓搭箭向靶心。
射夫既同， 射者先来选对手，
献尔发功。 一起跟你学功夫。
发彼有的， 人人争取中目标，
以祈尔爵⑦。 好让对手来喝酒。

籥⑧舞笙鼓， 和籥起舞钟鼓鸣，
乐既和奏。 一起演奏很和谐。

① 初：席。
② 秩秩：肃敬的样子。
③ 殽（yáo）：同"肴"。
④ 和旨：调美。
⑤ 逸逸：往来不断。
⑥ 侯：箭靶。
⑦ 爵：射爵，射箭的礼数，不胜者被罚饮酒。
⑧ 籥（yuè）：一种乐器。

Revelry[1]

The guests come with delight
And take place left and right.
In rows arranged the dishes,
Displayed viands and fishes.
The wine is mild and good;
Guests drink and eat the food.
Bells and drums in their place,
They raise their cups with grace.
The target set on foot,
With bows for them to shoot,
The archers stand in row,
Ready their skill to show.
If the target is hit,
You'll drink a cup for it.

They dance to music sweet
Of flute and to drumbeat.

[1] Directed against drunkenness, this ode was a lively picture of the license of the time of King You.

烝^①衎^②烈祖，　　　　　　此番娱乐献列祖，
以洽百礼。　　　　　　　百种礼仪要周备。
百礼既至，　　　　　　　祭礼都已很周到，
有壬^③有林。　　　　　　隆重盛大又繁多。
锡尔纯嘏^④，　　　　　　神灵赐予你洪福，
子孙其湛。　　　　　　　子孙后代乐陶陶。
其湛曰乐，　　　　　　　子孙高兴又欢乐，
各奏尔能。　　　　　　　献上射箭的技能。
宾载手仇^⑤，　　　　　　宾客来把对手找，
室人入又。　　　　　　　主人也来陪一场。
酌彼康^⑥爵，　　　　　　给你满满斟一杯，
以奏尔时。　　　　　　　等你胜利来畅饮。

宾之初筵，　　　　　　　宾客入座开宴席，
温温其恭。　　　　　　　个个温顺又恭敬。
其未醉止，　　　　　　　现在还没有喝醉，
威仪反反。　　　　　　　言行举止守礼仪。
曰既醉止，　　　　　　　喝过数旬都已醉，
威仪幡幡^⑦。　　　　　　礼数仪态有所忘。
舍其坐迁，　　　　　　　离开各自的座位，
屡舞仙仙。　　　　　　　走起路来飘飘然。

① 烝：进。
② 衎（kàn）：娱乐。
③ 壬：大。
④ 纯嘏（gǔ）：大福。
⑤ 仇：对手。
⑥ 康：大。
⑦ 幡幡：失威仪。

Rites are performed to please
Our ancestors with ease.
The offerings on hand
Are so full and so grand.
You will be richly blessed,
Sons, grandsons and the rest.
Happy is every man.
Let each do what he can.
Each guest shoots with his bow;
The host joins in the row.
Let's fill an empty cup.
When one hits, all cheer up.

When guests begin to feast,
They are gentle at least.
When they've not drunk too much,
They would observe the rite;
When they have drunk too much,
Their deportment is light.
They leave their seats and go
Capering to and fro.

其未醉止，	刚刚还未喝醉时，
威仪抑抑。	举止行为都慎重。
曰既醉止，	现在都已喝醉了，
威仪怭怭①。	仪态有些不端庄。
是曰既醉，	还说已经喝醉酒，
不知其秩。	自然不知守礼仪。
宾既醉止，	宾客已经喝醉了，
载号载呶②。	又是叫啊又是闹。
乱我笾豆，	果碗菜盘被推乱，
屡舞僛僛③。	跳舞也是站不稳。
是曰既醉，	还说已经喝醉酒，
不知其邮④。	不知什么是过错。
侧弁之俄⑤，	皮帽已经戴歪了，
屡舞傞傞⑥。	疯癫不停跳舞蹈。
既醉而出，	如果醉了就出去，
并受其福。	就是大家的福气。
醉而不出，	如果醉了还不走，
是谓伐德⑦。	说明品德不太好。
饮酒孔嘉，	饮酒享乐是好事，
维其令仪。	只是礼仪很重要。

① 怭怭（bì bì）：轻薄、粗鄙的样子。
② 呶（náo）：喧哗。
③ 僛僛（qī qī）：身体歪斜的样子。
④ 邮：过错。
⑤ 俄：倾倒的样子。
⑥ 傞傞（suō suō）：舞动不止的样子。一说为参差不齐的样子。
⑦ 伐德：败德。

When they've not drunk too much,
They are in a good mood;
When they have drunk too much,
They're indecent and rude.
When they are deeply drunk,
They know not where they're sunk.

When they've drunk their cups dry,
They shout out, brawl and cry.
They put plates upside down;
They dance like funny clown.
When they have drunk wine strong,
They know not right from wrong.
With their cups on one side,
They dance and slip and slide.
If drunk they went away,
The host would happy stay.
But drunk they will not go;
The host is full of woe.
We may drink with delight
If we observe the rite.

凡此饮酒，	凡是举杯饮美酒，
或醉或否。	有喝醉的有清醒。
既立之监，	已经设立了酒监，
或佐之史。	更有史官记言行。
彼醉不臧，	醉酒本来就不好，
不醉反耻。	不醉还说你不行。
式勿从谓①，	不要劝他再多饮，
无俾大怠。	不要让他犯大错。
匪言勿言，	不该说的不要说，
匪由勿语。	不合法的不要做。
由醉之言，	酒醉之后说的话，
俾出童羖②。	公羊可以没有角。
三爵不识，	他的酒量只三杯，
矧③敢多又。	怎敢劝他再多喝。

① 从谓：听从别人再劝酒。
② 童羖（gǔ）：无角黑色公羊，世上本不存在。
③ 矧（shěn）：况且。

Whenever people drink,
In drunkenness some sink.
Appoint an inspector
And keep a register.
But drunkards feel no shame;
On others they'll lay blame.
Don't drink any more toast,
Or they will wrong the host.
Do not speak if you could;
Say only what you should.
Don't say like drunkard born
You're a ram without horn.
With three cups you've lost head;
With more you'd be drunk dead.

鱼藻之什

鱼　藻①

鱼在在藻，　　　　　　　　鱼儿躲在水草中，
有颁②其首。　　　　　　　头儿大大有斑纹。
王在在镐，　　　　　　　　大王住在镐京里，
岂③乐饮酒。　　　　　　　欢快饮酒乐开颜。

鱼在在藻，　　　　　　　　鱼儿躲在水草中，
有莘④其尾。　　　　　　　尾巴长长水中游。
王在在镐⑤。　　　　　　　大王住在镐京里，
饮酒乐岂。　　　　　　　　欢快饮酒乐开怀。

鱼在在藻，　　　　　　　　鱼儿躲在水草中，
依于其蒲。　　　　　　　　靠着蒲草慢慢游。
王在在镐，　　　　　　　　大王住在镐京里，
有那⑥其居。　　　　　　　生活安乐且逍遥。

---

① 藻：水草。
② 颁（fén）：指鱼的头很大。
③ 岂（kǎi）：欢乐。
④ 莘：长。
⑤ 镐：镐京。
⑥ 那（nuó）：安闲。

Seventh Decade of Odes

The Fish among the Weed[1]

The fish among the weed,
Showing large head, swims withspeed
The king in the capital
Drinks happy in the hall.

The fish swims thereamong,
Showing its tail so long.
The king in the capital
Drinks cheerful in the hall.

The fish among the weed
Sheltered by rush and reed,
The king in the capital
Dwells carefree in the hall.

---

[1] This ode celebrated the praise of King Wu after his triumph over the last king of the Shang Dynasty. The fish was in its proper place, enjoying what happiness it could, and so it served to introduce King Wu enjoying himself in his capital.

采 菽[①]

采菽采菽,	采大豆呀采大豆,
筐之筥[②]之。	装满方筐装圆筐。
君子[③]来朝,	诸侯远道来朝见,
何锡[④]之?	大王给他赏点啥?
虽无予之,	虽然没啥好东西,
路车[⑤]乘马。	一辆路车四匹马。
又何予之?	此外还要给他啥?
玄衮及黼[⑥]。	黑色龙纹的好衣裳。
觱沸[⑦]槛泉,	泉水汩汩往外冒,
言采其芹。	采摘芹菜在旁边。
君子来朝,	诸侯远道来朝见,
言观其旗。	车上的旗子已看见。
其旗淠淠[⑧],	旌旗迎风频翻动,
鸾声嘒嘒[⑨]。	銮铃急缓有节律。

① 菽:大豆。
② 筐:方筐。筥(jǔ),圆筐。
③ 君子:这里指诸侯。
④ 锡:"赐"的假借字。
⑤ 路车:《集传》,"路车,金路以赐同姓,象路以赐异姓也。"
⑥ 衮:有卷龙图纹的衣服。黼(fǔ),黑白相间的花纹。
⑦ 觱(bì)沸:泉水翻腾的样子。
⑧ 淠淠(pèi):旌旗翻动的样子。
⑨ 嘒嘒(huì):銮铃声急缓有节拍。

Royal Favours[1]

Gather beans long and short
In baskets round and square.
The lords come to the court.
What suitable things there
Can be given to meet their needs?
A state cab and horses four.
What else besides the steeds?
Dragon robes they adore.

Gather cress long and short
Around the spring near by.
The lords come to the court;
I see dragon flags fly.
Flags flutter in the breeze,
Three or four horses run,

---

[1] This ode was responsive to the former, celebrating the appearance of the feudal princes at the court, the splendor of their array, the propriety of their demeanor and the favors conferred on them by the king.

载骖载驷,　　　　　　　　驾着三匹四匹马,
君子所届①。　　　　　　　诸侯立刻就来到。

赤芾②在股,　　　　　　　皮质蔽膝在股间,
邪幅③在下。　　　　　　　裹腿斜绑在下边。
彼交匪纾④,　　　　　　　不傲慢也不松懈,
天子所予。　　　　　　　天子赏赐真不少。
乐只君子,　　　　　　　　诸侯心情多快乐,
天子命之。　　　　　　　天子命他来辅佐。
乐只君子,　　　　　　　　诸侯心情多快乐,
福禄申⑤之。　　　　　　　又增福来又增禄。

维柞之枝,　　　　　　　　柞树上头枝儿长,
其叶蓬蓬⑥。　　　　　　　叶子长得真茂盛。
乐只君子,　　　　　　　　诸侯心情真快乐,
殿⑦天子之邦。　　　　　　平抚四方安邦国。
乐只君子,　　　　　　　　诸侯心情真快乐,
万福攸同⑧。　　　　　　　万种福气集一身。
平平⑨左右,　　　　　　　左右臣下都能干,
亦是率从。　　　　　　　　一切命令都遵从。

① 届:来到。
② 芾(fú):皮质的蔽膝。
③ 邪幅:绑腿。
④ 交:衣领,代指衣服。纾(shū),屈曲。
⑤ 申:重复。
⑥ 蓬蓬:茂盛的样子。
⑦ 殿:安抚,镇定。
⑧ 万福攸同:万福之所聚。
⑨ 平平(pián pián):辨治。

Bells ringing without cease,
The lords come one by one.

Red covers on their knees
And their buskins below,
They go with perfect ease
In what the king bestows.
They receive with delight
High favours from the king;
They receive with delight
Good fortune in a string

On branches of oak-tree,
What riot lush leaves run!
The lords guard with high glee
The land of Heaven's Son.
They receive with delight
Blessings from high and low.
Attendants left and right
Follow them where they go.

泛泛杨舟,　　　　　　　　杨木小舟水中游,
绋①缅②维之。　　　　　　麻绳竹索系船头。
乐只君子,　　　　　　　　诸侯心情真快乐,
天之葵③之。　　　　　　　福气俸禄真是多。
乐只君子,　　　　　　　　心情舒畅乐悠悠,
福禄膍④之。　　　　　　　厚赏福禄多嘉奖。
优哉游哉,　　　　　　　　生活安逸无忧愁,
亦是戾⑤矣。　　　　　　　悠游安适清福享。

角　弓

骍骍⑥角弓,　　　　　　　红色角弓样子美,
翩其反矣。　　　　　　　　弓背弯曲向两边。
兄弟昏姻,　　　　　　　　都是兄弟与亲戚,
无胥⑦远矣。　　　　　　　相互之间莫疏远。

尔之远矣,　　　　　　　　你和兄弟相疏远,
民胥然矣。　　　　　　　　百姓都会照着办。
尔之教矣,　　　　　　　　如果你能做榜样,
民胥傚矣。　　　　　　　　百姓也会来效仿。

① 绋（fú）：系船的麻绳。
② 缅（lí）：拉船的竹索。
③ 葵：估量，度量。
④ 膍（pí）：厚赐。
⑤ 戾：止，定。
⑥ 骍骍（xīng xīng）：深红色。
⑦ 胥：疏远。

The boat of willow wood
Fastened by band and rope,
Of happy lords and good
The king scans the full scope.
They receive with high glee
All blessings from the king.
They're happy and carefree
Fortune comes on the wing.

Admonition[1]

Tighten the string of the bow,
Its recoil will be swift.
If brothers alien go,
Their affection will shift.

If you alienate
Your relatives and brothers,
People will imitate
You when you deal with others.

---

[1] This ode was directed against the king's cold treatment of his relatives and his encouragement to calumniators.

此令兄弟，	兄弟相处要和睦，
绰绰有裕①。	相互包容度量宽。
不令兄弟，	若是搞得关系僵，
交相为瘉②。	怨恨自然由此生。

民之无良，	如果百姓不良善，
相怨一方。	相互指责怨对方。
受爵不让，	接受功勋不谦让，
至于己斯亡。	到头谁都命不长。

老马反为驹，	老马为了小马仔，
不顾其后。	转身顾不得身后。
如食宜饇③，	就像吃饭要吃饱，
如酌孔取。	好比喝酒太过量。

毋教猱④升木，	莫让猿猴树上爬，
如涂涂附。	就像泥巴粘泥巴。
君子有徽猷⑤，	君子若是有良策，
小人与属。	民众便会来效仿。

① 有裕：气量宽大。
② 瘉（yù）：病，引申为怨恨。
③ 饇（yù）：饱。
④ 猱（náo）：猿猴。
⑤ 徽：美好。猷，道，即修养、本领。

When there is brotherhood,
Good feeling is displayed.
When brothers are not good,
Much trouble will be made.

The people have no grace,
They blame the other side;
They fight to get high place
And come to fratricide.

Old steeds think themselves good;
Of the young they don't think.
They want plenty of food
And an excess of drink.

Don't teach apes to climb trees
Nor add mud to the wall.
If you do good with ease,
They'll follow you one and all.

雨雪瀌瀌①，　　　　　　　大雪纷纷满天飘，
见晛②曰消。　　　　　　　太阳出来不见了。
莫肯下遗，　　　　　　　　不肯低头来谦让，
式居娄③骄。　　　　　　　态度傲慢性情骄。

雨雪浮浮④，　　　　　　　大雪纷纷满天飘，
见晛曰流。　　　　　　　　太阳一出即融消。
如蛮如髦⑤，　　　　　　　就像南方的野蛮人，
我是用忧。　　　　　　　　令我实在很忧伤。

菀⑥　柳

有菀者柳，　　　　　　　　路边柳树枝叶盛，
不尚息焉。　　　　　　　　还是不可去休息。
上帝甚蹈⑦。　　　　　　　上天喜怒太无常。
无自暱焉。　　　　　　　　无故不要亲近他。
俾予靖⑧之，　　　　　　　先前让我治邦国，
后予极⑨焉！　　　　　　　后来又要诛杀我！

① 瀌瀌：雪下得猛烈的样子。
② 晛（xiàn）：日气。
③ 娄（lǔ）：屡次。
④ 浮浮：同"瀌瀌"。
⑤ 髦（máo）：西南部族名。
⑥ 菀（yù）：茂盛。
⑦ 蹈：指喜怒变化无常。
⑧ 靖：平定。
⑨ 极：诛杀。

Flake on flake falls the snow;
It dissolves in the sun.
Don't despise those below.
The proud will be undone.

The snow falls flake on flake;
It will melt in sunlight,
Let no barbarians make
You fall into a sad plight.

The Unjust Lord[1]

Lush is the willow tree.
Who won't rest under it?
The lord's to punish free.
Don't fall into the pit.
You lend him hand and arm,
But he will do you harm.

---

[1] This ode was directed against King Li (877—841 B. C.), tyrannical and oppressive, punishing where punishment was not due, whose court was not frequented by the princes of the states.

有菀者柳，	路边柳树枝叶盛，
不尚愒^①焉。	但是不可去休息。
上帝甚蹈，	上天喜怒太无常，
无自瘵^②焉。	无故不要接近他。
俾予靖之，	先前让我治邦国，
后予迈^③焉！	后来又来虐待我！
有鸟高飞，	鸟儿振翅飞得高，
亦傅^④于天。	在那高高的蓝天上。
彼人之心，	那人心中的欲望，
于何其臻？	要到何时才算完？
曷予靖之，	为何叫我治邦国，
居以凶矜^⑤！	反而惹祸遭凶险！

都^⑥人士

彼都人士，	京都人士真漂亮，
狐裘黄黄。	黄色狐袍披身上。
其容不改，	容貌仪态皆端庄，
出言有章^⑦。	表达清晰有文章。

① 愒（qì）：休息。
② 瘵（zhài）：接近。
③ 迈：虐待。
④ 傅：至，到。
⑤ 矜：危境。
⑥ 都：美。
⑦ 章：有文采，有条理。

Lush is the willow tree.
Who won't shelter 'neath it?
The lord's to punish free;
His ire bursts in a fit.
You lend him arm and hand;
He'll ban you from the land.

The bird flies as it can
Even up to the sky.
The heart of such a man
Will go up far and high.
Whate'er for him you do,
He's free to punish you.

Men of the Old Capital[1]

Men of old capital
In yellow fox-fur dress,
With face unmoved at all,
Spoke with pleasing address.

---

[1] This was an ode in praise of the lords and ladies of the old capital, written after King Ping removed the capital to the east in 770 B. C.

行归于周①,　　　　　　　即将回到周王朝,
万民所望。　　　　　　　万千民众齐盼望。

彼都人士,　　　　　　　京都人士真漂亮,
台笠缁撮②。　　　　　　草笠布帽戴头上。
彼君子女,　　　　　　　有教养的好女子,
绸③直如发。　　　　　　头发直黑如绸缎。
我不见兮,　　　　　　　如果多日不见她,
我心不说。　　　　　　　心中烦忧不舒畅。

彼都人士,　　　　　　　京都人士真漂亮,
充耳琇④实。　　　　　　美石宝玉戴耳上。
彼君子女,　　　　　　　有教养的好女子,
谓之尹⑤吉。　　　　　　尹氏吉氏有芳名。
我不见兮,　　　　　　　如果多日不见她,
我心苑⑥结。　　　　　　心中郁闷又愁苦。

彼都人士,　　　　　　　京都人士真漂亮,
垂带而厉⑦。　　　　　　腰间垂下长丝带。
彼君子女,　　　　　　　有教养的好女子,

① 周:周朝京城。
② 撮:带子。
③ 绸:通"稠",密。
④ 琇(xiù):美石。
⑤ 尹、吉:都是周氏婚姻的旧姓。
⑥ 苑(yùn):积压,蕴结。
⑦ 厉:带之垂者。

At the old capital
They were admired by all.

Men of old capital
Wore their hat up-to-date;
The noble ladies tall
Had hair so thick and straight.
Although I see them not,
Could their face be forgot?

Men of old capital
Wore pendant from the ear;
The noble ladies tall
Were fair without a peer.
Although I see them not,
Could their dress be forgot?

Men of old capital
With girdles hanging down;
And noble ladies tall

卷①发如虿②。	头发卷曲向上扬。
我不见兮,	如果多日不见她,
言从之迈。	愿意时刻随身旁。

匪伊垂之,	并非有意要垂下,
带则有余。	丝带本就有所长。
匪伊卷之,	并非有意要卷曲,
发则有旟③。	头发本来就飘扬。
我不见兮,	如果多日不见她,
云何盱④矣!	直立翘首把她望!

采 绿⑤

终朝采绿,	王刍采了一早上,
不盈一匊⑥。	还是不够一小捧。
予发曲局,	我的头发已卷曲,
薄言⑦归沐。	我要回家把它洗。

终朝⑧采蓝,	采蓝采了一早上,
不盈一襜⑨。	还是不满前衣裳。

① 卷(quán):发束翘起。
② 虿(chài):虫名,尾巴上翘。
③ 旟(yú):扬。
④ 盱(xū):张目盼望的样子。
⑤ 绿:一作"菉(lù)",草名。又名王刍。
⑥ 匊(jū):即"掬",用双手捧起。
⑦ 薄言:二字皆语气助词,无义。
⑧ 终朝:从天明到早饭的一段时间。
⑨ 襜(chān):指衣服遮着前面的部分,蔽膝或前裳。

With hair like tail of scorpion,
Of them could I see one,
After them I would run.

His girdle hanging there
Suited so well his gown;
Her natural curled hair
Was wavy up and down.
I see not their return.
How much for trem I yearn!

My Lord Not Back[①]

I gather all the morn king-grass,
But get not a handful, alas!
In a wisp is my hair,
I'll go home and wash it with care.

I gather all the morn plants blue,
But get not an apronful for you.

[①] A wife told her sorrow and incapability of attending to anything in the prolonged absence of her husband to whom she was fondly attached.

五日为期,	五天日子就到了,
六日不詹①。	六天不见他到来。
之子于狩,	以后那人去打猎,
言韔②其弓。	我将弓箭放套中。
之子于钓,	以后那人去钓鱼,
言纶③之绳。	我将绳子打死结。
其钓维何?	钓鱼钓得怎么样?
维鲂④及鱮⑤。	只有鳊鱼和鲢鱼。
维鲂及鱮,	只有鳊鱼和鲢鱼,
薄言观⑥者。	可他总是钓不厌。

黍 苗

芃芃⑦黍苗,	黍苗长得真茂盛,
阴雨膏之。	又有雨水来滋润。
悠悠南行,	战士悠悠向南行,
召伯劳之。	幸有召伯来慰劳。

① 詹:到。
② 韔(chàng):藏弓的套子。
③ 纶:拧结。
④ 鲂:鳊鱼。
⑤ 鱮(xù):鲢鱼。
⑥ 观:多。
⑦ 芃芃:蓬勃茂盛的样子。

You should be back on the fifth day.
Now it's the sixth, why the delay?

If you should hunting go,
I would put in its case your bow.
If you should go to fish,
I'd arrange your line as you wish.

What might we take out of the stream?
O tench and bream.
O tench and bream,
With what wild joy my face would beam!

On Homeward Way after Construction[1]

Young millet grows tall and strong,
Fattened by genial rain.
Our southward journey's long;
The Lord of Shao cheers the train.

---

[1] This ode celebrated the service of Duke Mu of Shao in building tile city of Xie (modern Tang County in Henan Province) for the marquisate of Shen established by King Xuan (826—781 B. C.) as a bulwark against the encroachments of wild tribes.

我任①我辇，	又挑重物又挽辇，
我车我牛。	又驾车来又赶牛。
我行既集②，	我的任务已完成，
盖云归哉！	何时才能把家还！
我徒我御，	又步行来又驾车，
我师我旅。	队伍整编安排多。
我行既集，	我的任务已完成，
盖云归处！	何时才能把家还！
肃肃③谢功，	谢城修建真神速，
召伯营之。	召伯到此来统治。
烈烈④征师，	随行队伍真威武，
召伯成之。	都由召伯来统领。
原隰⑤既平，	低洼地方已铺平，
泉流既清。	汩汩泉水也变清。
召伯有成，	召伯任务已完成，
王心则宁。	大王终于心安宁。

① 任：负荷。辇，挽车。
② 集：完成。
③ 肃肃：迅疾的样子。
④ 烈烈：威武的样子。
⑤ 隰（xí）：低湿的地方。

Our carts go one by one;
Our oxen follow the track.
Our construction is done,
So we are going back.

We go on foot or run;
Our host goes in a throng.
Our construction is done,
So we are going along.

The town of Xie stands strong,
Built by our lord with might and main.
Our expedition's long
And our lord leads the train.

Lowland becomes a plain;
Streams are cleared east and west.
Our lord leads the campaign;
The king's heart is at rest.

隰① 桑

隰桑有阿②。　　　　　　　　低洼处的桑树真美，
其叶有难③。　　　　　　　　叶子长得也很漂亮。
既见君子，　　　　　　　　　已经见到那个人儿，
其乐如何！　　　　　　　　　我的心里真是欢喜！

隰桑有阿。　　　　　　　　　低洼处的桑树真美，
其叶有沃④。　　　　　　　　叶子柔美又有光泽。
既见君子，　　　　　　　　　已经见到那个人儿，
云何不乐？　　　　　　　　　我的心里怎不欢乐？

隰桑有阿。　　　　　　　　　低洼处的桑树真美，
其叶有幽⑤。　　　　　　　　叶子长得也很茂盛。
既见君子，　　　　　　　　　已经见到那个人儿，
德音孔胶⑥。　　　　　　　　德行仪态十分隆盛。

心乎爱矣，　　　　　　　　　我在心中敬爱他，
遐不⑦谓矣？　　　　　　　　为何总不告诉他？
中心藏之，　　　　　　　　　这样藏在心里头，
何日忘之？　　　　　　　　　等到何时才能忘？

① 隰（xí）：低湿的地方。
② 阿：美貌。
③ 难：通"傩"，盛多。
④ 沃：柔美有光泽。
⑤ 幽：茂盛。
⑥ 胶：盛。
⑦ 遐不：胡不，何不。

The Mulberry Tree[①]

The lowland mulberry tree's fair;
Its leaves are lush and bright.
When I see my love there,
How great will be my delight!

The lowland mulberry tree's fair;
Its leaves shed glossy light.
When I see my love there,
How can I not feel delight?

The lowland mulberry tree's fair;
Its leaves darken each day.
When I see my love there,
How much have I to say?

I love him in my heart,
Why won't I tell him so?
Better keep it apart
That sweeter it will grow.

---

① This ode read like a song in which a woman spoke of her admiration and love for a man fair as the mulberry tree and bright as its leaves.

白 华

白华菅①兮，	白华草儿沤成菅，
白茅束兮。	变成白茅捆东西。
之子之远，	那人已离我远去，
俾我独兮。	剩我一人多孤独。

英英②白云，	白云英英有光彩，
露③彼菅茅。	滋润那些菅和茅。
天步④艰难，	命运实在太艰难，
之子不犹。	那人为何不思考。

滮池⑤北流，	滮池之水向北流，
浸彼稻田。	浸润那些绿稻田。
啸歌伤怀，	长啸高歌真伤感，
念彼硕人。	心中想念那美人。

| 樵⑥彼桑薪， | 摘采那些桑树枝， |
| 卬⑦烘于煁⑧。 | 放进灶中作柴薪。 |

① 菅：沤制后的白华。
② 英英：白云貌。
③ 露：覆，盖。
④ 天步：时运。
⑤ 滮（biāo）池：古河流名。
⑥ 樵：采。
⑦ 卬（áng）：高举。
⑧ 煁（chén）：可移动的炉灶。

The Degraded Queen[①]

White flowered rushes sway
Together with white grass.
My lord sends me away
And leaves me alone, alas!

White clouds with dewdrops spray
Rushes and grass all o'er.
Hard is heavenly way;
My lord loves me no more.

Northward the stream goes by,
Flooding the rice fields there.
With wounded heart I sigh,
Thinking of his mistress fair.

Wood's cut from mulberry tree
To make fire in the stove.

[①] The queen of King You (reigned 780—770 B. C.) complained of being degraded and forsaken for the sake of his fair mistress Lady Shi of Bao. The first stanza suggested the idea of the close connection between rushes and grass as it should be between king and queen. The idea in Stanza 2 seemed to be that the clouds bestowed their dewy influences on rushes and grass while the king neglected the queen. The flooding in Stanza 3 was the greatest benefit to the ricefields, not so did the king deal with the queen. The idea in Stanza 4 seemed to be that the queen had a smaller stove than the king's mistress. Stanza 5 suggested that the king's angry shout was heard without the palace. In Stanza 6 the crane was a clean bird and the heron an unclean one. The idea in Stanza 7 was that the lovebirds were more faithful than the king. Stanza 8 compared the queen to the stone King You trod underfoot.

维彼硕人，	想起那个美人呦，
实劳我心。	确实很让我劳心。
鼓钟于宫，	宫中鼓钟震天响，
声闻于外。	声音传到宫墙外。
念子懆懆，	心中想你多烦恼，
视我迈迈[1]。	你却一点不欢喜。
有鹙[2]在梁，	有只秃鹙在梁上，
有鹤在林。	有只仙鹤在林中。
维彼硕人。	那个美人真漂亮，
实劳我心。	确实很让我心劳。
鸳鸯在梁，	一对鸳鸯在鱼梁，
戢[3]其左翼，	嘴巴插进左翅膀。
之子无良，	那个人啊不良善，
二三其德。	三心二意变无常。
有扁斯石，	垫脚石头扁又小，
履之卑兮。	脚踩上去不嫌高。
之子之远，	那人离我远去了，
俾我疧兮。	留我一人空悲伤。

[1] 懆懆（cǎo cǎo）：不安。迈迈，不悦。
[2] 鹙（qiū）：水鸟名。
[3] 戢（jí）：收敛。

His mistress fair makes me
Lose the heart of my love.

When rings the palace bell,
Its sound is heard without.
When I think of him well,
I hear but angry shout.

The heron may eat fish
While the crane hungry goes.
His mistress has her wish
While I am full of woes.

The lovebirds on the dam
Hide their beaks 'neath left wings.
The woe in which I am
Is what my unkind lord brings.

The stone becomes less thick
On which our feet oft tread.
My heart becomes love-sick
For my lord's left my bed.

绵 蛮[①]

"绵蛮黄鸟,
止于丘阿。
道之云远,
我劳如何?"
"饮之食之,
教之诲之。
命彼后车[②],
谓[③]之载之。"

"一只小黄鸟,
停在半山腰。
你说道路太遥远,
我的辛劳若你何?"
"给它水来给它食,
又教诲来又鼓励。
命令副车停下来,
让它坐到上面去。"

"绵蛮黄鸟,
止于丘隅[④]。
岂敢惮[⑤]行,
畏不能趋。"
"饮之食之,
教之诲之。
命彼后车,
谓之载之。"

"一只小黄鸟,
停在山角上。
怎能害怕走远路,
只怕疲劳赶不及。"
"给它水来给它食,
又教诲来又鼓励。
命令副车停下来,
让它坐到上面去。"

① 绵蛮:小鸟貌。
② 后车:随行副车。
③ 谓:归。
④ 丘隅:丘角。
⑤ 惮:畏。

Hard Journey[①]

O hear the oriole's song!
It rests on mountain slope.
The journey's hard and long.
How can a tired man cope?
Give me food and be kind,
Help me, encourage me,
Tell the carriage behind
To stop and carry me!

O hear the oriole's song!
It rests at mountain yon.
Do I fear journey long?
I fear I can't go on.
Give me food and be kind,
Help me, encourage me,
Tell the carriage behind
To stop and carry me!

[①] Some inferior complained of his toil in an expedition and the neglect with which he was treated by his superiors.

"绵蛮黄鸟,　　　　　　　　"一只小黄鸟,
止于丘侧。　　　　　　　　停在山坡上。
岂敢惮行,　　　　　　　　怎能害怕走远路,
畏不能极①。"　　　　　　　只怕疲劳赶不上。"
"饮之食之,　　　　　　　　"给它水来给它食,
教之诲之。　　　　　　　　又教诲来又鼓励。
命彼后车,　　　　　　　　命令副车停下来,
谓之载之。"　　　　　　　让它坐到上面去。"

瓠② 叶

幡幡瓠叶,　　　　　　　　葫芦叶子向上翻,
采之亨之。　　　　　　　　采摘下来烹煮它。
君子有酒,　　　　　　　　君子家中有美酒,
酌言尝之。　　　　　　　　举起杯来先自尝。

有兔斯③首,　　　　　　　有只兔子白又肥,
炮④之燔⑤之。　　　　　　　烧过烤过味道好。
君子有酒,　　　　　　　　君子家中有美酒,
酌言献之。　　　　　　　　主人把盏献宾客。

---

① 极:至。
② 瓠(hù):葫芦。
③ 斯:白。
④ 炮:裹烧。
⑤ 燔(fán):烤。

O hear the oriole's song!
It rests at mountain's bend.
Do I fear journey long?
I can't get to its end.
Give me food and be kind,
Help me, encourage me,
Tell the carriage behind
To stop and carry me!

Frugal Hospitality[1]

The gourd's waving leaves are fine,
Taken and boiled in haste.
Our good friend has sweet wine;
He pours it out for a taste.

The rabbit's meat is fine
When baked or roasted up.
Our good friend has sweet wine;
He presents us a cup.

---

[1] This ode described the simple manners and decency of an earlier time.

有兔斯首，　　　　　　　有只兔子白又肥，
燔之炙①之。　　　　　　烧过炕过味道好。
君子有酒，　　　　　　　君子家中有美酒，
酌言酢②之。　　　　　　客人斟酒敬主人。

有兔斯首，　　　　　　　有只兔子白又肥，
燔之炮之。　　　　　　　烧过烤过味道好。
君子有酒，　　　　　　　君子家中有美酒，
酌言酬之。　　　　　　　宾主同饮乐逍遥。

渐渐③之石

渐渐之石，　　　　　　　山石雄伟耸立，
维其高矣。　　　　　　　山峰直冲云霄。
山川悠远，　　　　　　　山泉绵绵悠远，
维其劳④矣。　　　　　　行路很是辛劳。
武人东征，　　　　　　　军队奉命东征，
不遑⑤朝矣。　　　　　　无暇等到天晓。

渐渐之石，　　　　　　　山石雄伟耸立，
维其卒⑥矣。　　　　　　山峰高翘险峻。

---

① 炙：炕火。
② 酢：回敬。
③ 渐渐（chán chán）：通"巉巉"，山石高峻的样子。
④ 劳：广阔。
⑤ 遑：闲暇。
⑥ 卒：高而险。

The rabbit's meat is fine
When broiled or roasted up,
Our good friend has sweet wine;
We present him a cup.

The rabbit's meat is fine
When baked or roasted up.
Our good friend has sweet wine;
We fill each other's cup.

Eastern Expedition[1]

The mountain frowns
With rocky crowns.
Peaks high, streams long,
Toilsome the throng.
Warriors east go;
No rest they know.

The mountain frowns
With craggy crowns.

---

[1] This ode commemorated the hardships of a long and difficult expedition to the east, undertaken in the time of King Li (877—841 B. C.).

山川悠远, 　　　　　　　　山泉绵绵悠远,
曷其没^①矣? 　　　　　　何时才到尽头?
武人东征, 　　　　　　　　军队奉命东征,
不遑出^②矣。 　　　　　　无暇入室休息。

有豕白蹢^③, 　　　　　　小猪蹄上白毛多,
烝^④涉波矣。 　　　　　　众人争相淌过河。
月离^⑤于毕^⑥, 　　　　　月亮快要近毕星,
俾滂沱矣。 　　　　　　　大雨滂沱还未停。
武人东征, 　　　　　　　　军队奉命去东征,
不遑他矣。 　　　　　　　他事无暇来照应。

苕^⑦之华

苕之华? 　　　　　　　　　凌霄花儿在开放,
芸^⑧其黄矣。 　　　　　　花瓣纷纷色鲜黄。
心之忧矣, 　　　　　　　　我的心情很忧愁,
维^⑨其伤矣! 　　　　　　内心郁结实感伤!

① 没:尽。
② 出:休息。
③ 蹢(dí):兽蹄。
④ 烝(zhēng):众。
⑤ 离:靠近。
⑥ 毕:星名。
⑦ 苕(tiáo):植物名,蔓生木本,花黄赤色。
⑧ 芸:黄盛。
⑨ 维:犹"何"。

Peaks high, streams bend.
When is the end?
Warriors go east.
When be released?

White-legged swines wade
Through streams and fade.
In Hyades the moon
Foretells hard rain soon.
Warriors east go;
No plaint they show.

Famine[1]

The bignonia blooms
Yellow and fade.
My heart is full of gloom;
I feel the wound grief's made.

---

[1] The speaker lamented the famine and misery in consequence of the general decay of the kingdom.

苕之华, 凌霄花儿正开放,
其叶青青。 叶子青青真鲜亮。
知我如此, 早知此生要如此,
不如无生! 不如从未得出生!

牂①羊坟②首, 母羊身小脑袋大,
三星在罶③。 鱼筍之中闪星光。
人可以食, 虽然可以供人食,
鲜可以饱! 可是很少能吃饱!

何草不黄

何草不黄, 什么草儿不枯黄,
何日不行。 哪日能不在路上。
何人不将④, 有谁能够不行走,
经营四方。 往来奔忙在四方。

何草不玄⑤, 什么草儿不枯黄,
何人不矜⑥。 有谁能够不受苦。
哀我征夫, 我们征夫真可怜,
独为匪民⑦。 唯独我们不是人。

① 牂(zāng):母绵羊。
② 坟:大。
③ 罶(liǔ):鱼筍。
④ 将:行。
⑤ 玄:赤黑色,是百草由枯而腐的颜色。
⑥ 矜(guān):苦难。
⑦ 匪民:非人。

The bignonia blooms
Have left the green leaves dry.
Could I foretell what looms,
I would not live but die.

The ewe's lean; large its head.
In fish-trap there's no fish.
Some people may be fed;
Few can get what they wish.

Nowhere but Yellow Grass[①]

Nowhere but yellow grass,
Not a day when we've rest,
No soldier but should pass
Here and there, east or west.

Nowhere but rotten grass,
None but has left his wife,
We poor soldiers, alas!
Lead an inhuman life.

---

① This was the last ode which read like a song describing the misery of the soldiers constantly employed on expeditionary service and treated without any consideration in the time of King You (780—770 B. C.).

匪兕^①匪^②虎，　　　　　不是野牛不是虎，
率^③彼旷野。　　　　　　却要奔跑在旷野。
哀我征夫，　　　　　　　我们征夫真可怜，
朝夕不暇。　　　　　　　从早到晚不得闲。

有芃^④者狐，　　　　　　狐狸尾巴真蓬松，
率彼幽草。　　　　　　　深草之中来躲藏。
有栈^⑤之车，　　　　　　一辆高大有篷车，
行彼周道。　　　　　　　行在周朝的大道。

① 兕：野牛。
② 匪：彼。
③ 率：循。
④ 芃：众草丛生的样子。
⑤ 栈：有篷子的车。

We're not tigers nor beast.
Why in the wilds do we stay?
Alas! We're men at least.
Why toil we night and day?

Unlike the long-tailed foxes
Deep hidden in the grass,
In our carts with our boxes
We toil our way, alas!

文王之什

文 王

文王在上，	文王英灵在天上，
於^①昭于天。	光辉照耀最明亮。
周虽旧邦，	歧周虽然是旧邦，
其命维新。	接受天命新气象。
有周不^②显^③，	周家前途无限好，
帝命不时。	天命周家长兴旺。
文王陟^④降，	文王神灵升又降，
在帝左右。	常伴上帝在天庭。

亹亹^⑤文王，	勤勤勉勉周文王，
令闻不已。	美好声誉永不忘。
陈锡^⑥哉周，	上帝赐他兴周邦，
侯文王孙子。	后世子孙都为王。
文王孙子，	文王子孙代相传，
本支^⑦百世。	嫡亲旁支百世昌。

① 於（wū）：赞叹。
② 不：语气助词，无实义。下文"不时""不亿""无念"之"不"与此同。
③ 显：光明。
④ 陟：升。
⑤ 亹亹（wěi wěi）：勤勉的样子。
⑥ 陈锡：重赐，厚赐。
⑦ 本支：文王的后世子孙。

First Decade of Epics

Heavens Decree[1]

King Wen rests in the sky;
His spirit shines on high.
Though Zhou is an old state,
It's destined to be great.
The House of Zhou is bright;
God brings it to the height.
King Wen will e'er abide
At God's left or right side.

King Wen was good and strong;
His fame lasts wide and long.
God's gifts to Zhou will run
From his son to grandson.
Descendants of his line
Will receive gifts divine;

[1] This was the first epic ode celebrating King Wen (1184—1134 B. C.), dead and alive, as the founder of the Zhou dynasty. It was attributed to the Duke of Zhou for the benefit of the young King Cheng (1114—1076 B. C.). It showed how King Wen's virtue drew to him the favoring regard of Heaven and made him a bright pattern to his descendants and their ministers. Stanza 5 carried on the subject of the descendants of the previous dynasty, called first Shang and then Yin. When they appeared at the court of Zhou, they assisted at the sacrifices of the king in bis ancestral temple, which began with a libation of fragrant spirits to bring down the spirits of the departed. The libation was poured out by the representative of the dead and the cup with the spirits was handed to him by Yin officers.

凡周之士，	周家群臣和百官，
不显亦世①。	也都世世沾荣光。
世之不显，	世代显贵沾荣光，
厥犹翼翼。	谋事小心又周详。
思皇多士，	群臣众多皆贤能，
生此王国。	有幸生在周国里。
王国克生，	王国能把贤士生，
维周之桢②。	都是周家好栋梁。
济济多士，	人才济济满朝廷，
文王以宁。	文王在天得安宁。
穆穆③文王，	端庄恭敬周文王，
於缉熙④敬止。	光明磊落又善良。
假⑤哉天命，	天命伟大不可违，
有商孙子。	殷商子孙都来归。
商之孙子，	殷商子孙蕃衍多，
其丽⑥不亿。	成万成亿数不清。
上帝既命，	上帝已经发命令，
侯于周服⑦。	服从周邦为臣子。

① 不显亦世：即显世，光显于世。
② 桢：干，栋梁。
③ 穆穆：容仪谨敬，美好。
④ 缉熙：光明。
⑤ 假：大。
⑥ 丽：数目。
⑦ 侯于周服：臣服于周。

So will talents and sage
Be blessed from age to age;

From age to age they're blest;
They work with care and zest.
Brilliant, they dedicate
Their lives to royal state.
Born in this royal land,
They'll support the house grand
With talents standing by,
King Wen may rest on high.

King Wen was dignified,
Respected far and wide.
At Heaven's holy call
The sons of Shang come all.
Those sons of the noblesse
Of Shang are numberless.
As heaven orders it,
They cannot but submit.

侯服于周,	殷商称臣服周王,
天命靡常。	天命运行本无常。
殷士①肤敏②,	殷商诸士多勤敏,
祼③将于京。	助祭镐京陪周王。
厥作祼将,	他们助祭行灌礼,
常服黼④冔⑤。	仍然穿戴殷时装。
王之荩臣⑥,	都是周王大忠臣,
无念⑦尔祖!	牢记祖德不可忘!
无念尔祖,	牢记祖先别忘记,
聿修厥德。	继承祖业多努力。
永言配命,	天命永远不相违,
自求多福。	自己多多求福气。
殷之未丧师⑧,	殷商未失民心时,
克配上帝。	行为也能合帝意。
宜鉴于殷,	殷商灭亡应借鉴,
骏命⑨不易!	永保天命不容易!
命之不易,	永保天命不容易,
无遏⑩尔躬。	不要断送你身上。

① 殷士：殷商之臣属。
② 肤敏：敏勉，美好。
③ 祼（guàn）：用酒祭祖。行祼之礼，叫作祼将。
④ 黼（fǔ）：殷商时的白黑相间的礼服。
⑤ 冔（xǔ）：殷商时的礼帽。
⑥ 荩（jìn）臣：忠臣。
⑦ 无念：不忘。
⑧ 师：众人。
⑨ 骏命：大命，天意。
⑩ 遏：止。

Submission's nothing strange;
Heaven's decree may change.
They were Shang's officers;
They're now Zhou's servitors.
They serve wine in distress
In Shang cap and Yin dress.
You loyal ministers,
Don't miss your ancestors!

Miss no ancestors dear;
Cultivate virtue here!
Obey Heaven's decree
And you'll live in high glee.
Ere it lost people's heart,
Yin played its ordained part.
From Yin's example we see
It's hard to keep decree.

O keep Heaven's decree
Or you will cease to be.

宣昭义问①,　　　　　　　美好声誉要发扬,
有虞②殷自天。　　　　　殷朝之鉴是天命。
上天之载③,　　　　　　　上帝之意不可测,
无声无臭。　　　　　　　既无气味也无声。
仪刑④文王,　　　　　　　效法文王好榜样,
万邦作孚⑤。　　　　　　天下敬仰又信任。

大　明

明明在下,　　　　　　　文王明德在下边,
赫赫在上。　　　　　　　赫赫神灵在上天。
天难忱⑥斯,　　　　　　 天命茫茫不易信,
不易维王。　　　　　　　治国为王实在难。
天位殷适⑦,　　　　　　　王位本属殷嗣子,
使不挟⑧四方。　　　　　教令不能达四方。

挚仲氏任,　　　　　　　挚国任氏第二女,
自彼殷商,　　　　　　　出生地方是殷商。
来嫁于周,　　　　　　　远行出嫁到周国,
曰嫔⑨于京,　　　　　　做了新娘在周京。

① 义问:好名声。
② 虞:借鉴。
③ 载:事。
④ 仪刑:效法。
⑤ 孚:相信。
⑥ 忱(chén):相信。
⑦ 适:通"嫡",嗣子。
⑧ 挟:到达。
⑨ 嫔:为妇,做新娘。

Let virtue radiate;
Profit from Yin's sad fate:
All grow under the sky
Silently far and nigh.
Take pattern from King Wen.
All states will obey you then.

Three Kings of Zhou[1]

Gods know on high
What's done below.
We can't rely
On grace they show.
It's hard to retain
The royal crown.
Yin-shang did reign;
It's overthrown.

Ren, Princess Yin,
Left Shang's town-wall
To marry in Zhou's capital.

---

[1] This epic ode celebrated King Ji who married Princess Ren of Yin; King Wen who married Xin; and King Wu who overthrew the dynasty of Shang in 1121 B. C.

乃及王季，　　　　　　她跟王季成夫妇，
维德之行。　　　　　　专做好事有美名。

大任有身①，　　　　　不久大任有身孕，
生此文王。　　　　　　生下一个周文王。
维此文王，　　　　　　就是这个周文王，
小心翼翼。　　　　　　恭敬谨慎又端庄。
昭事上帝，　　　　　　懂得怎样敬上帝，
聿怀②多福。　　　　　得来福禄无限量。
厥德不回，　　　　　　对于德行不违背，
以受方国③。　　　　　四方归民都敬仰。

天监在下，　　　　　　上天监察人间事，
有命既集④。　　　　　天命已经归文王。
文王初载，　　　　　　文王即位初年时，
天作之合。　　　　　　上天为他配新娘。
在洽之阳，　　　　　　她的家乡在洽阳，
在渭之涘。　　　　　　就在渭水那一方。

① 有身：怀孕。
② 怀：招来。
③ 方国：四方臣服的诸侯国。
④ 集：成就。

She wed King Ji,
The best of men.

Then pregnant, she
Gave birth to Wen.
When he was crowned,
Wen served with care
The gods around,
Blessed here and there.
His virtue's great,
Fit head of the state.

Heaven above
Ruled o'er our fate.
It chose with love
For Wen a mate.
On sunny side
Of River Wei
Wen found his bride
In rich array.

文王嘉礼①，　　　　　　　　文王大礼已经详，
大邦有子。　　　　　　　　　大国有个好姑娘。
大邦有子，　　　　　　　　　大国有个好姑娘，
俔②天之妹。　　　　　　　　好比天上仙女样。
文定③厥祥，　　　　　　　　纳下聘礼定吉祥，
亲迎于渭。　　　　　　　　　文王迎亲渭水边。
造舟为梁，　　　　　　　　　聚集船只当桥梁，
不显其光。　　　　　　　　　婚礼显耀真荣光。

有命自天，　　　　　　　　　上帝有命降下方，
命此文王，　　　　　　　　　命令这个周文王，
于周于京。　　　　　　　　　建国为周都为京。
缵④女维莘，　　　　　　　　继娶莘国好姑娘，
长子维行⑤，　　　　　　　　她是长女嫁文王，
笃生武王。　　　　　　　　　生下一个周武王。
保右命尔，　　　　　　　　　上天保佑命令他，
燮⑥伐大商。　　　　　　　　联合诸侯伐殷商。

殷商之旅，　　　　　　　　　殷商派出军队来，
其会⑦如林。　　　　　　　　旗帜招展密如林。
矢⑧于牧野；　　　　　　　　武王誓师在牧野：

① 嘉礼：定婚礼。
② 俔（qiàn）：好比。
③ 文定：指卜算定婚之礼。
④ 缵（zuǎn）：继娶。
⑤ 行：出嫁。
⑥ 燮（xiè）：和协，相会。
⑦ 会：通"旝"，旌旗。
⑧ 矢：陈列。

Born in a large state,
The celestial bride
And auspicious mate
Stood by riverside.
On birdge of boats they met,
Splendor ne'er to forget.

At Heaven's call
Wen again wed in capital
Xin nobly-bred.
She bore a son
Who should take down,
When victory's won,
The royal crown.

Shang troops did wield
Stones on hard wood.
Wu vowed afield:

"维予侯兴， 唯我周朝定兴盛。
上帝临女， 上帝亲自照临你，
无贰尔心！" 千万不要怀二心！"

牧野洋洋[1]， 牧野地方多宽广，
檀车煌煌， 檀木兵车亮堂堂，
驷騵[2]彭彭。 四匹战马真强壮。
维师尚父[3]， 三军统帅为尚父，
时维鹰扬。 好比雄鹰在飞扬。
凉[4]彼武王， 一心辅佐周武王，
肆[5]伐大商， 大举兴兵伐殷商，
会朝[6]清明！ 一朝开创新气象！

绵

绵绵瓜瓞[7]， 大瓜小瓜不断长，
民之初生。 周族人民初兴旺。
自土[8]沮漆， 杜水沮水到漆水，

[1] 洋洋：广大，宽阔。
[2] 騵（yuán）：赤毛白腹的马。
[3] 师尚父：太公吕望为太师，号尚父。
[4] 凉：通"亮"，辅佐。
[5] 肆：疾。
[6] 会朝：一个早上。
[7] 瓜瓞：大瓜叫瓜，小瓜叫瓞。诗人以瓜的绵延和多实来比周民的兴盛。
[8] 土：通"杜"，杜水。"沮""漆"都是水名。

"To us kinghood!
Gods are behind.
Keep your strongmind!"

The field is wide;
War chariots strong.
The steeds we ride
Gallop along.
Our Master Jiang
Assists the king
To overthrow the Shang
Like eagle on the wing.
A morning bright
Displaced the night.

The Migration in 1325 B. C.[①]

Gourds grow in long, long trains;
Our people grew in the plains.
They moved to Qi from Tu,

[①] This epic ode narrated the beginning and subsequent growth of the House of Zhou, its removal from Bin to the foot of Mount Qi under Duke Tan Fu in 1325 B. C. and its settlement in the plain of Zhou, down to the time of King Wen.

古公亶父①。　　　　　　　　古公亶父功业创。
陶复陶穴②，　　　　　　　　挖洞筑窑地上下，
未有家室。　　　　　　　　　没有房子没有家。

古公亶父，　　　　　　　　　古公亶父不停歇，
来朝走马③。　　　　　　　　早晨赶着他的马。
率④西水浒⑤，　　　　　　　顺着渭水西岸走，
至于岐下。　　　　　　　　　来到岐山山脚下。
爰及姜女，　　　　　　　　　和他夫人美太姜，
聿来胥宇⑥。　　　　　　　　寻找地方重安家。

周原⑦膴膴⑧，　　　　　　　周原土地真肥美，
堇⑨荼如饴。　　　　　　　　苦菜也像糖样甜。
爰始⑩爰谋，　　　　　　　　于是商量又谋划，
爰契⑪我龟。　　　　　　　　刻龟占卜问神意。
曰止曰时⑫，　　　　　　　　停在这里做居处，
筑室于兹。　　　　　　　　　此地建屋最吉祥。

① 古公亶（dǎn）父：周太王。
② 陶复陶穴：陶指挖洞，在地上挖洞为复，在地下挖洞为穴。
③ 走马：趣马，驱马疾驰。
④ 率：循，沿着。
⑤ 浒：岸边，水边。
⑥ 胥宇：察看居处，即考察地势，选择建筑宫室的地址。
⑦ 原：广平的土地。
⑧ 膴膴（wǔ wǔ）：肥沃，美好。
⑨ 堇（jǐn）：堇葵，野生，可以吃。
⑩ 始：始谋。
⑪ 契：刻。
⑫ 时：此时可以动工。

Led by old Duke Tan Fu,
And built kilnlike hut and cave
For house they did not have.

Tan Fu took morning ride;
Along the western side
Of River Wei came he
To the foot of Mount Qi;
His wife Jiang came at his right
To find a housing site.

Zhou plain spread at his feet
With plants and violets sweet.
He asked his men their mind,
And by tortoise shell divined.
He was told them to stay
And build homes right away.

乃慰乃止①,　　　　　　　　于是安心住下来,
乃左乃右。　　　　　　　　或左或右把地分。
乃疆②乃理③,　　　　　　　丈量土地划疆界,
乃宣乃亩④。　　　　　　　 划好田亩好整治。
自西徂东,　　　　　　　　 从西到东连成片,
周⑤爰执事。　　　　　　　 事情样样有人做。

乃召司空⑥,　　　　　　　 叫来司空来管地,
乃召司徒⑦。　　　　　　　 叫来司徒来管人。
俾立室家,　　　　　　　　 吩咐他们造房屋,
其绳则直。　　　　　　　　拉紧绳子正又直。
缩版⑧以载,　　　　　　　 竖起夹板筑土墙,
作庙翼翼。　　　　　　　　建成宗庙好庄严。

捄⑨之陾陾⑩,　　　　　　 铲土进筐人众多,
度⑪之薨薨⑫。　　　　　　 倒土版内人声乱。
筑⑬之登登,　　　　　　　 捣土筑墙登登响,

① 乃:古文为"迺"。慰,安。这句是说决定在此定居。
② 疆:画经界。
③ 理:分条理。
④ 亩:治理田垄。
⑤ 周:周遍。
⑥ 司空:官名,营建的事属司空职掌。
⑦ 司徒:官名,调配人力的事属司徒职掌。
⑧ 缩版:用绳捆木板,夹土筑墙。
⑨ 捄(jiū):聚土和盛土的动作。
⑩ 陾陾(réng réng):指人众多。
⑪ 度(duó):向版内填土。
⑫ 薨薨:填土的声音。
⑬ 筑:把土捣实。

They settled at the site
And planned to build left and right.
They divided the ground
And dug ditches around.
From west to east there was no land
But Tan Fu took in hand.

He named two officers
In charge of laborers
To build their houses fine.
They made walls straight with the line
And bound the frame-boards tight.
A temple rose in sight,

They brought basketfuls of earth
And cast it in frames with mirth.
Then they beat it with blows

削屡^①冯冯。　　　　　　　削平墙土乒乓响。
百堵皆兴，　　　　　　　百堵土墙同动工，
鼛^②鼓弗胜。　　　　　　　擂响大鼓听不见。

乃立皋门^③，　　　　　　　立起都城外郭门，
皋门有伉^④。　　　　　　　郭门高大多雄伟。
乃立应门^⑤，　　　　　　　立起王宫大正门，
应门将将^⑥。　　　　　　　正门庄严多壮美。
乃立冢土^⑦，　　　　　　　堆起土台做祭坛，
戎丑^⑧攸行。　　　　　　　出师祈祷排成行。

肆不殄^⑨厥愠，　　　　　　敌人愤怒不曾消，
亦不陨^⑩厥问^⑪。　　　　　民族声望依然保。
柞棫拔矣，　　　　　　　拔去柞树和棫树，
行道兑^⑫矣。　　　　　　　打通往来必经路。
混夷駾^⑬矣，　　　　　　　混夷望风已奔逃，
维其喙^⑭矣。　　　　　　　他们喘息够狼狈。

① 削屡（lóu）：将墙土隆高的地方削平。
② 鼛（gāo）：大鼓。
③ 皋门：王都的郭门。
④ 伉：高大的样子。
⑤ 应门：王宫正门。
⑥ 将将：尊严正肃的样子。
⑦ 冢土：大社，祭土地神的神坛。
⑧ 戎丑：兵众。
⑨ 殄：绝断。
⑩ 陨：失去。
⑪ 问：名声。
⑫ 兑：通行。
⑬ 駾（tuì）：奔突，逃窜。
⑭ 喙：窘困。

And pared the walls in rows.
A hundred walls did rise;
Drums were drowned in their cries.

They set up city gate;
It stood so high and straight.
They set up palace door
They'd never seen before.
They reared an altar grand
To spirits of the land.

The angry foe not tame
Feared our Duke Tan Fu's name.
Oaks and thorns cleared away,
People might go their way.
The savage hordes in flight
Panted and raft out of sight.

虞芮①质厥成,	虞芮两国不相争,
文王蹶②厥生③。	文王感化改天性。
予④曰有疏附,	我有疏国来归附,
予曰有先后。	我有贤臣前后佐。
予曰有奔奏⑤,	我有良士走四境,
予曰有御侮。	我有猛将守疆土。

棫 朴

芃芃⑥棫朴,	棫朴丛生多繁茂,
薪之槱⑦之。	劈它作柴堆起来,
济济辟王⑧,	文王仪态多端庄,
左右趣之。	助祭群臣奉圭璋。

济济辟王,	君王仪态最端庄,
左右奉璋⑨。	左右群臣捧玉璋。
奉璋峨峨⑩,	手捧玉璋貌堂堂,
髦士攸宜。	俊美贤士宜称强。

① 虞芮：相传互相争田的虞芮两国国君。
② 蹶：感动，感化。
③ 生：性，天性。
④ 予：周人自称。
⑤ 奔奏：奔走四方传王命的大臣。
⑥ 芃芃：草木繁盛的样子。
⑦ 槱（yǒu）：堆积木柴。
⑧ 辟王：指周文王。
⑨ 璋：古代祭祀用的酒器，于发兵前祭祀时用。
⑩ 峨峨：壮盛的样子。

The lords no longer strove;
King Wen taught them to love.
E'en strangers became kind;
They followed him behind.
He let all people speak
And defended the weak.

King Wen and Talents[①]

Oak trees and shrubs lush grow;
They'll make firewood in row.
King Wen has talents bright
To serve him left and right.

King Wen has talents bright
To hold cups teft and right
To offer sacrifice
And pour libations nice,

---

① This epic ode celebrated King Wen using talents in war and in the pre-war sacrifice and breeding or cultivating them after the war.

淠①彼泾舟，　　　　　　　　船儿顺着泾水流，
烝徒②楫之。　　　　　　　　众人划桨齐用劲。
周王于迈③，　　　　　　　　周王挥师去征伐，
六师及之。　　　　　　　　　六军浩荡军容盛。

倬④彼云汉，　　　　　　　　天上银河广又亮，
为章于天。　　　　　　　　　布满天空成文章。
周王寿考，　　　　　　　　　周王年寿永无疆，
遐不作人。　　　　　　　　　培育人才安国邦。

追⑤琢其章，　　　　　　　　雕琢成章是表象，
金玉其相⑥。　　　　　　　　质如金玉最精良。
勉勉我王，　　　　　　　　　我王勤奋又努力，
纲纪四方。　　　　　　　　　条理分明治四方。

旱⑦　麓⑧

瞻彼旱麓，　　　　　　　　　看那旱山山脚下，
榛楛济济。　　　　　　　　　榛树楛树最茂密。
岂弟⑨君子，　　　　　　　　君子快乐又平易，

---

① 淠：船行摇晃的样子。
② 烝徒：众多的船夫。
③ 于迈：往行。
④ 倬（zhuō）：广大。
⑤ 追（duī）：雕刻。
⑥ 相：本质。
⑦ 旱：山名。
⑧ 麓：山脚。
⑨ 岂弟（kǎi tì）：快乐，平易。

On River Jin afloat
Many a ship and boat,
The king orders to fight
Six hosts of warriors bright.

The Milky Way on high
Makes figures in the sky.
The king of Zhou lives long
And breeds talents in throng.

Figures by chisels made
Look like metal or jade.
With them our good king reigns
Over his four domains.

Sacrifice and Blessing[1]

At the mountain's foot, lo!
How lush the hazels grow!
Our prince is self-possessed

---

[1] The prince referred to King Wen blessed by his ancestors.

干^①禄岂弟。　　　　　　　求得福禄心欢喜。

瑟^②彼玉瓒^③，　　　　　鲜洁玉把金勺子，
黄流在中。　　　　　　　郁香黄酒盛勺里。
岂弟君子，　　　　　　　君子快乐又平易，
福禄攸降。　　　　　　　大福大禄赐给你。

鸢飞戾天，　　　　　　　鹞鹰展翅飞天上，
鱼跃于渊。　　　　　　　鱼儿跳跃在深渊。
岂弟君子，　　　　　　　君子快乐又平易，
遐不作人。　　　　　　　培育人才作贡献。

清酒既载^④，　　　　　　清酒已经斟上了，
骍牡既备。　　　　　　　黄色公牛已备好。
以享以祀，　　　　　　　虔诚祭祀祖先神，
以介景福。　　　　　　　祈求大福快来到。

瑟彼柞棫，　　　　　　　密密一片棫树林，
民所燎^⑤矣，　　　　　　焚烧棫树祭上天。
岂弟君子，　　　　　　　君子快乐又平易，
神所劳^⑥矣。　　　　　　神灵抚慰保平安。

① 干：求。
② 瑟：鲜亮的样子。
③ 玉瓒：圭瓒，以圭为柄，黄金为勺，青金为外。
④ 载：斟。
⑤ 燎：烧柴祭天。
⑥ 劳：保佑。

And he prays to be blessed.

The cup of jade is flne,
O'erflowed with yellow wine.
Our prince is self-possessed;
He prays and he is blessed.

The hawks fly in the sky;
The fish leap in the deep.
Our prince is self-possessed;
He prays his men be blessed.

Jade cups of wine are full;
Ready is the red bull.
He pays the sacred rite
To increase blessings bright.

Oaks grow in neighborhood,
And are used for firewood.
Our prince is self-possessed;
By gods he's cheered and blessed.

莫莫①葛藟，	郁郁一片野葡萄，
施②于条枚。	爬满树干缠枝头。
岂弟君子，	君子快乐又平易，
求福不回③。	求福从不违祖德。

思 齐④

思齐大任，	大任肃敬又谨慎，
文王之母。	她是文王的母亲。
思媚周姜⑤，	周姜为人最可爱，
京室之妇。	做了主妇住京城。
大姒⑥嗣徽⑦音，	大姒继承她德音，
则百斯男。	多个儿子先后生。

惠⑧于宗公，	文王孝顺敬先公，
神罔时怨，	神灵满意无怨恨，
神罔时恫⑨。	神灵从不感悲痛。
刑于寡妻，	他用礼法待妻子，
至于兄弟，	同样对待他弟兄，
以御⑩于家邦。	以此治理国中人。

① 莫莫：繁盛的样子。
② 施（yì）：蔓延。
③ 回：违背。
④ 齐（zhāi）：庄严，肃敬。
⑤ 周姜：周太王之妃。
⑥ 大姒：文王之妃。
⑦ 徽：美德。
⑧ 惠：恭顺。
⑨ 恫（tōng）：痛。
⑩ 御：治理。

How the creeper and vine
Around the branches twine!
Our prince is self-possessed;
He prays right and is blessed.

King Wen's Reign[1]

Reverent Lady Ren
Was mother of King Wen.
She loved grandmother dear,
A good wife without peer.
Si inherited her fame;
From her a hundred sons came.

Good done to fathers dead,
Nowhere complaint was spread,
They reposed as they could.
King Wen set example good
To his dear wife and brothers,
His countrymen and others.

---

[1] This was an ode sung in praise of the virtue of King Wen and the excellent character of his grandmother Jiang, his mother Ren and his wife Si.

雍雍①在宫,　　　　　　文王和气在宫廷,
肃肃在庙。　　　　　　宗庙祭礼更恭敬。
不显亦临,　　　　　　百姓全都照顾到,
无射亦保。　　　　　　国人也要保护好。

肆②戎疾③不殄④,　　　因此大难可自保,
烈假⑤不瑕。　　　　　大病瘟疫可自保。
不闻亦式,　　　　　　好的意见都采纳,
不谏亦入。　　　　　　逆耳忠言也能听。

肆成人有德,　　　　　如今大人品德好,
小子有造。　　　　　　小孩也能成大业。
古之人无斁⑥,　　　　圣人教育不知倦,
誉髦斯士。　　　　　　英才辈出誉满国。

皇 矣

皇矣上帝,　　　　　　伟大上帝真神灵,
临⑦下有赫。　　　　　临察人间最分明。
监观四方,　　　　　　临视天下四方事,
求民之莫⑧。　　　　　了解百姓疾苦情。

① 雍雍:和气。
② 肆:故。
③ 戎疾:灾难。
④ 殄:断绝。
⑤ 烈假:瘟疫。
⑥ 斁(yì):厌倦,败坏。
⑦ 临:临视。
⑧ 莫:安定。

At home benevolent,
In temple reverent,
He had gods e'er in view;
No wrong would he e'er do.

All evils rectified,
No ill done far and wide.
Untaught, he knew the right;
Advised, he saw the light.

The grown-up became good;
E'en the young showed manhood.
All talents sang in praise
Of King Web's olden days.

The Rise of Zhou[①]

O God is great!
He saw our state,
Surveyed our land,
Saw how people did stand.

---

① This epic ode showed the rise of the House of Zhou to the sovereignty of the kingdom and the achievement of King Tai, his son King Ji and his grandson King Wen who conquered the Mi tribe and the Chong State in 1135 B. C.

维此二国，想起夏商两朝末，
其政不获。国家政教不得行。
维彼四国，思量四方诸侯国，
爰究爰度。天下重任谁能当。
上帝耆①之，上帝心嫌歧周弱，
憎其式廓②。有心扩大它封疆。
乃眷西顾，于是回头望西方，
此维与宅。可让周王去经营。

作之屏③之。砍掉杂树把地整，
其菑④其翳⑤。枯枝死树除干净。
修之平之，精心修剪枝和叶，
其灌其栵⑥。灌木繁茂新枝生。
启之辟之，开出道路辟地坪，
其柽⑦其椐⑧。河柳椐树都砍掉。
攘之剔之，坏树一定要斫除，
其檿其柘⑨。山桑柘树才长成。
帝迁明德，上帝佑护明德人，
串夷载路。犬夷疲惫仓忙逃。

① 耆：憎怒。
② 式廓：规模。
③ 屏：除去。
④ 菑（zī）：直立未倒的枯树。
⑤ 翳：倒地的枯树。
⑥ 栵：被砍倒的树干萌发的枝条。
⑦ 柽（chēng）：柽柳，西河柳。
⑧ 椐（jū）：灵寿树。
⑨ 檿（yǎn）、柘（zhè）：木名，山桑，黄桑。

Dissatisfied
With Yin-Shang's side,
Then He would fain
Find out again.
Another state
To rule its fate
His eyes turned west;
Our state was blessed.

Tai cut the head
Off the trunk dead
And hewed with blows
The bushy rows.
The rotten trees
And mulberries
Were cleared away
Or put in array.
God made the road
For men's abode.

天立厥配,　　　　　　　　　帝立周王与天配,
受命既固。　　　　　　　　　政权稳固国兴旺。

帝省其山,　　　　　　　　　上帝察看那歧山,
柞棫斯拔,　　　　　　　　　柞树棫树都拔光,
松柏斯兑。　　　　　　　　　松柏挺拔往上长。
帝作邦作对①,　　　　　　　上帝兴周与天配,
自大伯王季。　　　　　　　　大伯王季来开创。
维此王季,　　　　　　　　　这位王季品德好,
因心则友。　　　　　　　　　心存友爱是天性。
则友其兄,　　　　　　　　　王季爱戴他兄长,
则笃其庆,　　　　　　　　　于是周朝得福庆,
载锡之光。　　　　　　　　　上天赐他大荣光。
受禄无丧,　　　　　　　　　永享福禄保安康,
奄②有四方。　　　　　　　　拥有天下疆域广。

维此王季,　　　　　　　　　这个王季真善良,
帝度其心,　　　　　　　　　上帝度量他的心,
貊③其德音。　　　　　　　　他的名声传天下。
其德克明④,　　　　　　　　他能明辨是与非,
克明克类⑤,　　　　　　　　区别好人和坏人,
克长克君。　　　　　　　　　能为兄长能为君。

① 对:配对。
② 奄:全,无余。
③ 貊(mò):不声张,安静。
④ 克明:能察是非。
⑤ 克类:能分善恶。

King Tai was made
Heaven's sure aide.

God visited Mount Qi
And thinned oak tree on tree.
Cypress and pines stood straight;
God founded the Zhou State.
He chose Tai as its head,
And Ji when Tai was dead.
Ji loved his brothers dear;
His heart was full of cheer;
When Ji was head of state,
He made its glory great.
The House of Zhou was blest
North to south, east to west.

God gave King Ji
The power to see
Clearly right from wrong
That he might rule for long.
With intelligence great
He could lead the whole state;

王此大邦，	为王统领这大国，
克顺克比。	百姓和顺上下亲。
比于文王，	一直到了周文王，
其德靡悔。	美好品德无悔恨。
既受帝祉，	已受上帝大福禄，
施于孙子。	千秋万代传子孙。

帝谓文王，	上帝告诫周文王，
无然畔援①，	不可跋扈休乱行，
无然歆羡②，	不可贪婪羡他人，
诞先登于岸。	先据高位靠自强。
密③人不恭，	密人态度不恭敬，
敢距大邦，	竟敢抗拒周大邦，
侵阮徂共④。	侵阮袭共太嚣张。
王赫斯怒，	文王勃然大震怒，
爰整其旅，	整顿军队去抵抗，
以按徂旅。	阻止敌人更向前。
以笃于周祜⑤，	周族福气才巩固，
以对于天下。	民心安定保四方。

依其在京，	周京军势真强壮，
侵自阮疆。	班师凯旋自阮疆。

① 畔援：跋扈。
② 歆羡：羡慕。
③ 密：古国名，在今甘肃灵台县。
④ 阮、共：古国名，都在今甘肃泾川县。
⑤ 祜：福祉。

He ruled with wisdom high,
Thus obeyed far and nigh.
In his son King Wen's days
People still sang his praise.
For God's blessings would run
To his son and grandson.

To our King Wen God said,
"Don't let the foe invade
Your holy land with might;
First occupy the height."
The Mi tribe disobeyed,
On our land made a raid,
Attacked Yuan and Gong State;
King Wen's anger was great.
He sent his troops in rows
To stop invading foes
That the Zhou House might stand
And rule over the land.

The capital gave order
To attack from Yuan border

陟我高冈，	登上高山四处望，
无矢^①我陵，	不许陈兵我山冈，
我陵我阿，	我的丘陵我山冈。
无饮我泉，	不许饮我泉中水，
我泉我池。	我的泉水我池塘。
度其鲜原，	肥美平原规划好，
居岐之阳，	定居岐山南向阳，
在渭之将^②。	住处靠近渭水旁。
万邦之方^③，	你为万国做榜样，
下民之王。	天下归心人所向。
帝谓文王，	上帝告诫周文王，
予怀明德。	我赞赏你好品德。
不大声以色，	从不疾言和厉色，
不长夏^④以革^⑤。	不仗夏楚和鞭革。
不识不知，	好像无识又无觉，
顺帝之则。	顺应上帝旧法则。
帝谓文王，	上帝告诫周文王，
询尔仇方，	团结邻邦多商量，
同尔弟兄。	兄弟国家要联合。
以尔钩援，	爬城钩梯准备好，
与尔临冲，	还有临车和冲车，

① 矢：陈军。
② 将：侧旁。
③ 方：法则。
④ 夏：木棍。
⑤ 革：皮鞭。

And occupy the height.
Let no foe come with might
Near our hill or our mounain
Nor to drink from our fountain
Nor our pools filled by rain.
King Wen surveyed the plain,
Settled and occupied
Hillside and riverside.
As great king he would stand
For people and the land.

To our King Wen God said,
"High virtue you've displayed.
You're ever lenient
To deal out punishment.
Making no effort on your part,
You follow me at heart."
To our King Wen God said,
"Consult allied brigade,
Attack with brethren strong,
Use scaling ladders long
And engines of assault

以伐崇墉①。	崇国城墙定能破。
临冲闲闲,	临车冲车声势壮,
崇墉言言②。	崇国城墙高又长。
执讯连连,	拿问俘虏连成串,
攸馘③安安。	杀敌割耳也从容。
是类④是祃⑤,	出师祭祀祈胜利,
是致是附⑥,	招抚余敌安民众,
四方以无侮。	四方不再敢欺凌。
临冲茀茀⑦,	临车冲车威力强,
崇墉仡仡⑧。	崇国城墙高高耸。
是伐是肆,	冲锋陷阵势不当,
是绝是忽,	消灭崇军有威望,
四方以无拂⑨。	四方无人敢违抗。

灵 台

经始⑩灵台,	开始设计造灵台,
经之营之。	认真设计巧安排。

---

① 墉:城墙。
② 言言:高大雄伟。
③ 馘(guó):割左耳计算杀敌数量。
④ 类:出征前祀神。
⑤ 祃(mà):到所征地祭神。
⑥ 附:抚慰,使之来附。
⑦ 茀茀(fú):兵车强盛的样子。
⑧ 仡仡(yì):高耸的样子。
⑨ 拂:违抗。
⑩ 经始:创建。

To punish Chong tribe's fault."

The engines of on-fall
Attacked the Chong State wall.
Many captives were ta'en
And left ears of the slain.
Sacrifice made afield,
We called the foe to yield.
The engines of on-fall
Destroyed the Chong State wall.
The foe filled with dismay,
Their forces swept away.
None dared insult Zhou State;
All obeyed our king great.

The Wondrous Park[①]

When the tower began
To be built, every man

---

① This ode showed the joy of the people in the growing opulence of King Wen who moved his capital to Feng after the overthrow of the State of Chong in 1135 B. C., only one year before his death.

庶民攻①之,　　　　　　百姓一起来动手,
不日成之。　　　　　　不用几天就落成。
经始勿亟②,　　　　　　工程本来不急迫,
庶民子来。　　　　　　百姓踊跃完成它。

王在灵囿,　　　　　　周王游览灵园中,
麀鹿③攸伏。　　　　　母鹿悠闲伏草丛。
麀鹿濯濯④,　　　　　母鹿体壮毛色润,
白鸟翯翯⑤。　　　　　白鹤肥大羽毛鲜。
王在灵沼,　　　　　　周王来到灵沼上,
于牣⑥鱼跃。　　　　　满池鱼儿跳动欢。

虡⑦业维枞⑧,　　　　　木柱横板崇牙耸,
贲⑨鼓维镛⑩。　　　　悬挂大鼓和大钟。
于论⑪鼓钟,　　　　　鼓钟美妙多和谐,
于乐辟雍⑫。　　　　　君王享乐在离宫。

① 攻：修建，制作。
② 亟：急。
③ 麀（yōu）鹿：母鹿。
④ 濯濯：肥大貌的样子。
⑤ 翯翯（hè hè）：洁白的样子。
⑥ 牣（rèn）：满。
⑦ 虡（jù）：木架以挂钟鼓。
⑧ 枞（cōng）：钟、磬的崇牙。
⑨ 贲：大鼓。
⑩ 镛（yōng）：大钟。
⑪ 论：和谐。
⑫ 辟雍：离宫。

Took part as if up-heated,
The work was soon completed.
"No hurry," said the king,
But they worked as his offspring.

In Wondrous Park the king
Saw the deer in the ring
Lie at his left and right;
How sweet sang the birds white.
The king by Wondrous Pond
Saw fishes leap and bound.

In water-girded hall
Beams were long and posts tall.
Drums would beat and bells ring
To amuse our great king.

于论鼓钟，　　　　　　　　鼓钟美妙多和谐，
于乐辟雍。　　　　　　　　君王享乐在离宫。
鼍①鼓逢逢，　　　　　　　鳄皮大鼓响咚咚，
矇瞍②奏公。　　　　　　　乐师奏乐祝成功。

下　武③

下武维周，　　　　　　　　周邦后人一代代，
世有哲王。　　　　　　　　世世都有明君生。
三后④在天，　　　　　　　三位先王在天上，
王配于京。　　　　　　　　武王配天在周京。

王配于京，　　　　　　　　武王配天在周京，
世德作求。　　　　　　　　追求祖先好德行。
永言配命，　　　　　　　　配合天命能长保，
成王之孚⑤。　　　　　　　成为周王可信任。

成王之孚，　　　　　　　　成为周王可信任，
下土之式。　　　　　　　　天下百姓好榜样。
永言孝思，　　　　　　　　他能永远行孝道，
孝思维则。　　　　　　　　效法先王是法则。

① 鼍（tuó）：鳄鱼名。
② 矇瞍（méng sǒu）：瞎眼的乐师。
③ 武：继承。
④ 三后：大王、王季、文王也。
⑤ 孚：信实。

Drums would beat and bells ring
To amuseour great king.
The lezard-skin drums beat;
Blind musicians sang sweet.

King Wu[①]

In Zhou successors rise;
All of them are kings wise.
To the three kings in heaven
King Wu in Hao is given.

King Wu in Hao is given
To the orders of Heaven.
He would seek virtue good
To attain true kinghood.

To attain true kinghood,
Be filial a man should.
He'd be pattern for all;
"Be filial" is his call.

---

① This ode was sung in praise of King Wu (reigned 1121—1113 B. C.), walking in the ways of his forefathers and by his filial piety securing the throne to himself and hisposterity.

媚①兹一人，　　　　　　　天下敬慕一个人，
应侯顺德。　　　　　　　能从祖德顺法则。
永言孝思，　　　　　　　他能永远行孝道，
昭哉嗣服。　　　　　　　继承王业多荣光。

昭兹来许，　　　　　　　光明磊落后来人，
绳②其祖武③。　　　　　　先人事业要继承。
於万斯年，　　　　　　　千秋万载把国享，
受天之祜④。　　　　　　 永享天赐福与禄。

受天之祜，　　　　　　　永享天赐福与禄，
四方来贺。　　　　　　　四方诸侯来朝贺。
於万斯年，　　　　　　　千秋万载把国享，
不遐有佐。　　　　　　　应有贤臣来辅佐。

文王有声

文王有声，　　　　　　　文王有个好名声，
遹⑤骏⑥有声。　　　　　　美名盛传人人称。
遹求厥宁，　　　　　　　唯求天下得安宁，
遹观厥成。　　　　　　　终于国富功业成。
文王烝哉！　　　　　　　文王真是好国君！

① 媚：爱。
② 绳：继承。
③ 武：足迹，功业。
④ 祜：福禄。
⑤ 遹：遵循，一说文言发语词。
⑥ 骏：大。

All people love King Wu;
What they are told, they do.
Be filial a man should;
The bright successor's good.

All bright successor's good
Follow their fatherhood.
For long they will be given
The blessings of good Heaven.

The blessings of good Heaven
And good Earth will be given
For long yea's without end
To the people's great friend.

Kings Wen and Wu[①]

King Wen had a great fame
And famous he became.
He sought peace in the land
And saw it peaceful stand.
O King Wen was so grand!

---

① This epic ode was sung in praise of King Wen and King Wu. The first four stanzas showed how King Wen displayed his military prowess only to secure the tranquility of the people and how this appeared in the building of Feng as his capital city. In Stanza 5 King Yu (reigned 2205—2197 B. C.) referred to the founder of the Xia Dynasty. The last four stanzas showed how King Wu entered, in his capital of Hao, into the sovereignty of the kingdom with the sincere good will of all the people.

文王受命,	文王接受上天命,
有此武功:	建立赫赫武功名:
既伐于崇,	讨伐崇国已完成,
作邑于丰。	又在丰邑建都城。
文王烝①哉!	文王真是好国君!

筑城伊淢②,	筑城又挖护城河,
作丰伊匹。	丰邑规模要匹配。
匪棘③其欲,	不是急于图私欲,
遹追来孝。	孝顺祖先追前圣。
王后④烝哉!	文王真是好君王!

王公伊濯⑤,	文王功业大无比,
维丰之垣。	如同丰邑百丈墙。
四方攸同,	天下四方同归附,
王后维翰。	周家文王为栋梁。
王后烝哉!	文王真是好君王!

丰水东注,	丰水奔流向东方,
维禹之绩。	大禹功绩不可量。
四方攸同,	天下四方同归附,
皇王维辟。	君临天下好榜样。

① 烝:美,盛。
② 淢(xù):护城渠。
③ 棘:急。
④ 王后:国君。
⑤ 濯:显著,大。

King Wen whom gods did bless
Achieved martial success.
Having overthrown Chong,
He fixed his town at Feng.
O may King Wen live long!

King Wen built moat and wall
Around the capital
Not for his own desire
But for those of his sire.
O our prince we admire!

King Wen at capital
Strong as the city wall,
The lords from state to state
Paid homage to prince great.
Our royal prince was great.

The River Feng east flowed;
Our thanks to Yu we owed.
The lords from land to land
Paid homage to king grand.

皇王烝哉!	文王真是好君王!

镐京辟雍,	镐京建成一辟雍,
自西自东,	无论东方或西方,
自南自北,	无论南方或北方,
无思不服。	谁敢不服周王邦。
皇王烝哉!	文王真是好君王!

考卜维王,	武王占卜问上苍,
宅是镐京。	营建都城在镐京。
维龟正之,	神龟有灵作决定,
武王成之。	武王建都最成功。
武王烝哉!	武王真是好君王!

丰水有芑,	水草长满丰水旁,
武王岂不仕?	武王岂不兴业忙?
诒厥孙①谋,	传授谋略为子孙,
以燕翼子。	保佑后代子和孙。
武王烝哉!	武王真是好君王!

① 孙：通"逊"，顺应。

How great did King Wu stand!

He built water-girt hall
At Hao the capital.
North to south, east to west,
By people he was blest.
King Wu was at his crest.

The king divined the site;
The tortoise-shell foretold it right
To build the palace hall
At Hao the capital.
King Wu was admired by all.

By River Feng white millet grew.
How could talents not serve King Wu?
All that he'd planned and done
Was for the son and grandson.
King Wu was second to none.

生民之什

生 民①

厥初生民，	初始生下第一人，
时维姜嫄。	姜嫄就是那母亲。
生民如何？	周人怎样降生的？
克禋克祀②，	能祭天来能祭祀，
以弗③无子。	这样怎能无儿子。
履帝武④敏⑤歆。	喜踩上帝脚指印，
攸介攸止。	就在那里停休息。
载震⑥载夙，	母亲怀孕不大意，
载生载育，	后来生养一孩子，
时维后稷。	孩子就是那后稷。
诞弥厥月，	姜嫄怀足整十月，
先生如达⑦。	头生顺利如羊胎。
不坼⑧不副⑨，	胎衣不破也不裂，

① 民：人，指周人。
② 禋（yīn）、祀：一种祭天的典礼，一说是郊外祭神求子。
③ 弗：通"祓"，除不祥。祓无子就是除去无子的不祥，求有子。
④ 帝武：上帝的脚印。
⑤ 敏：脚拇指。
⑥ 震：通"娠"，就是怀孕。
⑦ 达：羊胎。
⑧ 坼：胞衣分裂。
⑨ 副（pì）：胎盘分离。

Second Decade of Epics

Hou Ji, the Lord of Corn[①]

Who gave birth to the Lord of Corn?
By Lady Jiang Yuan he was born.
How gave she birth to her son nice?
She went afield for sacrifice.
Childless, she prayed for a son, so
She trod on the print of God's toe.
She stood there long and took a rest,
And she was magnified and blessed.
Then she conceived, then she gave birth,
It was the Lord of Corn on earth.

When her carrying time was done,
Like a lamb slipped down her first son.
Of labor she suffered no pain;

[①] This epic ode was sung in praise of Hou Ji, the Lord of Corn, legendary founder of the House of Zhou.

无菑①无害，　　　　　　无灾无害真平安，
以赫②厥灵。　　　　　　这些事情多奇怪。
上帝不宁，　　　　　　　莫非上帝不愉快，
不康禋祀，　　　　　　　我的祭祀他不爱，
居然生子。　　　　　　　教我有儿不敢养。

诞寘之隘巷，　　　　　　把他扔在胡同里，
牛羊腓③字之；　　　　　牛羊一起来喂乳；
诞寘之平林，　　　　　　把他扔在树林里，
会④伐平林；　　　　　　恰好有人来砍树；
诞寘之寒冰，　　　　　　把他扔在寒冰上，
鸟覆翼之。　　　　　　　鸟儿展翅暖着他。
鸟乃去矣，　　　　　　　鸟儿远去飞走了，
后稷呱矣。　　　　　　　后稷哇哇大哭了。
实覃⑤实訏⑥，　　　　　哭声又长又响亮，
厥声载路。　　　　　　　大路之上能听见。

诞实匍匐，　　　　　　　后稷已经会爬了，
克岐⑦克嶷⑧，　　　　　显得有知又有识，
以就口食。　　　　　　　能把食物放到嘴。

① 菑（zāi）：同"灾"。
② 赫：显耀。
③ 腓（féi）：庇护，隐蔽。
④ 会：适逢。
⑤ 覃（tán）：长。
⑥ 訏（xū）：大。
⑦ 岐：知意。
⑧ 嶷：认识。

She was not hurt, nor did she strain.
How could his birth so wonderful be?
Was it against Heaven's decree?
Was God displeased with her sacrifice.
To give a virgin a son nice?

The son abandoned in a lane
Was milked by the cow or sheep.
Abandoned in a wooded plain,
He's fed by men in forest deep.
Abandoned on the coldest ice,
He was warmed by birds with their wings.
When flew away those birds so nice,
The cry was heard of the nursling's.
He cried and wailed so long and loud
The road with his voice was o'erflowed.

He was able to crawl aground
And then rose to his feet.
When he sought food around,

蓺①之荏菽②，	他去种植那大豆，
荏菽旆旆③。	大豆棵棵长得好。
禾役穟穟④。	满田稻谷穗穗美。
麻麦幪幪⑤，	麻和麦子盖田野，
瓜瓞唪唪⑥。	大瓜小瓜都成堆。
诞后稷之穑，	后稷种植那庄稼，
有相之道，	有他用的好方法，
茀⑦厥丰草，	先把茂盛乱草除，
种之黄茂。	后把好种来种下。
实方⑧实苞，	苗儿整齐又旺盛，
实种实褎⑨，	长得粗壮又高大，
实发实秀⑩，	慢慢抽出穗子来，
实坚实好，	坚挺结实人人夸，
实颖实栗，	无数谷穗沉甸甸，
即有邰家室。	后稷到邰成了家。
诞降嘉种：	天降好种真神奇：
维秬维秠，	两种黑黍秬与秠，
维穈维芑。	又有赤米和白米。

① 蓺（yì）：种植。
② 荏菽：大豆。
③ 旆旆（pèi pèi）：茂盛的样子。
④ 穟穟：美好。
⑤ 幪幪（měng měng）：茂盛覆地的样子。
⑥ 唪唪（běng běng）：果实累累的样子。
⑦ 茀（fú）：拔除。
⑧ 方：整齐。
⑨ 褎（yòu）：禾苗渐长的样子。
⑩ 秀：出穗扬花。

He learned to plant large beans and wheat.
The beans he planted grew tall;
His millet grew in rows;
His gourds teemed large and small;
His hemp grew thick and close.

The Lord of Corn knew well the way
To help the growing of the grain.
He cleared the grasses rank away
And sowed with yellow seed the plain.
The new buds began to appear;
They sprang up, grew under the feet.
They flowered and came into ear;
They drooped down, each grain complete.
They became so good and so strong,
Our Lord would live at Tai for long.

Heaven gave them the lucky grains
Of double-kernelled millet black
And red and white ones on the plains,

恒之秬①秠②，　　　　　　　遍种黑黍和麦子，
是获是亩；　　　　　　　　收割按亩来算计；
恒之穈③芑④，　　　　　　　穈和芑也是种满地，
是任是负；　　　　　　　　抱起背起送家里；
以归肇祀。　　　　　　　　回家开始把神祭。

诞我祀如何？　　　　　　　要问祭神怎么样？
或舂或揄⑤，　　　　　　　舂米舀米人人忙，
或簸或蹂⑥，　　　　　　　再次舂米簸糠皮，
释⑦之叟叟，　　　　　　　淘起米来响叟叟，
烝之浮浮。　　　　　　　　蒸起米来气腾腾。
载谋载惟，　　　　　　　　然后商量好主意，
取萧祭脂，　　　　　　　　采些香蒿和油脂，
取羝⑧以軷⑨，　　　　　　用公羊来祭路神，
载燔载烈，　　　　　　　　先烧熟来再去烤，
以兴嗣岁⑩。　　　　　　　祈求明年丰产好。

卬⑪盛于豆⑫，　　　　　　祭品盛在木碗里，

---

① 秬：黑黍。
② 秠：麦子。
③ 穈（mén）：赤苗，红米。
④ 芑（qǐ）：白苗，白米。
⑤ 揄（yóu）：舀出，取出。
⑥ 蹂：通"揉"，搓米。
⑦ 释：淘米。
⑧ 羝：公羊。
⑨ 軷：祭祀路神。
⑩ 嗣岁：来年。
⑪ 卬：我。
⑫ 豆：木制盛肉的食具。

348

Black millet reaped was piled in stack
Or carried back on shoulders bare.
Red and white millet growing nice
And reaped far and wide, here and there,
Was brought home for the sacrifice.

What is our sacrifice?
We hull and ladle rice,
We sift and tread the grain,
Swill and scour it again.
It's steamed and then distilled;
We see the rites fulfilled.
We offer fat with southern wood
And a skinned ram as food.
Flesh roast or broiled with cheer
Brings good harvest next year.

We load the stands with food,

于豆于登①。	木碗瓦登都盛些。
其香始升,	香气开始升上天,
上帝居歆②,	上帝安然来受歆,
胡臭③亶时?	香气真正合时宜?
后稷肇祀,	自从后稷创祭礼,
庶无罪悔,	无灾无难真安定,
以迄于今。	从那直到今日里。

行 苇④

敦⑤彼行苇,	芦苇丛生聚路旁,
牛羊勿践履。	牛羊千万别踩踏。
方苞方体,	苇草发芽初成长,
维叶泥泥⑥。	叶儿柔嫩正旺盛。
戚戚⑦兄弟,	戚戚相关好兄弟,
莫远具尔。	彼此亲近莫远离。
或肆之筵,	有人负责摆筵席,
或受之几。	有人负责设案几。
肆筵设席,	铺设筵席请人坐,
授几有缉⑧御。	安排几案态恭敬。

① 登:瓦制的食具。
② 歆:享。
③ 臭:香气。
④ 行苇:路边的芦苇。
⑤ 敦:聚集的样子。
⑥ 泥泥:柔嫩茂盛的样子。
⑦ 戚戚:亲密友善的样子。
⑧ 缉:不断轮换。

The stands of earthernware or wood.
God smells its fragrance rise;
He's well pleased in the skies.
What smell is this, so nice?
It's Lord of Corn's sacrifice.
This is a winning way;
It's come down to this day.

Banquet[①]

Let no cattle and sheep
Trample on roadside rush
Which bursts up with root deep
And with leaves soft and lush.
We're closely related brothers.
Let us be seated near.
Spread mats for some; for others
Stools will be given here.

Mats spread one on another,
Servants come down and up.

[①] This ode celebrated some entertainment given by the king to his relatives, with the trial of archery after the banquet; it also celebrated the honor done on such occasions to the aged.

或献或酢,　　　　　　　　主人敬酒客还礼,
洗爵奠斝①。　　　　　　 洗杯置盏轮番递。
醓醢②以荐,　　　　　　　肉汁肉酱献上来,
或燔或炙。　　　　　　　 有的烧来有的烤。
嘉殽脾臄③,　　　　　　　牛胃牛舌是佳肴,
或歌或咢④。　　　　　　 唱歌击鼓相助兴。

敦⑤弓既坚,　　　　　　　雕弓已经很坚劲,
四鍭⑥既钧。　　　　　　 四支箭头也匀停。
舍矢既均,　　　　　　　 拉弓射出中靶心,
序宾以贤。　　　　　　　 宾位排列靠本领。
敦弓既句⑦,　　　　　　　雕弓拉开如月满,
既挟四鍭。　　　　　　　 四个箭头搭上弦。
四鍭如树,　　　　　　　 箭箭射出立靶上,
序宾以不侮。　　　　　　 排列宾位不轻慢。

曾孙维主,　　　　　　　 曾孙成王好主人,
酒醴维醹⑧。　　　　　　 米酒香醇味道好。
酌以大斗,　　　　　　　 斟来美酒用大斗,
以祈黄耇⑨。　　　　　　 祈求长寿祝客人。

① 斝(jiǎ):酒杯。
② 醓醢:带汤的肉酱。
③ 臄(jué):舌头。
④ 咢:只击鼓不唱歌。
⑤ 敦:通"雕",画。
⑥ 鍭(hóu):箭。
⑦ 句:拉满弓。
⑧ 醹(rú):酒味醇厚。
⑨ 黄耇(gǒu):高寿的老人。

Host and guests pledge each other;
They rinse and fill their cup.
Sauce brought with prickles ripe
And roast or broiled meat,
There are provisions of tripe,
All sing to music sweet.

The bow prepared is strong
And the four arrows long.
The guests all try to hit
And stand in order fit.
They fully draw the bow
And four arrows straight go.
They hit like planting trees;
Those who miss stand at ease.

The grandson is the host;
With sweet or strong wine they toast.
They drink the cups they hold
And pray for all the old.

黄耇台背①，	黄发驼背老年人，
以引以翼。	有人牵引有人扶。
寿考维祺，	祝他高寿有祥瑞，
以介景②福。	老天赐予大幸福。

既　醉

既醉以酒，	你的美酒我已醉，
既饱以德。	你的恩惠已饱偿。
君子万年，	但愿君子万万岁，
介尔景福。	天赐大福享不尽。

既醉以酒，	你的美酒我已醉，
尔肴既将③。	你的菜肴真是美。
君子万年，	但愿君子万万岁，
介尔昭明。	天赐前程多光明。

昭明有融，	前程远大多光明，
高朗令终。	智慧求得好始终。
令终有俶④，	善终必有好开始，
公尸⑤嘉告。	神尸好话仔细听。

---

① 台背：长寿的老人。
② 景：大。
③ 将：美好。
④ 俶：开始。
⑤ 尸：祭祀中装扮神灵的人。

The hoary old may lead
And help the young in need.
May their old age be blessed;
May they enjoy their best!

Sacrificial Ode[1]

We've drunk wine strong
And thank your grace.
May you live long!
Long live your race!

We've drunk wine strong
And eaten food.
May you live long!
Be wise and good!

Be good and wise!
By God you're led.
See spirit rise
And speak for our dead.

---

[1] It was said that this ode was responsive to the previous one. The king's relatives expressed their sense of his kindness and their wishes for his happiness, mostly in the words in which the personator of the dead had conveyed the satisfaction of his ancestors with the sacrifice offered to them and promised to him their blessing.

其告维何? 　　　　　神尸祝辞说什么?
笾豆静嘉。 　　　　　祭品精洁又合适。
朋友攸摄①, 　　　　　朋友宾客来助祭,
摄以威仪。 　　　　　助祭庄严有威仪。

威仪孔时, 　　　　　礼节威仪无差错,
君子有孝子。 　　　　君子又是大孝子。
孝子不匮②, 　　　　　孝子孝心无穷尽,
永锡尔类③。 　　　　　天赐给你好章程。

其类维何? 　　　　　天赐章程是什么?
室家之壸④。 　　　　　家室安宁天下平。
君子万年, 　　　　　但愿君子万万岁,
永锡祚⑤胤⑥。 　　　　天赐给你多福庆。

其胤维何? 　　　　　天赐福庆怎么样?
天被尔禄。 　　　　　上天命你当国王。
君子万年, 　　　　　但愿君子万万岁,
景命有仆。 　　　　　天赐妻妾和子孙。

① 摄:辅佐。
② 匮:竭尽。
③ 类:章程,法则。
④ 壸(kǔn):扩充,广大。
⑤ 祚:福禄。
⑥ 胤:后嗣,子孙。

What does he say?
Your food is fine.
Constant friends stay
At the service divine.

With constant friends
And filial sons
There won't be end
For pious ones.

To you belong
The pious race.
May you live long!
Be blessed with grace!

Your race appears
By Heaven blessed.
You'll live long years,
Served east and west.

其仆维何？	妻妾子孙怎么样？
厘^①尔女士。	赐你女子和男丁。
厘尔女士，	赐你女子和男丁，
从以孙子。	子子孙孙都兴旺。

凫^② 鹥^③

凫鹥在泾，	野鸭鸥鸟聚泾水，
公尸来燕来宁。	神尸赴宴多安详。
尔酒既清，	你的美酒清又澄，
尔肴既馨。	你的菜肴真是香。
公尸燕饮，	神尸赴宴饮又尝，
福禄来成^④。	天赐福禄为你降。
凫鹥在沙，	野鸭鸥鸟沙滩上，
公尸来燕来宜^⑤。	神尸赴宴多歆享。
尔酒既多，	你的美酒好又多，
尔肴既嘉。	你的菜肴美又香。
公尸燕饮，	神尸赴宴饮又尝，
福禄来为^⑥。	天赐福禄永安康。

① 厘：通"赉"，赐予，给予。
② 凫：野鸭。
③ 鹥：鸥鸟。
④ 成：成就。
⑤ 宜：安享。
⑥ 为：助。

Who will serve you?
You will have maids and men.
Their sons will renew
Their service again.

The Ancestor's Spirit[1]

On the stream waterbirds appear;
On earth descends the Spirit good.
Your wine is sweet and clear,
And fragrant is your food.
The Spirit comes to drink and eat;
Your blessing will be sweet.

On the sand waterbirds appear;
On earth enjoys the Spirit good.
Abundant is your wine clear;
Delicious is your food.
The Spirit comes to drink and eat;
Your blessing will be complete.

---

[1] This ode was appropriate fo the feast given to the personator of the departed on the day after the sacrifice in the ancestral temple.

凫鹥在渚, 野鸭鸥鸟沙洲上,
公尸来燕来处。 神尸赴宴来安处。
尔酒既湑①, 你的美酒滤得清,
尔肴伊脯②。 你的菜肴有干肉。
公尸燕饮, 神尸赴宴饮又尝,
福禄来下。 天赐福禄尽受享。

凫鹥在潀③, 野鸭鸥鸟水边上,
公尸来燕来宗④。 神尸赴宴在高位。
既燕于宗, 已在宗庙设宴席,
福禄攸降。 天赐福禄齐降下。
公尸燕饮, 神尸赴宴饮又尝,
福禄来崇。 天赐福禄重重来。

凫鹥在亹⑤, 野鸭鸥鸟在峡门,
公尸来止熏熏⑥。 神尸赴宴醉醺醺。
旨酒欣欣, 美酒芬芳欣欣乐,
燔炙芬芬。 烧肉味道香喷喷。
公尸燕饮, 神尸赴宴饮又尝,
无有后艰。 从此太平无艰辛。

① 湑：清。
② 脯：干肉。
③ 潀（cóng）：港汊，水边。
④ 宗：尊敬，尊崇。
⑤ 亹（mén）：峡中两岸对峙如门的地方。
⑥ 熏熏：和悦的样子。

On the isle waterbirds appear;
In his place sits the Spirit good.
Your wine is pure and clear;
In slices are your meat and food.
The Spirit eats and drinks sweet wine;
You will receive blessing divine.

Waterbirds swim where waters meet;
The Spirit sits in a high place.
In his high place he drinks wine sweet;
You will receive blessing and grace.
The Spirit drinks and eats his food;
You'll receive blessing doubly good.

In the gorge waterbirds appear;
Drunken on earth the Spirit good.
Delicious is your wine clear;
Broiled or roast your meat and food.
The Spirit comes to drink and feast;
You'll have no trouble in the least.

假 乐①

假乐君子②,	周王美好多快乐,
显显令德。	品德显著又善良。
宜民宜人,	能安百姓用贤良,
受禄于天。	受福禄自天降。
保右③命之,	上天下令保佑他,
自天申之。	多赐福禄国兴旺。
干④禄百福,	求得福禄上百样,
子孙千亿。	子孙多的千亿强。
穆穆皇皇,	相貌堂堂德行美,
宜君宜王。	宜做国君又做王。
不愆⑤不忘,	没有过错不遗忘,
率由旧章。	遵循祖先旧典章。
威仪抑抑⑥,	仪容美好又端庄,
德音秩秩。	政教法令都守常。
无怨无恶,	没有怨恨没有恶,
率由群匹⑦。	常与群臣共商量。

① 假乐：即"嘉乐"，喜爱。
② 君子：指周成王。
③ 右：通"佑"，佑助。
④ 干：求。
⑤ 愆：过失。
⑥ 抑抑：美好的样子。
⑦ 群匹：群臣。

King Cheng[1]

Happy and good our king,
Of his virtue all sing.
He's good to people all;
On him all blessings fall
And favor from on high
Is renewed far and nigh.

They are blessed, everyone
Of his sons and grandsons.
He's majestic and great,
Fit ruler of the state.
Blameless and dutiful,
He follows father's rule.

His bearing dignified,
His virtue spreads far and wide.
From prejudice he's free,
Revered by all with glee.

---

[1] This ode was probably sung in praise of King Cheng (1114—1076 B. C.), who succeeded King Wu at the age of thirteen with the Duke of Zhou as regent.

受禄无疆,	接受天赐福禄多,
四方之纲。	统治四方作纪纲。

之纲之纪,	作为四方好纪纲,
燕及朋友。	朋友群臣得安康。
百辟卿士,	诸侯卿士都说好,
媚①于天子。	衷心爱戴我君王。
不解②于位,	勤于职守不懈怠,
民之攸墍③。	万民归附国运长。

公 刘

笃④公刘,	诚实厚道的公刘,
匪居匪康。	不敢安居把福享。
乃场⑤乃疆,	划分田界划地界,
乃积⑥乃仓。	堆好粮食装进仓。
乃裹餱⑦粮,	揉面蒸饼备干粮,
于橐⑧于囊。	放进小袋和大囊。
思辑⑨用光。	团结人民争荣光。

---

① 媚：爱。
② 解：通"懈"，懈怠。
③ 墍(jì)：休息。
④ 笃：诚实忠厚。
⑤ 场(yì)：田界。
⑥ 积：在露天堆积粮谷。
⑦ 餱：干粮。
⑧ 橐：盛干粮的口袋。
⑨ 辑：和睦。

He receives blessings great,
Modeled on from state to state.

He's modeled on without end;
Each state becomes his friend.
Ministers all and one
Admire the Heaven's Son.
Dutiful, he is blessed;
In him people find rest.

Duke Liu[①]

Duke Liu was blessed;
He took nor ease nor rest.
He divided the fields
And stored in barns the yields.
In bags and sacks he tied
Up grain and meat when dried.
He led people in rows,

---

① This epic ode told the story of Duke Liu, the second legendary hero of the House of Zhou, who moved from Tai to Bin in 1796 B. C.

弓矢斯张，	张弓带箭齐武装，
干戈戚扬①，	盾牌长矛都扛上，
爰方启行。	迈开脚步向前方。
笃公刘，	诚实厚道的公刘，
于胥②斯原。	察看这块田原忙。
既庶既繁，	百姓众多相追随，
既顺乃宣，	顺应民情多舒畅，
而无永叹。	没有人怨长叹气。
陟则在巘③，	一会儿登上山冈，
复降在原。	一会儿下到平地。
何以舟④之？	上面佩带啥东西？
维玉及瑶，	美玉宝石多么美，
鞞琫⑤容刀⑥。	佩刀玉鞘闪闪亮。
笃公刘，	诚实厚道的公刘，
逝彼百泉，	来到泉水岸边上，
瞻彼溥⑦原：	眺望平原多宽广：
乃陟南冈，	登上南边高山冈，
乃觏⑧于京。	发现京师好地方。

① 戚扬：斧子一类的武器。
② 胥：察看。
③ 巘：不与大山相连的小山。
④ 舟：通"周"，环绕，带。
⑤ 鞞琫（bǐng běng）：刀鞘上的装饰品。
⑥ 容刀：佩刀。
⑦ 溥：大。
⑧ 觏：遇见。

With arrows and drawn bows.
With axes, shields and spears,
They marched on new frontiers.

Duke Liu would fain
Survey a fertile plain
For his people to stay.
On that victorious day
No one would sigh nor rest.
He came up mountain-crest
And descended again.
We saw his girdle then
Adorned with gems and jade,
His precious sword displayed.

Duke Liu crossed the mountains
And saw a hundred fountains.
He surveyed the plain wide
By the southern hillside.
He found a new capital

京师之野,	就在京邑的旷野,
于时处处,	于是定居建新邦,
于时庐旅。	是规划建新房。
于时言言,	到处是谈笑风生,
于时语语。	到处是熙熙嚷嚷。

笃公刘,	诚实厚道的公刘,
于京斯依。	定居京师新气象。
跄跄①济济②,	赴宴臣僚多威仪,
俾筵③俾几④。	设好坐席与凭几。
既登乃依,	主宾坐席靠几上,
乃造其曹。	先祭猪神求吉祥。
执豕于牢⑤,	捉住神猪在猪圈,
酌之用匏⑥。	舀酒都用葫芦瓢。
食之饮之,	酒醉饭饱多欢喜,
君之宗之。	推行公刘做君长。

笃公刘,	诚实厚道的公刘,
既溥既长,	开辟土地多宽广,
既景⑦乃冈,	观测日影在高冈,
相其阴阳,	勘察南北和阴阳,

---

① 跄跄:行动安适的样子。
② 济济:庄严的样子。
③ 筵:竹席。
④ 几:坐时凭倚的矮桌。
⑤ 牢:猪圈。
⑥ 匏:匏爵,用葫芦做的酒器。
⑦ 景:日影。

Wide for his people all.
Some thought it good for the throng;
Others would not dwell there for long.
There was discussion free;
They talked in high glee.

Duke Liu was blessed;
At capital he took rest,
Put stools on mats he spread
For officers he led.
They leant on stools and sat
On the ornamented mat.
A penned pig was killed;
Their gourds with wine were filled.
They were well drunk and fed;
All hailed him as state head.

Duke Liu would fain
Measure the hill and plain
Broad and long; he surveyed
Streams and springs, light and shade;

观其流泉。	察看水源和流向。
其军三单，	组织军队分三班，
度①其隰原，	洼地平地都测量，
彻②田为粮。	开垦田地来种粮。
度其夕阳，	一直丈量到山西，
豳居允荒③。	豳地居住多宽广。
笃公刘，	诚实厚道的公刘，
于豳斯馆。	又在豳地建官。
涉渭为乱④，	横渡渭水开石料，
取厉取锻。	采磨石来搬砮石。
止基乃理，	定立基址治田地，
爰众⑤爰有⑥。	人口众多物富有。
夹其皇⑦涧，	住在皇涧两岸边，
溯其过涧。	顺着过涧住处宽。
止旅乃密，	定居大众人口密，
芮鞫⑧之即。	河岸两边都住满。

① 度：测量。
② 彻：治理。
③ 荒：大。
④ 乱：水中横渡。
⑤ 众：指人口多。
⑥ 有：指物产丰。
⑦ 皇：涧名。下文"过"，亦涧名。
⑧ 芮鞫：水流曲处岸边凹进去的地方叫芮，凸出来的地方叫鞫，统指水边。

His three armies were placed
By the hillside terraced;
He measured plains anew
And fixed the revenue.
Fields were tilled in the west;
The land of Bin was blessed.

Duke Liu who wore the crown
At Bin had settled down.
He crossed the River Wei
To gather stones by day.
All boundaries defined,
People worked with one mind
On the Huang Riverside
Towards Guo River wide.
The people dense would stay
On the shore of the Ney.

泂① 酌

泂酌彼行潦②，　　　　　到那远处取积水，
挹③彼注兹，　　　　　　舀水倒在这里边，
可以餴④饎⑤。　　　　　可以蒸饭做酒浆。
岂弟君子，　　　　　　　君子和乐又平易，
民之父母。　　　　　　　为民父母顺民意。

泂酌彼行潦，　　　　　　到那远处取积水，
挹彼注兹，　　　　　　　舀水倒在这里边，
可以濯罍⑥。　　　　　　可以用它洗祭器。
岂弟君子，　　　　　　　君子和乐又平易，
民之攸归。　　　　　　　人民归附众望归。

泂酌彼行潦，　　　　　　到那远处取积水，
挹彼注兹，　　　　　　　舀水倒在这里边，
可以濯⑦溉⑧。　　　　　可以用它洗漆尊。
岂弟君子，　　　　　　　君子和乐又平易，
民之攸塈⑨。　　　　　　人民休息得安宁。

① 泂：远。
② 行潦（lǎo）：路边的积水。
③ 挹（yì）：舀。
④ 餴（fēn）：蒸饭。
⑤ 饎（xī）：酒食。
⑥ 罍：古代的酒器。
⑦ 濯：洗涤。
⑧ 溉：漆尊，一种酒器。
⑨ 塈（xì）：休息。

Take Water from Far Away[1]

Take water from pools far away,
Pour it in vessels that it may
Be used to steam millet and rice.
A prince should give fraternal advice
Like parent to his people nice.

Take water from pools far away,
Pour it in vessels that it may
Be used to wash the spirit-vase.
A prince should give fraternal praise
To his people for better days.

Take water from pools far away,
Pour it in vessels that it may
Be used to cleanse everything.
To our fraternal prince or king
Like water his people will cling.

---

[1] This ode was attributed to Duke Kang of Shao for the admonition to King Cheng to fulfill his duties like a parent to his people so that his people may cling to him.

卷①　阿②

有卷者阿，	曲折丘陵好风光，
飘风③自南。	旋风吹来自南方。
岂弟君子，	君子和乐又平易，
来游来歌，	前来游玩把歌唱，
以矢④其音。	献诗献歌兴致昂。
伴奂⑤尔游矣，	优游潇洒你游历，
优游尔休矣。	悠闲自得你休息。
岂弟君子，	君子和乐又平易，
俾尔弥⑥尔性，	终生辛劳何所求，
似先公酋矣。	继承祖业功千秋。
尔土宇昄⑦章，	你的土地和封疆，
亦孔之厚矣。	一望无际最宽广。
岂弟君子，	君子和乐又平易，
俾尔弥尔性，	终生辛劳有作为，
百神尔主矣。	天下百神最相配。

① 卷（quán）：曲。
② 阿：大山丘。
③ 飘风：旋风。
④ 矢：陈述。
⑤ 伴奂：闲游。
⑥ 弥：尽。
⑦ 昄（bǎn）：大。

King Cheng's Progress[①]

The mountain undulates;
The southern breeze vibrates.
Here our fraternal king
Comes crooning and wandering;
In praise of him I sing.

You're wandering with pleasure
Or taking rest at leisure.
O fraternal king, hear!
May you pursue the career
Of your ancestors dear!

Your territory's great
And secure is your state.
O fraternal king, hear!
May you pursue your career
As host of gods whom you revere!

---

① This was another ode addressed by Duke Kang of Shao to King Cheng, desiring for him long prosperity and congratulating him in order to admonish him on the happiness of his people.

尔受命长矣，　　　　　　　你受天命久又长，
茀^①禄尔康矣。　　　　　　赐你福禄又安康。
岂弟君子，　　　　　　　　君子和乐又平易，
俾尔弥尔性，　　　　　　　终生辛劳百事昌，
纯嘏^②尔常矣。　　　　　　天赐福禄你长享。

有冯^③有翼，　　　　　　　依靠良士与贤相，
有孝有德，　　　　　　　　孝敬祖先有德望，
以引以翼。　　　　　　　　导引辅助左右帮。
岂弟君子，　　　　　　　　君子快乐又平易，
四方为则。　　　　　　　　四方以你为榜样。

颙颙^④卬卬^⑤，　　　　　　态度温和志气昂，
如圭如璋，　　　　　　　　好比玉圭和玉璋，
令闻令望。　　　　　　　　美名声望传四方。
岂弟君子，　　　　　　　　君子快乐又平易，
四方为纲。　　　　　　　　四方以你为榜样。

凤凰于飞，　　　　　　　　凤凰展翅翩翩飞，
翙翙^⑥其羽，　　　　　　　百鸟展翅紧相随，
亦集爰止。　　　　　　　　凤停树上百鸟陪。
蔼蔼王多吉士，　　　　　　周王身边多贤士，

① 茀：小福。
② 嘏：大福。
③ 冯：凭依。
④ 颙颙（yóng yóng）：温和恭敬的样子。
⑤ 卬卬：气宇轩昂的样子。
⑥ 翙翙（huì huì）：众多的样子。

For long you're Heaven-blessed;
You enjoy peace and rest.
O fraternal king, hear!
May you pursue your career
And be blessed far and near!

You've supporters and aides
Virtuous of all grades
To lead or act as wing.
O our fraternal king,
Of your pattern all sing,

Majestic you appear,
Like jade-mace without peer;
You're praised from side to side.
O fraternal king, hear!
Of the state you're the guide.

Phoenixes fly
With rustling wings
And settle high.
Officers of the king's

维君子使，	听从君王献智慧，
媚^①于天子。	爱戴天子不曾违。

凤凰于飞。	凤凰展翅翩翩飞，
翙翙其羽，	百鸟展翅紧相随，
亦傅于天。	一起飞到天上去。
蔼蔼王多吉人，	周王身边多贤士，
维君子命，	听从君王献智慧，
媚于庶人。	爱护百姓心无愧。

凤凰鸣矣，	凤凰鸣叫真吉祥，
于彼高冈。	在那高高山冈上。
梧桐生矣，	梧桐树儿冉冉生，
于彼朝阳。	东山坡上迎朝阳。
菶菶^②萋萋，	枝叶苍苍多茂盛，
雍雍喈喈。	凤鸣喈喈声悠扬。

君子之车，	君子有车可以坐，
既庶且多。	车子又多又华美。
君子之马，	君子有马可以驾，
既闲且驰。	技艺娴熟能奔驰。
矢诗不^③多，	献的诗辞真不少，
维以遂歌。	为谢君王唱成歌。

① 媚：顺爱。
② 菶菶（běng běng）：草木茂盛的样子貌。
③ 不：语气助词，无实义。

Employed each one
To please the Heaven's Son.

Phoenixes fly
With rustling wings
To azure sky.
Officers of the king's
At your command
Please people of the land.

Phoenixes sing
On lofty height;
Planes grow in spring
On morning bright.
Lush are plane-trees;
Phoenixes sing at ease.

O many are
Your cars and steed;
Your steed and car
Run at high speed.
I sing but to prolong
Your holy song.

民 劳

民亦劳止，	人民已经够辛劳，
汔①可小康。	求得可以稍安康。
惠此中国，	惠爱中原老百姓，
以绥四方。	安抚诸侯定四方。
无纵诡随②，	不要放纵诡诈人，
以谨无良。	谨防小人不善良。
式遏寇虐，	制止暴虐与抢掠，
憯③不畏明。	不怕坏人手段强。
柔远能迩，	远近百姓都爱护，
以定我王。	安定国家保我王。
民亦劳止，	人民已经够辛劳，
汔可小休。	求得可以稍休息。
惠此中国，	惠爱京城老百姓，
以为民逑④。	使得人民能相聚。
无纵诡随，	不要放纵诡诈人，
以谨惛怓⑤。	谨防喧闹争名利。
式遏寇虐，	制止暴虐与抢掠，
无俾民忧。	莫使人民添悲凄。

① 汔（qǐ）：乞求。
② 诡随：不怀好意的人。
③ 憯（cǎn）：曾。
④ 逑：合聚。
⑤ 惛怓（hūn náo）：喧哗纷乱。

The People Are Hard Pressed[①]

The people are hard pressed;
They need a little rest.
Do the Central Plain good,
You'll reign o'er neighborhood.
Of the wily beware;
Against the vice take care!
Put the oppressors down
Lest they fear not the crown.
Show kindness far and near;
Consolidate your sphere.

The people are hard pressed;
They need repose and rest.
Do the Central Plain good,
People will come from neighborhood.
Of the wily beware;
Against bad men take care!
Repress those who oppress;
Relive those in distress.

---

① This ode was made by Duke Mu of Shao to reprehend King Li (877—841 B. C.), notorious for his tyranny.

无弃尔劳①，	不要放弃前功劳，
以为王休。	成为国王好名誉。
民亦劳止，	人民已经够辛劳，
汔可小息。	求得可以松口气。
惠此京师，	惠爱京师老百姓，
以绥四国。	安抚天下四方地。
无纵诡随，	不要放纵诡诈人，
以谨罔极。	谨防没有准则事。
式遏寇虐，	制止暴虐与抢掠，
无俾作慝②。	莫让作恶把人害。
敬慎威仪，	仪容举止要谨慎，
以近有德。	亲近贤德正自身。
民亦劳止，	人民已经够辛劳，
汔可小愒③。	求得可以歇一歇。
惠此中国，	惠爱中原老百姓，
俾民忧泄。	人民忧愁要发泄。
无纵诡随，	不要放纵诡诈人，
以谨丑厉④。	谨防丑恶奸诈事。
式遏寇虐，	制止暴虐与抢掠，
无俾正败。	莫失正道得败坏。

① 劳：功劳。
② 慝（tè）：邪恶。
③ 愒（qì）：通"憩"，休息。
④ 厉：恶。

Through loyal service done
The royal quiet is won.

The people are hard pressed;
They need relief and rest.
Do good in the capital,
You'll please your people all.
Of the wily beware;
Against wicked men take care!
Repress those who oppress
Lest they go to excess.
In manner dignified
You'll have good men at your side.

The people are hard pressed;
They need some ease and rest.
Do good in Central Plain
To relieve people's pain.
Of the wily beware;
Against evil take care!
Put the oppressors down
Lest your rule be o'erthrown.

戎①虽小子，	你虽是个年轻人，
面式弘大。	作用巨大当估量。 |//

民亦劳止，	人民已经够辛劳，
汔可小安。	求得可以稍安逸。
惠此中国，	惠爱中原老百姓，
国无有残。	国家安定无残患。
无纵诡随，	不要放纵诡诈人，
以谨缱绻②。	谨防巴结和奉迎。
式遏寇虐，	制止暴虐与抢掠，
无俾正反。	莫使政权遭反复。
王欲玉③女，	衷心成就我君王，
是用大④谏。	尽力讽谏深规劝。

板

上帝板板⑤，	上帝行为太荒唐，
下民卒瘅⑥。	天下人民都遭殃。
出话⑦不然，	光说好话不去做，
为犹不远。	制定谋略无眼光。

---

① 戎：汝，你。
② 缱绻：小人团结其君，比喻朝政纷乱不顺。
③ 玉：好，爱。
④ 大：郑重。
⑤ 板板：反反，无常。
⑥ 瘅(dàn)：病。
⑦ 话：善言。

Though still young in the State,
What you can do is great,

The people are hard pressed;
They need quiet and rest.
Do good in Central Plain
Lest people suffer pain.
Of the wily beware;
Of flattery take care!
Put the oppressors down
Lest the state be o'erthrown.
O king, as jade you're nice.
Please take my frank frank advice!

Censure[①]

God won't our kingdom bless;
People are in distress.
Your words incorrect are;
Your plans cannot reach far.

---

① This was a censure made by Count of Fan (modern Hui County, Henan Province) on the prevailing misery in the times of King Li.

靡圣管管①, 目无圣人自称贤,
不实于亶②。 没有诚意胡乱言。
犹之未远, 制定策略无远见,
是用大谏。 所以我来大规劝。

天之方难, 上天正要降灾难,
无然宪宪③。 不要高兴空喜欢。
天之方蹶④, 上天正要降动乱,
无然泄泄⑤。 不要喋喋多论断。
辞之辑⑥矣, 如果政令能和缓,
民之洽矣。 人民就会抱成团。
辞之怿矣, 如果政令已败坏,
民之莫矣。 百姓受苦不得安。

我虽异事, 我们职事虽不同,
及尔同寮。 毕竟和你同为官。
我即尔谋, 我来和你共商量,
听我嚣嚣⑦。 听我说话你骄傲。
我言维服⑧, 我说的话是事实,
勿以为笑。 不要以为开玩笑。

① 管管：放任自恣，无所依傍。
② 亶（dǎn）：诚信。
③ 宪宪：欣欣。
④ 蹶（guì）：动。
⑤ 泄泄：多言多语的样子。
⑥ 辑：和。
⑦ 嚣嚣（áo）：不肯听从别人规劝的样子。
⑧ 服：事。

You care not what sages do;
What you say is not true.
Your plans are far from nice;
So I give you advice.

Heaven sends troubles down.
O how can you not frown?
It makes turmoil prevail;
You talk to no avail,
If what you say is right,
'Twill be heard with delight.
If what you say is not,
It will soon be forgot.

Our duties different,
We serve the government.
I give you advice good;
Your attitude is rude.
My advice is sought after;
It's no matter for laughter.

先民有言： 　　　　　古人有话说得好：
"询于刍荛①。" 　　　　"要向樵夫多请教。"

天之方虐， 　　　　　上天正在发残暴，
无然谑谑。 　　　　　不要嬉戏瞎胡闹。
老夫灌灌②， 　　　　老夫态度很诚恳，
小子蹻蹻③。 　　　　小子神气却骄傲。
匪我言耄， 　　　　　不是我老话糊涂，
尔用忧谑。 　　　　　是你忧患当玩笑。
多将熇熇④， 　　　　多做坏事难收拾，
不可救药。 　　　　　烈火焚烧无救药。

天之方懠⑤， 　　　　上天正在发脾气，
无为夸毗⑥。 　　　　不要卑躬又屈膝。
威仪卒迷， 　　　　　君臣威仪都丧乱，
善人载尸。 　　　　　贤人闭口如死尸。
民之方殿屎⑦， 　　　人民痛苦正呻吟。
则莫我敢葵⑧。 　　　不敢对我乱怀疑。
丧乱蔑⑨资， 　　　　祸丧多端生无计，
曾莫惠我师。 　　　　无人施惠去救济。

---

① 刍荛（ráo）：打草砍柴的人。
② 灌灌：诚恳的样子。
③ 蹻蹻：骄傲的样子。
④ 熇熇（hè hè）：火势炽盛的样子。
⑤ 懠（qí）：愤怒。
⑥ 夸毗：柔顺的样子。
⑦ 殿屎（xī）：呻吟。
⑧ 葵：通"揆"，揣测。
⑨ 蔑：无。

Ancient saying is good:
"Consult cutters of wood!"

Heaven is doing wrong.
How can you get along?
I'm an old lord sincere.
How can you proud appear?
I'm not proud of my age.
How can you tease a sage?
Trouble will grow like fire,
Beyond remedy when higher.

Heaven's anger displayed,
Don't cajole nor upbraid!
The good and dignified
Are mute as men who died.
The people groan and sigh,
But none dare to ask why.
Wild disorder renewed,
Who'd help our multitude?

天之牖①民，	上天诱导老百姓，
如埙②如篪③，	好像吹埙和吹篪，
如璋如圭，	好像玉璋和玉圭，
如取如携。	好像取物提东西。
携无曰益，	培育扶植不设访，
牖民孔易。	教导百姓很容易。
民之多辟④，	如今人民多邪辟，
无自立辟⑤。	不可自把法律立。
价⑥人维藩，	好人好比是篱笆，
大师⑦维垣，	大众好比是围墙。
大邦维屏，	大国好比是屏障，
大宗⑧维翰。	同族好比是栋梁。
怀德维宁，	为政有德国家安，
宗子维城。	宗子就像是城墙。
无俾城坏，	莫使城墙遭破坏，
无独斯畏。	不要孤立自遭殃。

① 牖：通"诱"。
② 埙：土制的乐器。
③ 篪（chí）：竹制的乐器。
④ 多辟：多邪辟行为。
⑤ 立辟：立法。
⑥ 价：善。
⑦ 师：大众。
⑧ 大宗：君子宗族。

Heaven helps people mute
By whistle as by flute,
As two maces form one,
As something brought when done.
Bring anything you please,
You'll help people with ease.
They've troubles to deplore.
Don't give them any more!

Good men a fence install;
The people form a wall.
Screens are formed by each state
And each family great.
Virtue secures repose,
Walled up by kinsmen close.
Do not destroy the wall;
Be not lonely after all!

敬天之怒，	上天发怒要敬仰，
无敢戏豫。	不敢嬉戏太放荡。
敬天之渝[1]，	老天灾变要敬畏，
无敢驰驱[2]。	不敢放纵太狂妄。
昊天曰明，	上天眼睛最明亮，
及尔出王[3]。	随你出入共来往。
昊天曰旦，	上天眼睛最明朗，
及尔游衍[4]。	随你一道共游逛。

① 渝：变。
② 驰驱：自恣放纵。
③ 王：往。
④ 游衍：游荡。

Revere great Heaven's ire
And do not play with fire!
Revere great Heaven gay
And don't drive your own way.
There's nought but Heaven knows;
It's with you where you go,
Great Heaven sees all clear;
It's with you where you appear.

荡之什

荡

荡荡①上帝，	败坏法度的上帝，
下民之辟②。	却是百姓的暴君。
疾威③上帝，	上帝行为太暴虐，
其命多辟。	政令邪辟多不正。
天生烝民，	上天生下众百姓，
其命匪谌④。	他的命令不真诚。
靡不有初，	凡事都有个开头，
鲜克有终。	很少能够有结果。
文王曰咨⑤，	文王开口长声叹，
咨女殷商！	叹你殷商殷纣王！
曾是强御，	为何如此施暴强，
曾是掊克⑥，	如此聚敛把民伤，
曾是在位，	如此小人在高位，
曾是在服⑦。	如此恶人来执政。

① 荡荡：法度废坏的样子。
② 辟：君王。
③ 疾威：暴虐。
④ 谌：诚信，真诚。
⑤ 咨：嗟叹。
⑥ 掊克：聚敛，搜刮。
⑦ 服：服政事，在位。

Third Decade of Epics

Warnings[1]

God's influence spreads vast
Over people below.
God's terror strikes so fast;
He deals them blow on blow.
Heaven gives people birth,
On whom he'd not depend.
At first they're good on earth,
But few last to the end.

"Alas!" said King Wen of the west,
"You king of Yin-Shang, lo!
How could you have oppressed
And exploited people so?
Why put those in high place
Who did everything wrong?

---

[1] This was a warning addressed to King Li who brought the Zhou dynasty into imminent peril by his violent oppressions, his neglect of good men, his employment of mean creatures, his disannulling the old statutes and laws, his drunkenness and the fierceness of his will, but it was put in the mouth of King Wen delivering his warnings to the last king of the Shang Dynasty, in the hope that King Li would transfer the figure to himself and alter his course so as to avoid a similar ruin.

天降滔德,　　　　　　　　天生这个傲慢人,
女兴是力。　　　　　　　　你反助他兴风浪。

文王曰咨,　　　　　　　　文王开口长声叹,
咨女殷商!　　　　　　　　叹你殷商殷纣王!
而秉义类,　　　　　　　　任用忠贞善良人,
强御多怼[1]。　　　　　　　强暴之徒就怨恨。
流言以对,　　　　　　　　流言蜚语传得快,
寇攘式内。　　　　　　　　寇盗抢夺更猖狂。
侯作侯祝,　　　　　　　　他们又怨又咒骂,
靡届靡究。　　　　　　　　无穷无尽遭灾殃。

文王曰咨,　　　　　　　　文王开口长声叹,
咨女殷商!　　　　　　　　叹你殷商殷纣王!
女炰烋[2]于中国,　　　　　你在国内乱咆哮,
敛怨以为德。　　　　　　　招来怨声以为当。
不明尔德,　　　　　　　　你的品德不自明,
时无背无侧。　　　　　　　前后左右无贤良。
尔德不明,　　　　　　　　你的品德不自明,
以无陪无卿。　　　　　　　没有辅佐无卿相。

文王曰咨,　　　　　　　　文王开口长声叹,
咨女殷商!　　　　　　　　叹你殷商殷纣王!
天不湎[3]尔以酒,　　　　　上天没叫你酗酒,

[1] 怼:怨恨。
[2] 炰烋(páo xiāo):即"咆哮"。
[3] 湎:沉迷。

Why are those who love grace
Oppressed e'er by the strong?"

"Alas!" said King Wen of the west,
"You king of Yin-Shang, lo!
Why not help the oppressed
And give the strong a blow?
Why let rumors wide spread
And robbers be your friend?
Let curse fall on your head
And troubles without end!"

"Alas!" said King Wen of the west,
"You king of Yin-Shang, lo!
You do wrong without rest.
Can good out of wrong grow?
You know not what is good;
You've no good men behind.
Good men not understood,
To you none will be kind."

"Alas!" said King Wen of the west,
"You king of Yin-Shang, lo!
You drink wine without rest;

不义^①从式。	不该放纵自恣狂。
既愆^②尔止，	仪容举止失常态，
靡明靡晦。	不论白天与黑夜。
式号式呼，	又是大喊又大叫，
俾昼作夜。	昼夜颠倒太荒唐。

文王曰咨，	文王开口长声叹，
咨女殷商！	叹你殷商殷纣王！
如蜩如螗^③，	怨声载道如蝉噪，
如沸如羹。	又似开水和滚汤。
小大近丧，	大事小事快灭亡，
人尚乎由行。	人们还在学你样。
内奰^④于中国，	国内人人都愤怒，
覃^⑤及鬼方^⑥。	怒火延伸到远方。

文王曰咨，	文王开口长声叹，
咨女殷商！	叹你殷商殷纣王！
匪上帝不时，	不是上帝不善良，
殷不用旧。	殷商不用旧典章。
虽无老成人，	虽然没有老成人，
尚有典刑。	尚有典章可模仿。
曾是莫听，	这些你都不肯听，

① 义：宜，应该。
② 愆：过错。
③ 蜩、螗（táng）：蝉。
④ 奰（bì）：发怒。
⑤ 覃：延伸。
⑥ 鬼方：远夷之国，远方。

On a wrong way you go.
You know not what's about,
Nor tell darkness from light.
Amid clamour and shout
You turn day into night."

"Alas!" said King Wen of the west,
"You king of Yin-Shang, lo!
Cicadas cry without rest
As bubbling waters flow.
Things great and small go wrong
But heedless still you stand.
Indignation grows strong
In and out of the land."

"Alas!" said King Wen of the west,
"You king Of Yin-Shang's days!
Not that you're not God-blessed,
Why don't you use old ways?
You've no experienced men,
But the laws have come down.
Why won't you listen then?

大命以倾。	国家将灭命将亡。
文王曰咨,	文王开口长声叹,
咨女殷商!	叹你殷商殷纣王!
人亦有言:	古人有话这样讲:
"颠沛之揭①,	"树木倒下根出土,
枝叶未有害,	枝叶还没受损伤,
本实先拔②。"	树根却已先遭殃。"
殷鉴不远,	以殷为鉴不太远,
在夏后之世。	就在夏王朝廷上。

抑

抑抑③威仪,	仪容美好礼彬彬,
维德之隅。	为人品德端庄正。
人亦有言:	古人有话说得好:
"靡哲不愚。"	"大智看来似愚笨。"
庶人之愚,	常人平时显得笨,
亦职维疾。	也许天生有毛病。
哲人之愚,	智者看似不聪明,
亦维斯戾④。	那是装傻避罪名。

① 揭:树根从土中露出。
② 拔:断绝,败坏。
③ 抑抑:静密。
④ 戾:罪也。

Your state will be o'erthrown."

"Alas!" said King Wen of the west,
"You who wear Yin-Shang's crown!
Know what say people blessed:
When a tree's fallen down,
Its leaves may still be green
But roots exposed to view.
Let Xia's downfall be seen
As a warning to you!"

Admonition by Duke Wu of Wei[①]

What appears dignified
Reveals a good inside.
You know as people say:
There're no sages but stray.
When people have done wrong,
It shows their sight not long.
When sages make mistakes,
It shows their wisdom breaks.

---

① This ode was made by Duke Wu of Wei at ninety to admonish himself and King Ping who was still young. It was the earliest proverbial ode in Chinese poetry.

无竞①维人，	为政最要是贤人，
四方其训之。	四方诸侯有教训。
有觉②德行，	国君德行很正大，
四国顺之。	天下人民归顺他。
訏谟③定命，	雄才大略定方针，
远犹辰告。	长远国策告人民。
敬慎威仪，	行为举止要谨慎，
维民之则。	人民以此为标准。
其在于今，	形势发展到如今，
兴迷乱于政。	国政混乱不堪论。
颠覆厥德，	君臣德行都败坏，
荒湛④于酒。	沉湎酒色醉醺醺。
女虽湛乐从，	只知纵情贪欢乐，
弗念厥绍。	祖宗帝业不关心。
罔敷求先王，	先王治道不讲求，
克共⑤明刑。	国家法度怎执行。
肆皇天弗尚，	如今皇天不保佑，
如彼泉流，	好像泉水向下流，
无沦胥以亡。	相与沉沦都灭亡。
夙兴夜寐，	早早起床深夜睡，

① 竞：强，最重要的。
② 觉：正直。
③ 訏谟：大计划，谋略。
④ 荒湛：荒耽。
⑤ 共（gǒng）：执行。

If a leader is good,
He'll tame the neighborhood.
If his virtue is great,
He'll rule o'er every state,
When he gives orders,
They'll reach the borders.
As he is dignified,
He's obeyed far and wide.

Look at the present state:
Political chaos' great.
Subverted the virtue fine,
You are besotted by wine.
You wish your pleasure last
And think not of the past.
Enforce the laws laid down
By kings who wore a crown!

Or Heaven won't bless you
Like water lost to view,
Till you're ruined and dead.
Rise early, late to bed!

洒扫廷内，　　　　　　　洒扫堂屋除灰尘，
维民之章。　　　　　　　为民做出好榜样。
修尔车马，　　　　　　　车辆马匹准备好，
弓矢戎兵。　　　　　　　弓箭兵器认真修。
用戒戎①作，　　　　　　预防一旦战祸生，
用遏②蛮方。　　　　　　驱逐蛮夷功千秋。
质尔人民，　　　　　　　安定你的众百姓，
谨尔侯度，　　　　　　　遵守法度要认真。
用戒不虞③。　　　　　　警惕祸事突然生，
慎尔出话，　　　　　　　开口说话要谨慎。
敬尔威仪，　　　　　　　行为举止要端敬，
无不柔嘉。　　　　　　　处处温和得安宁。
白圭之玷④，　　　　　　白玉上面有污点，
尚可磨也。　　　　　　　尚可琢磨除干净。
斯言之玷，　　　　　　　言论如果有差错，
不可为也！　　　　　　　要想挽回不可能！

无易由言，　　　　　　　不要轻率乱发言，
无曰苟矣，　　　　　　　说话做事莫随便，
莫扪朕舌，　　　　　　　没人把我舌头拴，
言不可逝矣。　　　　　　一言既出弥补难。
无言不雠⑤，　　　　　　言语不会无反应，

① 戒戎：戒备兵事。
② 遏：通"遐"，远。
③ 虞：料想。
④ 玷：缺点。
⑤ 雠：反应，应验。

Try to sweep the floor clean;
Let your pattern be seen.
Keep cars and steeds in rows
And your arrows and bows.
If on alert you stand,
None dare invade your land.
Do people real good;
Make laws against falsehood.
Beware of what's unforeseen;
Say rightly what you mean.
Try to be dignified;
Be kind and mild outside.
A flaw in white jade found,
Away it may be ground;
A flaw in what you say

Will leave its influence to stay.
Don't lightly say a word
Nor think it won't be heard.
Your tongue is held by none;
Your uttered words will run.
Each word will answered be;

无德不报。　　　　　　　　施德总有福添。
惠于朋友，　　　　　　　　朋友群臣要爱护，
庶民小子。　　　　　　　　平民百姓须安抚。
子孙绳绳①，　　　　　　　子孙谨慎不怠慢，
万民靡不承。　　　　　　　万民没有不顺服。

视尔友君子，　　　　　　　见你招待君子人，
辑柔尔颜，　　　　　　　　态度和蔼笑盈盈，
不遐有愆。　　　　　　　　小心过错莫发生。
相在尔室，　　　　　　　　看你一人在室内，
尚不愧于屋漏②。　　　　　面对神明无愧惭。
无曰"不显，　　　　　　　别说"室内光线暗，
莫予云觏"。　　　　　　　没人能把我看见"。
神之格思，　　　　　　　　神灵来去无踪影，
不可度思，　　　　　　　　何时降临难猜测，
矧③可射④思。　　　　　　哪能心里厌倦神。

辟尔为德，　　　　　　　　修明德行养情操，
俾臧俾嘉。　　　　　　　　使它高尚更美好。
淑慎尔止，　　　　　　　　言谈举止要慎重，
不愆于仪。　　　　　　　　不可马虎失礼仪。
不僭⑤不贼⑥，　　　　　　不犯过错不害人，
鲜不为则。　　　　　　　　很少不被人效法。

① 绳绳：慎戒。
② 屋漏：屋子的西北角，指暗处。
③ 矧（shěn）：况且。
④ 射：厌倦。
⑤ 僭：差错。
⑥ 贼：伤害。

No deed is done for free.
If you do good to friend
And people without end,
You'll have sons in a string
And people will obey you as king.

Treat your friends with good grace;
Show them a kindly face.
You should do nothing wrong
E'en when far from the throng.
Be good when you're alone;
No wrong is done but known.
Think not you are unseen
The sight of God is keen.
You know not what is in his mind,
Let alone what's behind

When you do what is good,
Be worthy of manhood.
With people get along;
In manners do no wrong.
Making no mistakes small,
You'll be pattern for all.

投我以桃，	别人送我一个桃，
报之以李。	我用李子来回报。
彼童①而角，	羊羔无角说有角，
实虹②小子。	实是乱你周王朝。
荏染③柔木，	有株树木很柔韧，
言缗④之丝。	配上丝弦做成琴。
温温恭人，	态度温和谦恭人，
维德之基。	品德高尚根基深。
其维哲人，	如果你是聪明人，
告之话言，	善言劝告你能听，
顺德之行。	顺应道德去实行。
其维愚人，	如果你是天性笨，
覆谓我僭⑤，	反说我话不可信，
民各有心。	人不相同各有心。
於乎小子，	啊呀小子太年轻，
未知臧否。	好事坏事分不清。
匪手携之，	非只用手相搀扶，
言示之事。	而且教你办事情。
匪面命之，	不但当面教导你，
言提其耳。	提着耳朵要你听。

① 童：没有长角的羊。
② 虹：溃乱，败坏。
③ 荏染：柔软。
④ 缗：安上。
⑤ 僭：不相信。

For a peach thrown on you,
Return a plum as due.
Seeking horns where there's none,
You make a childish fun.

The soft, elastic wood
For stringed lute is good.
A mild, respectful man
Will do good when he can.
If you meet a man wise,
At what you say he tries
To do what he thinks good.
But a foolish man would
Think what you say untrue:
Different is his view.

Alas! Young man, how could
You tell evil from good?
I'll lead you by the hand
And show you where you stand.
I'll teach you face to face
So that you can keep pace.

借曰未知，	假使年幼不懂事，
亦既抱子。	已把儿子抱在怀。
民之靡盈，	为人应该不自满，
谁夙知而莫成？	谁说早慧却晚成？

昊天孔昭，	老天在上最明白，
我生靡乐。	我的生活多烦忧。
视尔梦梦①，	看你糊涂不懂事，
我心惨惨②。	我的心里实在痛。
诲尔谆谆，	谆谆耐心教导你，
听我藐藐③。	你既不听态度傲。
匪用为教，	不肯把它作教训，
覆用为虐。	反而当成大玩笑。
借曰未知，	难道说你没知识，
亦聿既耄④！	真的年龄也不小！

於乎小子，	啊呀你这年轻人，
告尔旧止。	告你先王旧典章。
听用我谋，	你能听用我主张，
庶无大悔。	没有大错大懊丧。
天方艰难，	上天正在降灾难，
曰丧厥国。	国势危险要灭亡。

① 梦梦：混乱。
② 惨惨：悲伤，不快乐。
③ 藐藐：态度傲慢，听不进去的样子。
④ 耄：八九十岁曰耄。

I'll hold you by the ear,
You too have a son dear.
If you are not content,
In vain your youth is spent.

Great Heaven fair and bright,
I live without delight.
Seeing you dream all day,
My heart will pine away.
I tell you now and again,
But I advise you in vain.
You think me useless one;
Of my words you make fun.
Can you say you don't know
How old today you grow?

Alas! Young man, I pray,
Don't you know ancient way?
Listen to my advice,
And you'll be free from vice.
If Heaven's ire come down,
Our state would be o'erthrown.

取譬不远，	让我就近打比方，
昊天不忒。	上天赏罚不冤枉。
回遹①其德，	邪僻品行若不改，
俾民大棘！	百姓危急要遭殃！

桑　柔

菀彼桑柔，	桑叶柔嫩生长旺，
其下侯旬②。	树荫宽广遍地凉。
捋采其刘③，	不断捋叶树枝疏，
瘼④此下民。	树下人民晒难当。
不殄⑤心忧，	民心不断意愁苦，
仓兄⑥填兮。	丧乱凄凉滋生长。
倬⑦彼昊天，	老天在上最高明，
宁不我矜！	不肯哀怜我心伤！

四牡骙骙⑧，	四马奔驰忙不停，
旟旐⑨有翩。	鸟旗龟旗路上飘。
乱生不夷，	祸乱发生不平静，
靡国不泯。	四方无不乱纷纷。

① 遹：邪僻。
② 旬：树荫遍布，树影均匀。
③ 刘：树叶剥落稀疏的样子。
④ 瘼：病。
⑤ 殄：绝断。
⑥ 仓兄（chuàng kuǎng）：同"怆怳"，凄怆。
⑦ 倬（zhuō）：明察。
⑧ 骙骙：不息。
⑨ 旟旐（yú zhào）：鸟隼旗曰旟，龟蛇旗曰旐。

Just take example near by,
You'll see justice on high.
If far astray you go,
You'll plunge people in woe.

Misery and Disorder[1]

Lush are mulberry trees
Their shade affords good ease.
When they're stript of their leaves,
The people deeply grieves.
They're so deeply distressed
That sorrow fills their breast.
O Heaven great and bright,
Why not pity our plight?

The steeds run far and nigh;
The falcon banners fly.
The disorder is great;
There's ruin in the state.

---

[1] The Earl of Rui mourned over the misery and disorder of the times, with a view to reprehend the misgovernment of King Li, especially his oppressions and listening to bad Counsellors.

民靡有黎,　　　　　　　人民中间丁壮少,
具祸以烬①。　　　　　都遭战乱成灰烬。
於乎有哀,　　　　　　呜呼哀哉真可叹,
国步斯频!　　　　　　国家命运急又紧!

国步蔑资②,　　　　　国贫民困资财光,
天不我将③。　　　　　老天不肯把我帮。
靡所止疑④,　　　　　没有定所无处住,
云徂何往?　　　　　　哪儿定居可前往?
君子实维,　　　　　　君子认真细思量,
秉心无竞。　　　　　　心地端正不好强。
谁生厉阶⑤,　　　　　是谁制造这祸根,
至今为梗?　　　　　　一直作梗害人伤?

忧心殷殷,　　　　　　心中隐隐多痛苦,
念我土宇。　　　　　　常常怀念我国土。
我生不辰,　　　　　　我生没有逢好时,
逢天僤怒⑥。　　　　　碰上老天在盛怒。
自西徂东,　　　　　　从那西边到东边,
靡所定处。　　　　　　没有地方可定住。

① 烬:灰烬。
② 蔑资:无资财。
③ 将:养。
④ 疑:定。
⑤ 厉阶:祸端。
⑥ 僤怒:重怒。

So many killed in clashes,
Houses reduced to ashes.
Alas! we're full of gloom;
The state is near its doom.

Nothing can change our fate;
Heaven won't help our state.
Where to stop sue don't know;
We have nowhere to go.
Good men may think and brood;
They strive not for their good.
Who is the man who sows
The dire distress and woes?

With heavy heart I stand,
Thinking of my homeland.
Born at unlucky hour,
I meet God's angry power,
From the east to the west,
I have nowhere to rest.

多我觏痻①,　　　　　　　我遭祸乱很多苦,
孔棘我圉②。　　　　　　十分紧急我疆土。

为谋为毖③,　　　　　　　为国谋划要谨慎,
乱况斯削。　　　　　　　祸乱可能得减轻。
告尔忧恤,　　　　　　　教你如何忧国事,
诲尔序爵。　　　　　　　教你如何封官职。
谁能执热,　　　　　　　谁能手持烫东西,
逝不以濯?　　　　　　　不去用水来洗濯?
其何能淑,　　　　　　　怎么为政才算好,
载胥及溺。　　　　　　　不如互相水中泡。

如彼溯风,　　　　　　　好比人们逆风跑,
亦孔之僾④。　　　　　　呼吸困难受不了。
民有肃心,　　　　　　　人民本有进取心,
荓⑤云不逮。　　　　　　形势让他做不到。
好是稼穑,　　　　　　　爱好耕种和收获,
力民代食。　　　　　　　大家出力养阔佬。
稼穑维宝,　　　　　　　勤劳种收是个宝,
代食维好。　　　　　　　阔佬白吃却很好。

① 痻(mín):病。
② 圉:边疆。
③ 毖:谨慎。
④ 僾(ài):窒息,气不畅。
⑤ 荓(píng):使。

I see only disorder;
In danger is our border.

If you follow advice,
You may lessen the vice.
Let's gain a livelihood;
Put things in order good.
Who can hold something hot
If he waters it not?
Can remedy be found
If the people are drowned?

Standing against the breeze,
How can you breathe at ease?
Could people forward go
Should an adverse wind blow?
Love cultivated soil;
Let people live on toil.
The grain to them is dear;
They toil from year to year.

天降丧乱，	老天降下大灾祸，
灭我立王。	想要毁我所拥王。
降此蟊贼，	降下蟊贼等害虫，
稼穑卒痒。	庄稼全部遭踏光。
哀恫①中国，	哀痛国内的人民，
具赘②卒荒。	遍地灾祸田尽荒。
靡有旅力，	人民疲病无力量，
以念穹苍。	无法感动那上苍。

维此惠君，	只有顺民好君王，
民人所瞻。	大家拥戴好敬仰。
秉心宣犹，	心地光明有智谋，
考慎其相。	选择贤臣与辅相。
维彼不顺，	只有蛮横强暴君，
自独俾臧。	以为所用都贤良。
自有肺肠，	独有主张坏心肠，
俾民卒狂。	逼使人民都发狂。

瞻彼中林，	看那郊外树林中，
甡甡③其鹿。	成群麋鹿多从容。
朋友已谮④，	同僚朋友不信任，
不胥以穀⑤。	没有善意不相容。

① 恫：痛。
② 赘：连属。
③ 甡甡（shēn shēn）：众多的样子。
④ 谮（zèn）：不相信。
⑤ 穀：善。

Heaven sends turmoil down
To ruin the royal crown.
Injurious insects reign
And devour crop and grain.
Alas! In Central State
Devastation is great.
What can I do but cry
To the boundless great sky?

If the king's good and wise,
He's revered in our eyes.
He'll make his plans with care
And choose ministers fair and square.
If he has no kinghood,
He'll think alone he's good.
His thoughts are hard to guess,
His people in distress.

Behold! Among the trees
The deer may roam at ease.
Among friends insincere
You cannot roam with cheer,

人亦有言：	古人曾经说得好：
"进退维谷。"	"进退不通是绝路。"

维此圣人，	圣人明哲有智谋，
瞻言百里。	高瞻远瞩过百里。
维彼愚人，	愚人鼠目寸光浅，
覆狂以喜。	行为癫狂还自喜。
匪言不能，	不是有话不能说，
胡斯畏忌。	乱说畏忌罪加身。

维此良人，	只有这些善良人，
弗求弗迪①。	不去贪求不钻营。
维彼忍心，	只有那些忍心者，
是顾是复。	瞻顾求宠多反复。
民之贪乱，	民心思乱有原因，
宁为荼毒。	谁愿受这坏事情。

大风有隧②，	大风吹时有来路，
有空大谷。	来自空空大谷中。
维此良人，	只有这些善良人，
作为式穀。	行为美好好作风。
维彼不顺，	只有那些悖理者，
征以中垢。	做事不正行污中。

① 迪：进取，钻营。
② 隧：风疾速的样子。

Nor advance nor retreat
As in a strait you meet.

How wise these sages are!
Their views and words reach far.
How foolish those men bad!
They rejoice as if mad.
We can't tell them what we know
For fear of coming woe.

These good men you avoid,
They are never employed.
Those cruel men in power
Are courted from hour to hour.
So disorder is bred
And evil deeds wide spread.

The big wind blows a gale
From the large, empty vale.
What can a good man say?
It is of no avail!
In the court bad men stay;
What they say will prevail.

大风有隧，	大风吹时有来路，
贪人败类。	贪婪小人害宗族。
听言则对，	好听的话多答对，
诵言如醉。	听见忠言就装醉。
匪用其良，	不用忠良贤德人，
覆俾我悖。	反而使我遭悖晦。
嗟尔朋友，	哎呀你的朋友们，
予岂不知而作。	你的所为我不知。
如彼飞虫，	好比鸟儿高空飞，
时亦弋获。	有时也被人射中。
既之阴女，	我来本为庇护你，
反予来赫。	反而发怒威赫我。
民之罔极，	人民所以行不轨，
职凉善背。	主要相信善骗人。
为民不利，	为政暴虐不利民，
如云不克。	就怕害人不能胜。
民之回遹[1]，	百姓行为多邪辟，
职竞用力。	因为暴力来执政。
民之未戾[2]，	人民动荡不安定，
职盗为寇。	朝廷执政有盗行。

[1] 回遹：邪辟。
[2] 戾：安定。

The big wind blows its way;
In the court bad men stay.
When praised, they're overjoyed;
When blamed, they play the drunk.
Good men are not employed;
In distress they are sunk.

Alas! Alas! My friend,
Can I write to no end?
Like a bird on the wing,
Hit, you may be brought down.
Good to you I will bring,
But at me you will frown.

Don't do wrong to excess;
People fall in distress.
If you do people wrong,
How can they get along?
If they take a wrong course,
It's because you use force.

People live in unrest,
For robbers spread like pest.

凉曰不可，　　　　　　　诚恳劝说不能做，
复背善詈。　　　　　　　背地乱骂不认人。
虽曰匪予，　　　　　　　虽说为虐不是我，
既作尔歌。　　　　　　　还作此歌盼你听。

云　汉

倬^①彼云汉，　　　　　　浩汉银河天上横，
昭回于天。　　　　　　　星光灿烂转不停。
王曰於乎，　　　　　　　国王仰天长叹息，
何辜^②今之人！　　　　　今天人民有何罪！
天降丧乱，　　　　　　　上天降下这丧乱，
饥馑荐臻^③。　　　　　饥荒连年都发生。
靡神不举^④，　　　　　没有神灵不祭祀，
靡爱斯牲。　　　　　　　不敢吝惜那牺牲。
圭璧^⑤既卒，　　　　　祭神圭璧都用到，
宁莫我听！　　　　　　　为啥祈祷天不听！

旱既大甚，　　　　　　　旱灾已经很严重，
蕴隆虫虫^⑥。　　　　　暑气闷热蒸难当。

① 倬：广大的样子。
② 辜：罪。
③ 荐臻：接连着来。
④ 举：祭祀。
⑤ 圭璧：祭祀时用的玉器。
⑥ 虫虫：热气熏蒸的样子。

I say that will not do;
You say that is not true.
Though you think I am wrong,
I've made for you this song.

Great Drought[①]

The Silver River shines on high,
Revolving in the sky.
The king heaves sigh on sigh:
"O what wrong have we done?
What riot has death run!
Why have famines come one by one?
What sacrifice have we not made?
We have burned all maces of jade.
Have we not killed victims in herd?
How is it that we are not heard?

"The drought has gone to excess;
The heat has caused distress.

[①] On occasion of a great drought in 821 B. C. King Xuan expostulated with God and the spirits who might he expected to succour him and his people, asked them wherefore they were contending with him and detailed the measures he had taken and was still taking for the removal of the calamity. The Silver River in Stahza 1 was the Chinese name for the Milky Way.

不殄[①]禋祀, 不停祭祀求降雨,
自郊[②]徂宫[③]。 郊祭庙祭都举行。
上下奠瘞[④], 奠酒埋玉祭天地,
靡神不宗。 所有神明都祭享。
后稷不克[⑤], 祖宗后稷不能求,
上帝不临。 上帝不理受难人。
耗斁[⑥]下土, 天下田土成灾难,
宁丁我躬! 为啥正当我身上!

旱既大甚, 旱灾已经很严重,
则不可推。 要想消除不可能。
兢兢业业, 战战兢兢提心胆,
如霆如雷。 如防霹雳和雷声。
周余黎民, 周地剩余老百姓,
靡有孑遗[⑦]。 几乎全都死干净。
昊天上帝, 老天上帝好心狠,
则不我遗。 不愿慰问我死生。
胡不相畏, 大家怎能不害怕,
先祖于摧[⑧]? 祖先祭祀要被毁?

① 殄：断绝。
② 郊：祭祀天地。
③ 宫：祭祀宗庙。
④ 瘞：埋。
⑤ 克：能，胜。
⑥ 斁（dù）：败坏。
⑦ 孑遗：遗留。
⑧ 摧：毁灭。

There's no sacrifice we've not made;
For gods above we've buried jade.
There are no souls we don't revere
In temples far and near.
The Lord of Corn can't stop the drought;
Ruin falls on on our land all about.
The Almighty God won't come down.
Why should the drought fall on my crown!

"Excessive is the drought;
I am to blame, no doubt.
I palpitate With fear
As if thunder I hear.
Of people I'm bereft;
How many will be left?
The Almighty on high
Does not care if we die.
O my ancestors dear,
Don't you extinction fear?

旱既大甚, 　　　　　　旱灾已经很严重,
则不可沮。 　　　　　　没有办法可阻挡。
赫赫①炎炎, 　　　　　　骄阳似火热气腾,
云我无所。 　　　　　　哪里还有容身地。
大命②近止, 　　　　　　死亡大限已临近,
靡瞻靡顾。 　　　　　　瞻前顾后没商量。
群公先正, 　　　　　　历代公卿众灵神,
则不我助。 　　　　　　不来过问不相帮。
父母先祖, 　　　　　　父母先祖显神灵,
胡宁忍予! 　　　　　　怎能忍我遭灾情!

旱既大甚, 　　　　　　旱灾已经很严重,
涤涤③山川。 　　　　　　山秃河涸草木尽。
旱魃④为虐, 　　　　　　旱神为恶太猖狂,
如惔如焚。 　　　　　　好比大火遍地烧。
我心惮暑, 　　　　　　我心害怕酷热天,
忧心如熏。 　　　　　　心里忧愁如火熏。
群公先正, 　　　　　　历代公卿百官神,
则不我闻。 　　　　　　不来过问不相帮。
昊天上帝, 　　　　　　老天上帝降灾情,
宁俾我遁! 　　　　　　为啥叫我长受困!

① 赫赫:旱气。
② 大命:国命,国运。
③ 涤涤:除尽。
④ 旱魃:旱神。

"Excessive is the drought;
No one can put it out.
The sun burns far and wide;
I have nowhere to hide.
Our end is coming near;
I see no help appear.
Dukes and ministers dead
All turn away the head.
O my ancestors dear,
How can you not appear?

"The drought spreads far and nigh;
Hills are parched and streams dry.
The demon vents his ire;
He spreads wide flame and fire.
My heart's afraid of heat;
Burned with grief, it can't beat.
Why don't the souls appear?
Won't they my prayer hear?
Almighty in the sky,
Why put on me such pressure high?

旱既大甚，	旱灾已经很严重，
黾勉①畏去。	勉力祈祷不辞劳。
胡宁瘨②我以旱？	为啥降旱加害我？
憯③不知其故。	不知原由不知故。
祈年孔夙，	祈祷丰年都很早，
方社不莫。	祭祀方社也不迟。
昊天上帝，	老天上帝太糊涂，
则不我虞④。	也不想想我的苦。
敬恭明神，	一向恭敬众神灵，
宜无悔怒。	神明不应有恼怒。
旱既大甚，	旱灾已经很严重，
散无友⑤纪。	人人散乱无法纪。
鞫⑥哉庶正，	公卿百官办法穷，
疚哉冢宰。	宰相痛苦空急切。
趣马⑦师氏，	趣马师氏来祈雨，
膳夫左右。	膳夫大臣来帮助。
靡人不周⑧，	没有一人不出力，
无不能止。	无人停住不去求。
瞻卬⑨昊天，	抬头望天无片云，

① 黾勉：勉力祈祷。
② 瘨：病。
③ 憯（cǎn）：竟。
④ 虞：佑助。
⑤ 友：通"有"。
⑥ 鞫：穷困。
⑦ 趣马：掌管马的官。
⑧ 周：救济。
⑨ 卬（yǎng）：通"仰"，仰望。

"The drought holds excessive sway,
But I dare not go away.
Why has it come from on high?
I know not the reason why.
Early I prayed for a good year,
Sacrifice offered there and here.
God in heaven, be kind!
Why won't you bear this in mind?
O my reverend sire,
Why vent on me your ire?

"The drought has spread far and near;
People dispersed there and here.
Officials toil in vain;
The premier brings no rain.
The master of my horses
And leaders of my forces,
There's none but does his best;
There's none who takes a rest.
I look up to the sky.

云如何里!	我的心里多忧苦!
瞻卬昊天,	仰望苍天万里晴,
有嘒其星。	闪闪繁星亮晶晶。
大夫君子,	所有大夫和君子,
昭假①无赢②。	诚心祭告多真诚。
大命近止,	死亡大限已临近,
无弃尔成!	继续祈祷别暂停!
何求为我,	祈雨不是为自己,
以戾③庶正。	为安百官与公卿。
瞻卬昊天,	抬头向上望苍天,
曷惠其宁!	何时惠赐得安宁!

崧④ 高

崧高维岳,	高大嵩山是中岳,
骏极于天。	巍峨耸立入云天。
维岳降神,	中岳嵩山降神灵,
生甫及申。	申伯甫侯人间生。
维申及甫,	就是申伯和甫侯,
维周之翰。	周朝栋梁最有名。

---

① 昭假:诚心祭告。
② 赢:松懈。
③ 戾:安定。
④ 崧:高而大的山,指嵩山。

What to do with soil dry?

"I look up to the sky;
The stars shine bright on high.
My officers have done their best;
With rain our land's not blessed.
Our course of life is run,
But don't give up what's done.
Pray for rain not for me
But for officials on the knee.
I look up to the sky:
Will rain and rest come from on high?"

Count of Shen[①]

The four mountains ate high;
Their summits touch the sky.
Their spirits come on earth
To Fu and Shen gave birth.
The Shen State and Fu State
Are Zhou House's bulwarks great.

---

① This epic ode celebrated the appointment by King Xuan of the brother of his mother to be the Count of Shen and defender of the southern border of the kingdom, with the arrangements made for his entering on his charge. The writer was General Ji Fu who appeared in poem 177 as the commander of an expedition against the tribes of the Huns in the commencement of King Xuan's reign.

四国于蕃，	保卫四方诸侯国，
四方于宣①。	天下靠他保安宁。
亹亹②申伯，	申伯做事最勤敏，
王缵③之事。	继承祖业担重任。
于邑于谢，	赐封城邑在谢地，
南国是式④。	南国诸侯做榜样。
王命召伯，	周王命令召伯虎，
定申伯之宅。	去为申伯建新城。
登⑤是南邦，	建成国家在南方，
世执其功。	子子孙孙保国土。
王命申伯，	周王下令给申伯，
式是南邦。	要在南方当楷模。
因⑥是谢人，	依靠谢地老百姓，
以作尔庸⑦。	建筑新的城与墙。
王命召伯，	周王又令召伯虎，
彻⑧申伯土田。	治理申伯新国疆。
王命傅御，	王命太傅和侍御，
迁其私人⑨。	帮他家臣一起迁。

① 宣："垣"，城墙。
② 亹亹（wěi wěi）：勤勉的样子。
③ 缵：继承。
④ 式：法则，榜样。
⑤ 登：建成。
⑥ 因：依靠。
⑦ 庸：城墙。
⑧ 彻：治理，划定疆界。
⑨ 私人：家臣，家人。

They screen it from attack
On the front and the back.

Count Shen was diligent
In royal government.
At Xie he set up capital,
A pattern for southern states all.
Count Shao Was ordered by the king
To take charge of the house-building.
Of southern states Shen's made the head,
Where his great influence will spread.

The king ordered Shen's chief
To be pattern to southern fief,
And employ men of capital
To build the city wall.
The king gave Count Shao his command
To define Count Shen's land.
The king ordered his steward old
To remove Shen's household.

申伯之功, 申伯迁谢告成功,
召伯是营。 召伯奉命来经营。
有俶①其城, 谢城坚固又厚实,
寝庙既成。 宗庙寝殿都建成。
既成藐藐, 宫室相连多巍峨,
王锡申伯。 周王赐赏申伯礼。
四牡蹻蹻, 四匹骏马多轩昂,
钩膺②濯濯③。 胸前配饰金闪闪。

王遣申伯, 王送申伯去谢城,
路车④乘马。 四马大车真漂亮。
我图⑤尔居, 仔细谋划你住处,
莫如南土。 不如南土好地方。
锡尔介圭⑥, 赐你大圭做礼物,
以作尔宝。 作为国宝好收藏。
往迋王舅, 我的娘舅放心去,
南土是保。 确保南方这片疆。

申伯信迈⑦, 申伯决定要起程,
王饯于郿。 周王郿地以饯行。

① 俶：厚实、坚固的样子。
② 钩膺：套在马前胸和颈腹上的带饰。
③ 濯濯：光泽鲜明的样子。
④ 路车：诸侯乘坐的一种大型马车。
⑤ 图：图谋，谋虑。
⑥ 圭：古代玉制的礼器，诸侯执此以朝见周王。
⑦ 迈：往，行。

The construction of State of Shen
Was done by Count Shao and his men.
They built first city walls
And then the temple halls,
The great works done by the lord,
The king gave Count Shen as reward
Four noble steeds at left and right
With breasthooks amid trappings bright.

The king told Count Shen to speed
To his State in cab and steed.
"I've thought of your town beforehand;
Nowhere's better than southern land.
I confer on you this mace,
Symbol of dignity and grace.
Go, my dear uncle, go
And protect the south from the foe."

Count Shen set out for Xie;
The king feasted him at Mei.

申伯还南，　　　　　　　　申伯要到南方去，
谢于诚归。　　　　　　　　决心离开往谢城。
王命召伯，　　　　　　　　周王命令召伯虎，
彻申伯土疆。　　　　　　　申伯疆土要划清。
以峙①其粻②，　　　　　　路上干粮充备齐，
式遄③其行。　　　　　　　日夜兼程不停留。

申伯番番④，　　　　　　　申伯勇武貌堂堂，
既入于谢。　　　　　　　　住进谢邑好地方。
徒御啴啴⑤，　　　　　　　随从士卒列成行，
周邦咸喜。　　　　　　　　全城百姓喜洋洋。
戎有良翰，　　　　　　　　作为国家好栋梁，
不显申伯。　　　　　　　　申伯高贵真荣光。
王之元舅，　　　　　　　　周王舅父真威严，
文武是宪⑥。　　　　　　　文德武功是榜样。

申伯之德，　　　　　　　　申伯仁德有声名，
柔惠⑦且直。　　　　　　　温良和顺又端庄。
揉此万邦，　　　　　　　　安抚诸侯服万国，
闻于四国。　　　　　　　　天下四方传其功。
吉甫作诵⑧，　　　　　　　吉甫作了这首诗，

① 峙：储备。
② 粻（zhāng）：粮食。
③ 遄：快速。
④ 番番（bō bō）：勇武的样子。
⑤ 啴啴（dān dān）：阵容盛大的样子。
⑥ 宪：法式，模范。
⑦ 柔惠：温顺，恭谨。
⑧ 诵：颂赞之诗。

Count Shen would take command
At Xie in southern land.
Count Shao was ordered to define
Shen's land and border line,
And provide him with food
That he might find his journey good.

Count Shen with flags and banners
Came to Xie, grand in manners.
His footmen. and charioteers
Were greeted by the town with cheers.
The state will be guarded by men
Under the command of Count Shen,
Royal uncle people adore
And pattern in peace as in war.

Count Shen with virtue bright
Is mild, kind and upright.
He'll keep all states in order,
With fame spread to the border.
I, Ji Fu, make this song

其诗孔硕①。	篇幅宏大含义深。
其风②肆好，	它的旋律非常好，
以赠申伯。	赠给申伯表心愿。

烝③　民

天生烝民，	上天生育众百姓，
有物有则④。	万事一定有法则。
民之秉彝⑤，	人人保持生来性，
好是懿德。	全都喜爱好美德。
天监有周，	老天监察我周朝，
昭假⑥于下。	诚心祈祷在下国。
保兹天子，	为了保佑周天子，
生仲山甫。	生下山甫是贤哲。

仲山甫之德，	山甫生性好品德，
柔嘉维则。	温和善良有原则。
令仪令色，	仪表端庄好气色，
小心翼翼。	谨慎小心不出格。
古训是式，	先王古训能遵循，
威仪是力。	言行尽力与礼合。
天子是若，	事事顺承天子意，

① 孔硕：指篇幅很长。
② 风：曲调，旋律。
③ 烝：众多。
④ 则：法则。
⑤ 秉彝：秉性。
⑥ 昭假：诚心祭告。

In praise of the count strong.
I present this beautiful air
To the count bright ad fair.

Premier Shan Fu[①]

Heaven who made mankind
Endowed him with body and mind.
The people loved manhood.
Could they not love the good?
Heaven beheld our crown
And shed light up and down.
To help His son on earth,
To Shan Fu he gave birth.

Cadet Shan Fu is good,
Endowed with mild manhood.
Dignified is his air;
He behaves with great care,
He follows lessons old;
He is as strong as bold.
He follows Heaven's Son

---

① This epic ode celebrated the virtue of Premier Shan Fu and his despatch to the east to fortify the capital of the State of Qi (modern Shandong Province). Like the preceding ode, this was also made by General Ji Fu to present to his friend on his departure from the court.

明命使赋①。	传送命令听政策。
王命仲山甫，	天子命令仲山甫，
式是百辟。	要为诸侯做准绳。
缵戎祖考，	祖先功业来继承，
王躬是保。	辅佐周王保安宁。
出纳王命，	王命出入来掌管，
王之喉舌。	作为喉舌责不轻。
赋政于外，	颁布政令达诸侯，
四方爰发②。	天下四方都响应。
肃肃王命，	天命肃肃很严正，
仲山甫将之。	山甫认真去执行。
邦国若否③，	国家事情好与坏，
仲山甫明之。	山甫都能认识清。
既明且哲，	知识渊博又明理，
以保其身。	保持自己好名声。
夙夜匪解④，	日夜辛劳不松怠，
以事一人。	侍奉周王保太平。
人亦有言：	古人曾经这样说：
"柔则茹之，	"东西要拣软的吃，
刚则吐之。"	硬的东西往外吐。"

① 赋：发布。
② 发：行动，响应。
③ 否：恶，不好。
④ 解：懈怠。

That his orders may be done.

The king orders him to appear
As pattern to each peer;
To serve as his ancestors dear
And protect the king here;
To give orders to old and young
And be the king's throat and tongue;
To spread decrees and orders
That they be obeyed on four borders.

The orders dignified
Are spread out far and wide.
Premier Shan Fu does know
The kingdom's weal and woe.
He's wise and free from blame,
To guard his life and fame.
He's busy night and day
To serve the king for aye.

As people have said oft,
"We choose to eat the soft
The hard will be cast out."

维仲山甫，	只有山甫一个人，
柔亦不茹，	软的东西不乱吃，
刚亦不吐。	东西再硬也不吐。
不侮矜寡，	鳏寡弱者不欺侮，
不畏强御。	强暴之人也不怕。
人亦有言：	古人经常这样说：
"德𬨎①如毛，	"道德品行轻如毛，
民鲜克举之。"	很少有人能举高。"
我仪图②之，	暗暗思考细揣度，
维仲山甫举之，	做到只有仲山甫，
爱莫助之。	可惜无力能帮助。
衮③职有阙，	龙袍上面有破损，
维仲山甫补之。	只有山甫能补好。
仲山甫出祖④，	山甫出行要祭路，
四牡业业⑤。	四马高大真威风。
征夫捷捷，	征夫敏捷动作快，
每怀⑥靡及。	纵有私情不顾及。
四牡彭彭⑦，	四马奔驰走得急，
八鸾锵锵。	八只鸾铃响声齐。

① 𬨎（yóu）：轻。
② 仪图：思考，揣度。
③ 衮：龙袍。
④ 祖：祭祀道路之神。
⑤ 业业：高大强健的样子。
⑥ 每怀：私情，私事。
⑦ 彭彭（bāng bāng）：奔跑的样子。

On this Shan Fu cast doubt.
He won't devour the soft;
Nor is the hard cast oft.
He'll do the weak no wrong,
Nor will he fear the strong.

People say everywhere,
"Virtue is light as air;
But few can hold it high."
I ponder with a sigh:
Only Shan Fu can hold it high
And needs no help from the sky.
When the king has defect,
Shan Fu helps him correct.

Where Shan Fu goes along,
Run his four horses strong.
His men alert would find
They often lag behind.
His four steeds run east-bound
To eight bells' tinkling sound.

王命仲山甫,　　　　　　周王命令仲山甫,
城彼东方。　　　　　　建城东方立功勋。

四牡骙骙,　　　　　　四马向前奔跑行,
八鸾锵锵。　　　　　　八只鸾铃响不停。
仲山甫徂①齐,　　　　山甫动身去齐国,
式遄其归。　　　　　　盼他早日起回程。
吉甫作诵,　　　　　　吉甫写下这首歌,
穆如清风。　　　　　　美如清风爽人心。
仲山甫永怀,　　　　　临行山甫多牵挂,
以慰其心。　　　　　　聊以此歌表心意。

韩 奕

奕奕梁山,　　　　　　梁山巍峨高又大,
维禹甸②之,　　　　　大禹当年治理它,
有倬③其道。　　　　　一条大路通周都。
韩侯受命,　　　　　　韩侯受命保国家,
王亲命之:　　　　　　周王亲自传旨意:
"缵④戎祖考,　　　　"祖业功业须继承,
无废朕命。　　　　　　我的命令不可忘。
夙夜匪解,　　　　　　早晚勤勉别懈怠,

---

① 徂:到。
② 甸:治理。
③ 倬:长远。
④ 缵(zuǎn):继承。

The king orders him to go down
To fortify the eastern town.

His four steeds galloping,
His eight bells gaily ring.
Shan Fu goes to Qi state;
His return won't be late.
I, Ji Fu, make this song
To blow like breeze for long.
O Shan Fu, though we part,
My song will soothe your heart.

The Marquis of Han[①]

The Liang Mountains are grand;
Yu of Xia cultivated the land.
The Marquis of Han came his way
To be invested in array.
"Serve as your fathers had done,"
In person said the Heaven's Son,
"Do not belie our trust;
Show active zeal you must.

---

① This epic ode celebrated the Marquis of Han, his investiture and King Xuan's charge to him; the gifts he received and the parting feast; his marriage; the excellence of his territory and his sway over the region of the north.

虔共①尔位。	坚守职位切莫忘。
朕命不易,	我的命令没变化,
榦②不庭方③,	讨伐不朝诸侯国,
以佐戎辟④。"	辅佐君王治天下。"

四牡奕奕,	四四公马多强壮,
孔修⑤且张。	身体高大气势壮。
韩侯入觐⑥,	韩侯入周来朝见,
以其介圭,	手捧大圭上朝堂,
入觐于王。	从容拜见周朝王。
王锡韩侯,	周王赏赐韩侯礼,
淑旂绥章,	锦绣龙旗有纹饰,
簟茀⑦错衡,	车上竹席花车衡,
玄衮赤舄,	黑色龙袍大红鞋,
钩膺⑧镂钖⑨,	马胸马头配饰美,
鞹鞃⑩浅幭⑪。	浅色虎皮盖轼上,
鞗革⑫金厄。	马辔金环闪亮亮。

① 虔共:敬诚恭谨。
② 榦(gàn):同"干",安定。
③ 不庭方:不来朝觐的各国诸侯。
④ 辟:君位。
⑤ 孔修:很长。
⑥ 入觐:入朝朝见天子。
⑦ 簟茀:竹制的车蓬。
⑧ 钩膺:套在马胸前的带饰。
⑨ 镂钖:马额头上的金属饰物。
⑩ 鞹鞃(kuò hóng):裹着皮革的车前横木。
⑪ 幭:车轼上的皮革。
⑫ 鞗革:马辔头。

Let things be well arranged;
Let no order be changed.
Assist us to extort
Lords who won't come to court."

His cab was drawn by four steeds
Long and large, running high speeds.
The marquis at court did stand,
His mace of rank in hand.
He bowed to Heaven's Son,
Who showed him his gifts one by one.
The dragon flags all new
And screens made of bamboo,
Black robes and slippers red,
Carved hooks for horse's head,
A tiger's skin aboard
And golden rings for the lord.

韩侯出祖,　　　　　　　韩侯临行祭路神,
出宿于屠。　　　　　　　出京来到屠地住。
显父饯之,　　　　　　　显父设宴来饯行,
清酒百壶。　　　　　　　席上清酒有百壶。
其肴维何?　　　　　　　宴间菜肴有哪些?
炰鳖鲜鱼。　　　　　　　清蒸团鱼鲜鱼煮。
其蔌①维何?　　　　　　吃的蔬菜有什么?
维笋及蒲。　　　　　　　新鲜竹笋和香蒲。
其赠维何?　　　　　　　临行送些啥东西?
乘马路车②。　　　　　　四匹马儿和大车。
笾豆③有且,　　　　　　菜肴丰盛色味全,
侯氏燕胥。　　　　　　　诸侯赴宴尽欢喜。

韩侯取妻,　　　　　　　韩侯娶一美娇妻,
汾王之甥,　　　　　　　她是厉王外甥女,
蹶父之子。　　　　　　　蹶父家的小姑娘。
韩侯迎止,　　　　　　　韩侯亲自去迎娶,
于蹶之里。　　　　　　　经过蹶邑大街上。
百两彭彭,　　　　　　　百辆彩车连成片,
八鸾锵锵,　　　　　　　八只鸾铃响叮当,
不显其光。　　　　　　　场面盛大真荣光。
诸娣④从之,　　　　　　陪嫁姐妹相跟随,
祁祁如云。　　　　　　　盛妆打扮如彩云。

① 蔌:素菜。
② 路车:贵族用的大车。
③ 笾豆:古代的饮食器皿。
④ 娣:陪嫁的姑娘。

The marquis went on homeward way
At Tu for the night he did stay.
Xian Fu invited him to dine,
Drinking a hundred vases of wine.
What were the viands in the dishes?
Roast turtles and fresh fishes.
And what was the ragout?
Tender shoots of bamboo.
What were the gifts furthermore?
A cab of state and horses four.
So many were the dishes fine,
The marquis with delight did dine.

The marquis was to wed
The king's niece in nuptial bed.
It was the daughter of Gui Fu
The marquis came to woo.
A hundred cabs came on the way
To Gui's house in array.
Eight bells made tinkling sound,
Shedding glory around.
Virgins followed the bride in crowd
As beautiful as cloud.

韩侯顾之，	韩侯举行三顾礼，
烂①其盈门。	满庭灿烂真辉煌。
蹶父孔武，	蹶父威武有见识，
靡国不到。	各个地方都去到。
为韩姞相攸②，	他为韩姞找归处，
莫如韩乐。	只有韩地最称意。
孔乐韩土，	位在韩邑安乐多，
川泽訏訏，	河流湖泊多宽阔。
鲂鱮甫甫，	鳊鱼鲢鱼肥又大，
麀鹿噳噳，	母鹿公鹿满山腰。
有熊有罴，	林中还有熊和罴，
有猫有虎。	山猫老虎能看到。
庆既令居，	庆贺找到好地方，
韩姞燕誉③。	韩姞安居乐陶陶。
溥④彼韩城，	城邑宽广是韩国，
燕师所完。	燕国工匠修筑成。
以先祖受命，	韩国先祖受封礼，
因时百蛮。	控制北方百蛮族。
王锡韩侯，	周王下令赐韩侯，
其追其貊⑤，	追貊两国由你领，

① 烂：光彩绚烂。
② 相攸：观察合适的地方。
③ 燕誉：安乐。
④ 溥：宽阔，阔大。
⑤ 追、貊：部落名。

The marquis looked round
The house in splendor drowned.

Gui Fu in war had fame.
Among the states whence he came,
He liked Han by the water,
Where he married his daughter.
In Han there are large streams
Full of tenches and breams;
The deer and doe are mild
And tigers and cats wild;
The bears or black or brown
Roam the land up and down.
His daughter Ji lived there;
She found no state more fair.

The city wall of Han
Was built by people of Yan.
Hah ancestors got orders
To rule o'er tribes on borders.
The marquis has below
Him tribes of Zhai and Mo.

奄①受北国，　　　　　　　北方小国都在内，
因以其伯②。　　　　　　　自为方伯担重任。
实墉③实壑，　　　　　　　挖了壕沟修城墙，
实亩④实籍⑤。　　　　　　划好田亩再收税。
献其貔⑥皮，　　　　　　　献上当地白狐皮，
赤豹黄罴。　　　　　　　　豹皮熊皮样样好。

江 汉

江汉浮浮⑦，　　　　　　　长江汉水浪滔滔，
武夫滔滔。　　　　　　　　武夫将士气势高。
匪安匪游，　　　　　　　　不图安逸不闲游，
淮夷来求⑧。　　　　　　　只将淮夷来征讨。
既出我车，　　　　　　　　我的战车已出动，
既设我旟。　　　　　　　　我的帜旗迎风飘。
匪安匪舒，　　　　　　　　不敢苟安不舒缓，
淮夷来铺⑨。　　　　　　　要到淮夷去驻扎。

① 奄：完全。
② 伯：诸侯之长。
③ 墉：修城墙。
④ 亩：划分田亩。
⑤ 籍：征收赋税。
⑥ 貔：一种猛兽名。
⑦ 浮浮：强盛的样子。下句"滔滔"，为广大无边的样子。应当作"江汉滔滔，武夫浮浮。"
⑧ 求：诛求，讨伐。
⑨ 铺：列阵，驻扎，指讨伐。

He should preside as chief
Of northern states and fief;
Lay out fields, make walls strong
And dig deep moats along;
Present skins of bears brown
And fox white to the crown.

Duke Mu of Shao[1]

Onward the rivers roared;
Forward our warriors poured.
There was no rest far and nigh;
We marched on River Huai.
Our cars drove on the way
Our flags flew on display.
There was no peace far and nigh;
We marched on tribes of Huai.

---

[1] This epic ode celebrated an expedition in 825 B. C. against the southern tribes of the Huai and the work done for King Xuan by Shao Hu, Duke Mu of Shao, with the manner in which the king rewarded him and he responded to the royal favor.

江汉汤汤, 　　　　　长江汉水涛巨浪,
武夫洸洸①。 　　　武夫威武又雄壮。
经营四方, 　　　　东征西讨营四方,
告成于王。 　　　　报告成功给周王。
四方既平, 　　　　四方叛变已定平,
王国庶定。 　　　　国家安定无灾殃。
时靡有争, 　　　　一时太平战事息,
王心载②宁。 　　　周王心里多舒畅。

江汉之浒③, 　　　在那长江汉水边,
王命召虎: 　　　　周王命令召伯虎:
式辟四方, 　　　　你去开辟四方地,
彻④我疆土。 　　　精心治理我疆土。
匪疚⑤匪棘⑥, 　　不扰民来不强迫,
王国来极⑦。 　　　要为王国立楷模。
于疆于理, 　　　　划定疆界治田地,
至于南海。 　　　　直到南海都归附。

王命召虎: 　　　　周王命令召伯虎:
来旬⑧来宣⑨。 　　负责巡视和安抚。

① 洸洸：威武的样子。
② 载：则。
③ 浒：水边。
④ 彻：开发，治理。
⑤ 疚：病，害。
⑥ 棘：急。
⑦ 极：准则。
⑧ 旬：巡视。
⑨ 宣：宣抚。

Onward the rivers flow;
Backward our warriors go.
The State reduced to order,
We come back from the border.
There is peace east and west;
North and south there is rest.
An end is put to the strife;
The king may live a peaceful life.

On the two rivers' borders
The king gives Zhao Hu orders:
"Open up countryside
And land and fields divide.
Let people rule their fate
And conform to our State.
Define lands by decree
As far as Southern Sea."

The king gives Shao Hu orders
To inspect southern borders;

文武受命，	文王武王受天命，
召公维翰。	召公辅政是支柱。
无曰予小子，	不要归功我小子，
召公是似。	召公事业你继承。
肇敏①戎公，	努力建立大功业，
用锡尔祉。	定会赐你大福禄。
釐②尔圭瓒③，	赐你玉柄好玉勺，
秬鬯④一卣⑤。	芬芳黑黍酒一杯。
告于文人⑥，	祭告文德祖先神，
锡山土田。	赐你田土和山川。
于周受命，	来到周朝受王命，
自⑦召祖命。	仍用召祖旧封典。
虎拜稽首⑧，	召虎下拜来叩头，
天子万年。	天子万寿永无疆。
虎拜稽首，	召虎下拜来叩首，
对扬⑨王休。	称颂周王有美德。
作召公考⑩，	写下召公的颂辞，
天子万寿。	祝贺天子多福寿。

① 肇敏：图谋。
② 釐（lài）：赏赐。
③ 圭瓒：用玉用柄的酒勺。
④ 秬鬯（chàng）：黑黍酒，用于祭祀。
⑤ 卣（yǒu）：带柄的一种酒壶。
⑥ 文人：先祖中有文德的人。
⑦ 自：用。
⑧ 稽首：叩头礼，跪下时手、头都要触地。
⑨ 对扬：颂扬。
⑩ 考（guǐ）："簋"的假借字。一种青铜器。

"When Wen and Wu were kings,
Your ancestors were their wings.
Say not young you appear;
Do as your fathers dear.
You have well served the state;
I'll give you favor great,"

"Here is a cup of jade
And wine of millet made
Tell your ancestors grand
I'll confer on you more land.
I'll gratify your desires
As my sire did your sire's."
Hu bows aground to say:
"May Heaven's Son live for aye!"

Hu bows aground again
In praise of royal reign.
He engraves Duke Shao's song,
Wishing the king live long.

明明天子，	仁爱明德周天子，
令闻不已。	美好声誉永不息。
矢①其文德，	施行礼乐与教化，
洽②此四国。	和顺天下四方国。

常 武

赫赫明明③，	威武英明我周王，
王命卿士，	亲命卿士为大将。
南仲大祖④，	太庙之中命南仲，
大师皇父⑤：	太师皇父讨徐方：
"整我六师，	"整顿六师振士气，
以修我戎。	修好弓箭和刀枪。
既敬⑥既戒，	提高警惕严戒备，
惠此南国。"	爱护百姓安南国。"

王谓尹氏，	宣王告诉尹吉甫，
命程伯休父：	策命程伯任司马：
"左右陈行，	"部署队伍左右列，
戒我师旅。	告诫我军仔细听。

① 矢：施行。
② 洽：协合。
③ 明明：英明，明智。
④ 南仲大祖：在太祖之庙命南仲为卿。
⑤ 大师皇父：命令皇父做太师。
⑥ 敬：警惕。

The Heaven's Son is wise;
His endless fame will rise.
His virtue is so great
That he'll rule o'er every state.

Expedition against Xu[①]

Grand and wise is the sovereign who
Gave charge to Minister
And Grand-master Huang Fu,
Of whom Nan Zhong was ancestor.
"Put my six armies in order
And ready for warfare.
Set out for southern border
With vigilance and care!"

The king told Yin to assign
The task to Count Xiu Fu
To march his troops in line
And in vigilance too;

---

① This epic ode celebrated an expedition of King Xuan against the State of Xu, a northern tribe of the Huai. The commander-in-chief was Huang Fu, a descendant of General Nan Zhong who had done good service to the state against the Huns in the times of King Wen (See Poem "General Nan Zhong and His wife"), and not President Huang Fu who was mentioned in Poem "President Huang Fu" as a very bad and dangerous man in the times of King You, King Xuan's son and successor.

率^①彼淮浦，	沿着淮河岸边行，
省^②此徐土。	须对徐国细巡察。
不留^③不处^④，	诛其君来吊其民，
三事^⑤就绪。"	三卿尽职责任明。"

赫赫业业，	威仪堂堂气轩昂，
有严天子。	宣王神武又威严。
王舒保^⑥作，	王师从容向前进，
匪绍匪游。	不敢闲逛不游行。
徐方绎骚^⑦，	徐军未战内已乱，
震惊徐方，	王师威力震徐国。
如雷如霆，	声势浩大如雷霆，
徐方震惊。	震惊徐方君与民。

王奋厥武，	王师奋发多威武，
如震如怒。	好比雷霆发震怒，
进厥虎臣，	派出冲锋先头军，
阚^⑧如虓^⑨虎。	威猛如同咆哮虎。
铺敦^⑩淮濆^⑪，	陈兵布阵淮水边，

① 率：循着，沿着。
② 省：巡视，察看。
③ 留：刘，杀。
④ 处：吊，安抚。
⑤ 三事：立三个卿大夫。
⑥ 舒保：徐缓。
⑦ 绎骚：骚动不安。
⑧ 阚（hǎn）：老虎发怒。
⑨ 虓（xiāo）：老虎吼叫。
⑩ 铺敦：陈列，驻扎。
⑪ 濆（fén）：大堤。

To go along the river shore
Until they reach the land of Xu;
And not to stay there any more
When the three tasks get through.

How dignified and grand
Did the Son of Heaven show!
He advanced on the land
Nor too fast nor too slow.
The land of Xu was stirred
And greatly terrified
As if a thunder heard
Shook the land far and wide.

The king in brave array
Struck the foe with dismay.
His chariots went before;
Like tigers did men roar.
Along the riverside

仍①执丑虏。	捉获徐方众俘虏。
截②彼淮浦,	截断淮水溃逃路,
王师之所。	王师就把兵驻定。
王旅啴啴③,	王师气势有威力,
如飞如翰④。	好比雄鹰疾飞翔。
如江如汉,	好比江汉浪滔滔,
如山之苞,	好比群山气势壮,
如川之流,	好比大河不可挡,
绵绵翼翼,	连绵不断声势壮。
不测不克,	不可预测不可胜,
濯⑤征徐国。	大胜徐国定南方。
王犹允塞⑥,	宣王谋略真可信,
徐方既来⑦。	徐方已经来归降。
徐方既同,	徐方已经来会同,
天子之功。	天子亲征建功勋。
四方既平,	四方已经定太平,
徐方来庭。	徐方也来拜朝王。
徐方不回⑧,	徐方不敢再违抗,
王曰还归。	王命班师回周朝。

① 仍:频繁,连续。
② 截:截断。
③ 啴啴(tān):盛大的样子。
④ 翰:高飞的鸟。
⑤ 濯:规模大。
⑥ 允塞:信实。
⑦ 来:归服。
⑧ 回:违反。

They captured the foes terrified.
They advanced to the rear
And occupied their sphere.

The legions of the king's
Are swift as birds on wings.
Like rivers they are long;
Like mountains they are strong.
They roll on like the stream;
Boundless and endless they seem.
Invincible, unfathomable, great,
They've conquered the Xu State.

The king has wisely planned
How to conquer Xu's land.
Xu's chiefs come to submit
All through the king's merit.
The country pacified,
Xu's chiefs come to the king's side.
They won't again rebel;
The king says, "All is well."

瞻卬[1]

瞻卬昊天，	抬起头来望昊天，
则不我惠。	不肯对我施恩情。
孔填[2]不宁，	天下很久不安宁，
降此大厉。	降下大祸在人境。
邦靡有定，	国家无法能安定，
士民其瘵[3]。	害苦平民和百姓。
蟊贼蟊疾[4]，	好比害虫吃庄稼，
靡有夷届。	没完没了没尽头。
罪罟不收[5]，	罪恶之网不收起，
靡有夷瘳[6]。	人民苦难永止境。
人有土田，	别人有了好土地，
女反有之。	你却侵占归已有。
人有民人，	别人有了老百姓，
女复夺之。	你又要去强抢夺。
此宜无罪，	这人本是无辜者，
女反收之。	你却要把他捕捉。
彼宜有罪，	那人本来有罪过，
女复说[7]之。	你却替他去开脱。

[1] 瞻卬 (yǎng)：瞻仰。
[2] 填 (chén)：久。
[3] 瘵 (zhài)：病。
[4] 蟊 (máo) 疾：病疫。
[5] 收：拘收，逮捕。
[6] 瘳：病愈。
[7] 说：通"脱"，脱罪，赦放。

Complaint against King You[1]

I look up to the sky;
Great Heaven is not kind.
Restless for long am I;
Down fall disasters blind.
Unsettled is the state;
We're distressed high and low.
Insects raise havoc great.
Where's the end to our woe?
The net of crime spreads wide.
Alas! Where can we hide!

People had fields and lands,
But you take them away.
People had their farm hands;
On them your hands you lay.
This man has done no wrong;
You say guilty is he.
That man's guilty for long
You say from guilt he's free.

---

[1] The speaker deplored the misery and oppression that prevailed in the time of KingYou (780—770B. C.) and intimated that they were caused by the interference of Lady Shi of Bao in the government.

哲夫成城，　　　　　　　聪明男子能建城，
哲妇倾城。　　　　　　　女人有才使城倾。
懿厥哲妇，　　　　　　　可恨此妇太聪明，
为枭为鸱①。　　　　　　如同恶枭猫头鹰。
妇有长舌，　　　　　　　女人多嘴舌头长，
维厉之阶。　　　　　　　祸乱都从她那生。
乱匪降自天，　　　　　　祸乱不会从天降，
生自妇人。　　　　　　　大都生在妇人上。
匪教匪诲，　　　　　　　无人教王行暴政，
时维妇寺②。　　　　　　女人内侍全都听。

鞫人③忮忒④，　　　　　专门诬告陷害人，
谮始竟背。　　　　　　　先去诽谤后背弃。
岂曰不极，　　　　　　　难道她还不够凶，
伊胡为慝⑤？　　　　　　为啥继续做恶事？
如贾三倍，　　　　　　　好比商人三倍利，
君子是识。　　　　　　　叫他参政岂相宜。
妇无公事⑥，　　　　　　妇人不去做女工，
休其蚕织。　　　　　　　她却不肯蚕与织。

① 枭、鸱（chī）：恶声之鸟，比喻恶之人。
② 寺：寺人，阉人。
③ 鞫（jū）人：奸人。
④ 忮忒（zhì tè）：害人。
⑤ 慝（tè）：恶迹。
⑥ 公事：功事，指女子蚕织之事。

A wise man builds a city wall;
A fair woman brings its downfall
Alas! Such a woman young
Is no better than an owl;
Such a woman with a long tongue
Will turn everyrthing foul.
Disaster comes not from the sky
But from a woman fair.
You can't teach nor rely
On woman and eunuch for e'er.

They slander, cheat and bluff,
Tell lies before and behind.
Is it not bad enough?
How can you love a woman unkind?
They are like men of trade
For whom wise men won't care.
Wise women are not made
For state but household affair.

天何以刺？	上天为何来责罚？
何神不富①？	神明为何不赐福？
舍尔介狄②，	放纵披甲夷与狄，
维予胥忌。	反而把我来怨恨。
不吊③不祥，	天灾人祸不忧虑，
威仪不类。	人君威仪都丧亡。
人之云亡，	忠臣贤士都离去，
邦国殄瘁④。	国家困病更遭殃。

天之降罔⑤，	上天降下罪恶网，
维其优矣。	多如牛毛不可防。
人之云亡，	忠臣贤士都离去，
心之忧矣。	我的心里多忧伤。
天之降罔，	上天降下无情网，
维其几⑥矣。	灾难降临人心慌。
人之云亡，	忠臣贤士都逃亡，
心之悲矣。	我的心里多悲伤。

觱⑦沸槛泉⑧，	槛泉泉水涌不息，
维其深矣。	泉水源头深无底。
心之忧矣，	我心忧伤多悲戚，

① 富：通"福"，施恩德。
② 介狄：元凶，指来侵犯中国的夷狄。
③ 吊：体恤。
④ 殄瘁：困苦不堪。
⑤ 罔：通"网"。
⑥ 几：危险。
⑦ 觱（bì）沸：泉水喷涌的样子。
⑧ 槛（làn）泉：向上涌出的泉水。

Why does Heaven's blame to you go?
Why won't gods bless your state?
You neglect your great foe
And regard me with hate.
For omens you don't care
Good men are not employed.
You've no dignified air;
The state will be destroyed.

Heaven extends its sway
Over our weal and woe.
Good men have gone away;
My heart feels sorrow grow.
Heaven extends its sway
O'er good and evil deeds.
Good men have gone away;
My heart feels sad and bleeds.

The bubbling waters show
How deep the spring's below.
Alas! The evil sway

宁自今矣？	难道只是从今起？
不自我先，	我生之前无灾祸，
不自我后。	我生之后更没有。
藐藐昊天，	老天爷啊老天爷，
无不克巩。	约束万物定乾坤。
无忝①皇祖，	不要辱没你祖先，
式救尔后。	还要想到子孙事。

召 旻

旻天②疾威，	老天暴虐又疯狂，
天笃降丧。	接连不断降丧亡。
瘨③我饥馑，	粮荒菜荒使我病，
民卒流亡。	人民颠沛离家乡。
我居圉④卒荒。	我的住处尽荒凉。

天降罪罟，	老天降下罪恶网，
蟊贼内讧。	奸贼内争乱嚷嚷。
昏椓⑤靡共，	阉宦小人不称职，
溃溃回遹，	胡乱邪辟多冤枉，
实靖夷我邦。	实在灭亡我家邦。

---

① 忝：侮辱。
② 旻天：昊天，天空广大无边。
③ 瘨：灾害。
④ 居圉：住处。
⑤ 昏椓：宦官。

Begins not from today.
Why came it not before
Or after I'm no more?
O boundless Heaven bright,
Nothing is beyond your might.
Bring to our fathers no disgrace
But save our future race!

King You's Times[1]

Formidable Heaven on high
Sends down big famine and disorder.
Fugitives wander far and nigh;
Disaster spreads as far as the border.

Heaven sends down its net of crime;
Officials fatl in civil strife.
Calamitous is the hard time;
The state can't lead a peaceful life.

---

[1] The speaker bemoaned the misery and ruin which were going on, showing they were owing to King You's employment of mean and worthless men, and the wished the king would use such ministers as the Duke of Shao.

皋皋訿訿①，	顽固懒惰又欺骗，
曾不知其玷②。	自己不知是污点。
兢兢业业，	言行小心又谨慎，
孔填不宁，	很久心里不安宁，
我位孔贬。	职位可能还遭贬。
如彼岁旱，	好比那年有旱象，
草不溃茂③，	百草不能繁茂畅，
如彼栖苴④。	好比倒下的枯草。
我相此邦，	我来观察这国家，
无不溃止。	无不混乱要灭亡。
维昔之富不如时，	昔日富足今日贫，
维今之疚⑤不如兹。	如今时弊更严重。
彼疏⑥斯粺⑦，	该吃粗粮吃细粮，
胡不自替？	为啥自己不退让？
职兄⑧斯引。	主职况是引退计。

① 訿訿（zǐ）：诽谤的样子。
② 玷：缺点，污点。
③ 溃茂：茂盛。
④ 苴（chá）：水中浮草。
⑤ 疚：贫穷。
⑥ 疏：粗米，糙米。
⑦ 粺（bài）：精米，细米。
⑧ 兄（kuàng）：通"况"，更加。

Deceit and slander here and there,
Wrong-doers win the royal grace.
Restless, cautious and full of care,
We are afraid to lose our place.

As in a year of drought
There can be no lush grass,
No withered leaves can sprout.
This state will perish, alas!

We had no greater wealth
In bygone years;
We're not in better health
Than our former compeers.

池之竭矣，	池塘里面水干竭，
不云自频①！	岂不起自池塘边！
泉之竭矣，	山里泉流水断绝，
不云自中！	岂不起自泉中间！
溥②斯害矣，	灾害已经很普遍，
职兄斯弘，	主职况是扩大它，
不烖③我躬？	哪能不把我牵连？

昔先王受命，	从前先王受天命，
有如召公。	贤臣召公掌国政。
日辟国百里，	每天开拓百里地，
今也日蹙④国百里。	如今日减百里地。
於乎哀哉！	呜呼哀哉！
维今之人，	如今这些人中啊，
不尚有旧？	还有谁尚旧功勋？

① 频：通"滨"，水边。
② 溥：遍。
③ 烖：同"灾"。
④ 蹙：缩小。

They were like paddy fine;
We're like coarse rice.
Why not give up your wine
But indulge in your vice!
A pool will become dry
When no rain falls from the skies;
A spring will become dry
When no water from below rise.
The evil you have done will spread.
Won't fall on my head?

In the days of Duke Shao
Our land ever increased.
Alas! Alas! But now
Each day our land decreased.
Men of today, behold!
Don't you know anything of old?